저는 이렇게 생각합니다

2015

전 SBS 뉴스쇼 앵커 **김종찬**의
색깔 있는 정치 코멘트

저는 이렇게 생각합니다

"정치는 사기다"

김종찬

평민사

이 졸작이 유작이 아니길 바라며

이 책은 내게 있어 처음이자 마지막으로 쓰는 글이 될지도 모른다. 나는 스무 살 적부터 이어령 선생님의 가르침을 받았다. 책을 읽다가 막히면 무작정 이 선생님을 찾아갔다. 당시 독서신문 주간실이나 이화여대 교수실이었다. 이 선생님을 알게 된 것은 홍기삼 선생님 덕분이었다. 이런 인연이 없었다면 나는 문화의 시각장애인으로 살았을지도 모른다. 언제나 찾아뵐 때마다 내게 소나기처럼 부어주신 문화적 안수는 그저 놀라움 그 자체였다.

한편 정치적 안목을 이나마라도 가지게 된 것은 신복룡 선생님 덕분이다. 특히 신 선생님께서는 정치행태론을 근 2년 동안 사숙할 수 있는 기회를 주셨었다. 정치사학에도 식견이 있으신 신 선생님은 그쪽에도 눈뜰 수 있게 해주셨다. 그러나 젊은 시절에 나의 불민함으로 인하여 홍 선생님과 신 선생님께 더 오래 지도받을 수 있는 기회를 놓쳤다. 매우 안타까운 일이다. 그러나 진실로, 진실로 다행스러운 것은 이어령 선생님과는 지금까지도 계속 인연의 끈을 이어가고 있다는 사실이다. 연부역강年富力强의 뜻을 알게 해 주시는 이 선생님이시다.

그야말로 가르침 가운데도 사람에 대한 무한한 사랑과 연민은 놀라운 것이다. 어느 누구에게서라도 단점이나 약점을 보는 것보다 장점과 강점을 찾아내는 이 선생님의 지혜는 나로서는 영원히 다 배울 수 없는 것이다. 내가 실수를 하거나 잘못을 저질러도 너그러이 용서해 주신 데 대해 그저 죄송할 따름이다.

이 책의 경우도 그렇다. 그분과 한마디 상의도 없이 썼다. 그래서 떨린다. 이 책 안에 있을 잘못들을 순전히 내 책임에 두겠다는 마음이 가장 컸다. 앞에서 말씀드렸듯이 이 책이 내게 있어 처음이자 마지막의 저작물이 될지 모른다는 생각도 그 이유 중의 하나다.

나는 8년 전인 2007년 2월 2일에 쓰러졌다. DRM 엔터테인먼트 박남성의 사무실에서. 의식불명. 그리고 2015년 3월 5일에 또 쓰러졌다. 이번엔 집에서였다. 2002년부터 일대 혼란에 빠져 살기 시작한 내게 이 두 번의 짧은 죽음과 삶은 그리 충격적이지 않았다. 기독교 신자를 자처하는 나는 첫 번째에도 두 번째에도 기도를 했다. 나의 믿음이 약한 탓이겠지만, 이것이 무엇이냐고 하느님께 질문하며 기도했으나 아무런 응답도 받을 수 없었다. 기도의 응답을 받았다는 분들도 많건만 왜 나는 그 응답을 받을 수 없는 것일까.

바로 그 무렵 우리나라가 혼란스러움에 휩싸였다. 그래서 혹여 내 생각의 일단을 적어 남겨놓는 것이 도움이 되지 않을까 하는 데 생각이 미쳤다. 그동안 내가 방송일을 하면서 만났던 정치인들에 대한 나의 생각을 정리해 보고 싶었다. 과연 정치란 무엇일까. 해방 이후 70년이 흐르는 동안 국민들에게 실망만 많이 안겨준 대한민국 정치의 실체는 무엇일까. 이제는 정말 국민들에게 희망을 주는 정치가 나와야 할 때가 아닌가, 생각해 보았다. 한국 정치의 허와 실을 되짚어보고, 그 안에서 바람직한 정치가 무엇이고 앞으로 어떤 정치인이 나와야 하는지 진단해 보고 싶었다. 그래서 작금의 정치에 실망하고 기대감마저 잃어버린 국민들에게 희망의 메시지를 전달하고 싶었다.

그래서 20여 년 전 내가 방송일에 한창 바쁠 때, 인터뷰 기사를 쓰게 했던 기자를 찾았다. 시인 이승신이 그의 어머니인 단가短歌 시인 손호연의 몇 주기인가 행사를 할 때, 그를 보았던 기억이 났다. 그의 명함을 찾아보았더니 마침 있었다. 그래서 바로 전화를 하고 만나 내 생각을 전했다. 그는 대뜸 좋은 생각이라며 공감을 해줬다. 그러면서 무조건 쓰기 시작하라는 것이었다.

그날부터 나는 쓰기 시작했다. 그리고 수개월여의 각고를 거쳐 모든 게 끝났다. 이 중간에 출판사 시절부터 가까웠던 친구 이갑섭이 지원군이 되어주었다. 내가 이 글을 쓰는 데 주저하지 않고 감히 용기를 낼 수 있게 해준 기자와 이갑섭의 진심 어린 도움이 없었다면 이 책은 어림도 없는 일이었다. 출판상의 여러 문제를 허심탄회하게 논의해 주는 두 사람이야말로 이 책의 등대지기가 아닐 수 없다.

지금 이 순간 아직 책의 제목을 정하지 못했다. 글을 시작할 때는 '정치는 사기다'였는데, 중간에 '세종대로 1번지에 서서'로 바뀌었다. 그런데 지금 이 순간은 더 연구하기로 하였다.

아직도 이 책이 나의 첫 번째 책이 아니면 마지막 책이 될지도 모른다는 이유를 구체적으로는 밝히지 않았다. 그건 의학적인 문제다. 내 주치의 얘기가 내 머리 속에서 뇌출혈과 뇌경색이 동시에 일어나고 있다고 한다. 그렇다고 금방 죽느냐 했더니 그건 아니라면서도 정확히 뭐라고 해야 할지 모르겠단다. 만약 주치의의 희망적 답변이 맞으면 몰라도 그것이 아니라면 나는 아무것도 할 수 없게 되기 때문이다. 물론 나는 이 졸작이 유작이 아니기 바란다. 꼭 그러길 바라면서 내 선생님들을 비롯하여 독자 모든 분들께 걸작을 드릴 수 있기 바란다. 여러분의 기도를 당부 드린다.

끝으로 이 글에 나오는 인물들은 직책의 고하를 막론하고 직급을 생략한 채 그냥 공인으로서의 이름만 사용했음을 밝혀둔다. 매번 직급 앞에 '전前' 자를 붙이기도 곤란하고, 또 이름만으로도 충분히 그가 누구인지 어떤 직책의 인물인지 다 알만 하다고 생각하므로 존칭을 생략한 것에 대하여 오해 없기를 바란다.

아, 그동안 13년의 혼란기에 나를 물심양면으로 도와주신 분들이 참 많다. 그분들에게 진정 감사드리며, 유난히 무더운 여름 집필실이었던 서래마을 까페베네 여사장에게도 감사드린다. 아울러 그 모든 빚을 다 갚고 세상과 작별하는 김종찬이 되기를 간구

저는 이렇게 생각합니다

한다. 끝으로 그 혼란기를 함께한 가족에게도 감사의 뜻을 전한다.

한편 이 졸저가 우리 정치 현장을 지키며 "국가와 민족을 위하여" 노심초사하시는 정치인 여러분에게 조금이나마 도움이 되기를 충심으로 소망한다. 동시에 독자 모든 분들이 신나게 읽어주시길 바란다.

2015년 9월 김종찬

제1장

사이비 정치인, 요지경 정치판

도망가라! 빽을 써라! 부인하라!

✦

"왜 정치를 하는가?"

이런 질문을 받은 정치인은 예외 없이 어이없는 표정이 될 것이다. 그것을 질문이라고 하는가, 하는 불쾌함을 노골적으로 드러낼지도 모른다. 그나마 양심이라는 게 조금이라도 남아 있는 사람 정도가 잠시 멈칫하며 머뭇거릴 것이다. 그러나 어김없이 이렇게 대답할 것이다.

"국가와 민족을 위해서."

이는 국립현충원을 방문한 정치인들이 방명록에 쓴 글을 읽어 보아도 쉽게 알 수 있다. 어쩜 그렇게도 애국하고 애족하는 정치인들이 많은지. 나의, 아니 우리의 조국 대한민국 안에는 정말 그런 정치인이 많아도 너무 많다.

그런데 매일 보는 신문과 매일 듣는 방송에서는 왜 그렇게도 정치인을 향한 욕이 넘쳐나는 것일까. 참으로 이해하기 어려운 일이다. 이 나라의 신문 방송이 잘못되어서일까? 사실, 솔직히 말하자면 이 나라의 신문 방송이 늘 잘하고 있다고는 도저히 말할 수 없다. 잘못된 일을 저지르는 경우도 드물지는 않다. 그렇더라도 이렇게 많은 정치인들을 집중적으로 도마 위에 놓인 생선 모양으로 만들 수는 없다. 가히 난도질을 하는 경우도 적지 않다.

그러하니, 난도질당하는 정치인들인들 참고 있을 수만은 없는 일 아닌가. 칭찬을 이 정도로 한다고 해도 민망해 할 일인데, 대놓고 난도질을 해대니 도저히 입을 다물고 침묵할 수는 없는 일이다. 그래서 드디어는 분기탱천하여 말이 모자랄 리 없는 그들답게 반격을 시작한다. 그들은 명예훼손이나 모욕 또는 무고를 거론하며 난리를 치기 시작한다. 그러나 명예훼손죄, 모욕죄, 무고죄로 감옥에 간 언론종사자는 해당 정치인이 벌인 난리법석에 견주어서 의외로 적다. 아니 이럴 수가? 이 나라의 사법부가 국회의원보다 언론종사자들에게 특별히 관대한가? 무관의 제왕보다 국회의원이 맥을 못 추다니? 역시 무관의 제왕이군. 이렇게 생각해선 안 된다.

불쾌할지도 모르지만, 사법부는 사법부대로 그들의 입장에 따라 국회의원 편에 서기도 하고 언론종사자의 입장에 서기도 한다. 그러나 그들은 늘 법대로 한다고 말한다. 맞다 법대로. 그러나 세상의 어떤 법도 모든 경우의 수를 완벽하게 적어놓고 있지는 않다. 그런 까닭에 공명정대(?)한 사법부라 하더라도, 공명정대하려고 애쓰는 사법부라 하더라도, 결과만으로 보면 진정으로 공명정대하기는 참 어렵다. 때로는 국회의원 쪽으로 저울추가 기울기도 하고,

때로는 언론종사자에게 저울추가 더 기울 수도 있다. 이를 감안하여 생각할 때, 펄쩍펄쩍 뛰면서 사실무근이라고 소리 지른 정치인들보다 이를 보도한 언론종사자들이 벌 받은 경우가 압도적으로 적다. 이는 정치인의 잘못이 그들의 잘못에 대해 보도한 언론종사자들의 잘못보다 훨씬 더 잘못되었다는 증거가 될 것이다. 결국 이러한 통계가 증명하고 있음에도, 어김없이 그 스타일과 워딩만 다를 뿐 해당 정치인들은 왜 그렇게 펄쩍 뛰며 난리를 치는 것일까?

부장판사를 지낸 한 법조인의 자조(?) 섞인 한마디가 생각난다.

"1도, 2빽, 3부!"

범죄 피의자가 되면 우선 '도망'가고 볼 것이요, 도망가서는 '빽'을 쓸 것으로되, 끝내 붙잡히고 말면 지은 죄를 '부인'하라. 이것의 준말이 바로 '1도, 2빽, 3부'라는 게다. '유전무죄 무전유죄, 유권무죄 무권유죄'라는 말과 다른 듯 같은 말이 아닐까 싶기도 한 그 말이 떠오른다.

왜 다른 듯 같은 말이라고 하느냐? '1도, 2빽, 3부'라는 방정식을 잘 활용하면 법의 부름으로부터 도망치는 것이 제법 가능해 보이지만, 이 역시도 없는 사람은 만만치 않다. 도망치는 비용이 적지 않기 때문이다. 두 번째, 빽은 아무나 쓸 수 있는 게 아니다. 빽이 있어야 빽을 쓸 것 아닌가. 적어도 성완종 이상은 되어야 함을 최근 똑똑히 목도하였다.

사실 말이 나와서 하는 얘기지만, 일반 서민으로서는 상상조차 하기 어려운 것이 성완종 수준의 빽이다. 그가 죽음이라는 극단적 선택을 하기 전까지 접촉한 사람들의 직위는 고위직 가운데 고위직이었다. 그러나 그 고위직들이 빽이 될 수 없다는 것을 알았을 때 그는 죽음을 선택했다. 통할 때까지 빽이지, 그들이 안면몰수로 돌변하면 빽은 죽음의 신호가 되기도 한다. 그게 바로 빽의 이중성이다.

값비싼 빽도 찢어지면 한낱 쓰레기에 불과한 것이다. 인연의 끈을 빽이랄 수 있기 때문이다. 돈으로 맺은 인연은 돈 떨어지면 끝이다. 그런 까닭에 혈연과 지연과 학연과 직장 또는 직업의 인연 등이 중요하다고들 말하는 것이다. 이렇게 얽히고설킨, 가는 실타래로 엮은 어망 같은 인연의 끈 정도가 아닌, 아주 튼튼한 동아줄로 짠 울타리를 가지고 있어야 빽도 효용가치를 발휘한다.

이미 다 알고 있듯이 성완종이 맺었던 인연의 매개체는 다만 돈뿐이었다. 따지고 보면 매우 빈약한 인연의 매개체라 할 돈을 가졌던 성완종은, 그 돈을 잃을 게 분명했다. 끈은 이미 삭아버렸고, 그것을 알아차린 눈치 9단의 유단자들은 일제히 그를 외면했다. 아예 외면한 채로 전화조차도 받지 않은 무정한도 있었고, 변호사와 잘 상의해서 대응하라고 원론적인, 그러나 위로가 되기도 했을 말을 한 사람도 있었다. 사실은 '도찐 개찐'이다.

죽음의 그림자가 다가오고 있는 성완종에게 절실했던 것은 그에게 다가오고 있는 죽음의 그림자를 사라지게 해줄 사람이었다. 혹시 대통령을 만나게 해주겠다거나 대통령에게 말씀드리겠다고 말해 줄 사람이 나타나기를 간절히 바랐던 것은 아니었을까. 그러나 그의 구원자는 어디에도 없었다.

대감이 죽으면 문상객이 없어도 대감집 개가 죽으면 문상객이 줄을 선다는 옛말은 오늘도 유효한 말이다. 평생을 눈치 빠르게 돈을 들고 뛰어온 성완종이 자신의 운이 다했음을 몰랐을 리 없다. 그래서 그는 자진을 결심하고 마침내 '폭로'라는 마지막 수단을 실행한 것은 아니었을까. 떠나면서 몇 사람의 이름을 적었고, 그 옆에 몇 억 몇 억 하고 돈 액수를 써넣었다.

세상은 또 한 번 회오리쳤고, 그로 인해 또 한 번 정치권은 뒤숭숭해졌지만, 분명한 것은 성완종이 세상을 버렸다는 것 이외에는 없다. 몇몇 재벌 중에도 성완종의 경우와 유사한 경우가 없지 않다. 다만 죽음을 택했거나, 죽음을 택하지 않았거나뿐이다. 굳이 몇 가지 예를 들자면, 혜성처럼 나타났다 바람처럼 사라진 저 율산그룹을 이끈 신선호를 생각하자. 나는 그가 쫄딱 망한 줄 알았다. 그랬는데, 그는 센츄럴시티로 여전히 부자인 채로 내 앞에 서 있는 모습을 보았다. 지금은 주식을 전부 정리하고 조용히 산다고 하는데, 어떻게 해서 그는 여전히 부자일 수 있었을까? 정말 알 수 없는 일이다.

법을 어긴 사실이 없다고 하면, 법이 잘못되었다고 하는 수밖에 없지만, 동아그룹의 최원석과 비교하면 너무도 차이가 많다고 할 수 있어서이다. 물론 동아그룹이 옳은 일을 했는데 억울하다고 하는 소리를 하는 것은 아니다. 비유하자면 그렇다는 얘기다.

그런가 하면, 대우그룹은 또 어떠한가. 부자가 망해도 3년은 먹고 산다고 했지만, 김우중 일가의 삶은 참으로 놀랍다. 수많은 대우의 임직원들을 졸지에 실업자로 만들었고, 그 많은 협력업체를 도산시켰으며, 협력업체의 임직원들도 실업자로 만든 김우중이다. 그런데 그는 베트남의 경제 고문으로 영웅이라고도 하고, 그의 부인은 무슨 골프장의 주인이라고도 하지 않는가.

작으나마 중견기업이었던 뉴코아의 주인 역시 많은 군소상인들을 눈물과 한숨 속으로 몰아넣었지만, 자신은 대한민국 최고의 빌라에서 살고 있다.

경제적으로 사망한 재벌이 있는가 하면, 이제 재벌은 아니지만 여전히 푼돈깨나 쓰고 사는 사람이 있다. 참으로 흥미로운 대한민국이다.

아무개 의원이 사업하는 아무개에게서 돈 얼마를 받았다고 보도가 되었다. 아무개 의원은 말도 안 되는 얘기라고 펄쩍 잡아뗀다. 오보라고. '나는 사업하는 아무개와는 공식적인 자리에서 인사 정도 한 사이다. 그런데 돈이라니. 정확하지 않은 기사에 휘둘려 나에게 터무니없는 공격을 하다간 나중에 크게 후회할 것이다.' 이런 식의 반응이다. 은근히 겁도 주면서 꽁무니를 빼는 도마뱀 수법이다. 역시 꼬리를 남겨두고 예정된 스케줄대로 몸통은 외유를 떠난다. 신문 방송은 출국에 대해 와글와글 부글부글 끓는다. 피의자라고 해도 보도만 가지고 출국을 막을 수는 없다. 당국의 원론적 답변 또한 어김없다.

그렇다. 한국은 법치국가이다. 법률에 의하지 아니하고는 누구도 국민의 자유를 제어할 수 없다. 설령 그가 범죄피의자라 하더라도. 이런 경우 유독 이 나라의 법치주의는 빛난다. 이리하여 1도가 이루어진다. 하긴 이런 분(놈이라고 해야 바른 말이겠지만, 내 인격 때문에)은 굳이 외유하지 않아도 된다. 나라 안에 있으나 없으나 일단 1도는 된 상태다. 왜? 아무개 씨 같은 고관대작(?)은 안에 있어도 금방 붙잡혀 가지는 않기 때문이다. 붙잡혀 가다니? 이러다가 어영부영 없었던 일이 되는 경우가 허다했다. 그러니 아무개 의원은 성공적인 1도를 시작한 셈이다.

그럼 이젠 무엇을 해야 하나? 2빽이지. 정답. 빽을 동원하는 최고의 방법은 무엇일까? 여러 가지가 있다. 그 가운데 으뜸은 물귀신 작전이다. 그렇다. 물고 들어가는 것이다. 나는 고위 당직자도 아니다. 나 정도에게 그 정도를 주었다면 나보다 더한 사람들에게는 어떠했겠나? 그래서 이것이 '소설'이라는 것이다. 자신은 결백하다는 걸 '소설'이란 말로 은근슬쩍 넘어가려는 수작이다. 성완종이 죽으면서 쓴 메모도 소설이고, 그것을 보도하는 언론과 방송의 보도 역시 소설로 전락하고 만다. 그들이 말하는 '소설'은 '꾸며낸 얘기'라는 뜻이겠는데, 그들이 진정으로 문학이라는 이름의 '소설' 속에 진실이 담겨 있다는 것을 알고서 하는 소린지 모르겠다. 소가 웃을 일이다. 구차한 변명은 계속된다. 더욱이 아무개 씨가 내게 돈을 줬다는 그 시기에 나는 어떤 보직도 맡지 못한 평의원에 불과했다. 영향력이 없었다는 얘기다. 영향력만 있었다면 줄 수도 받을 수도 있었겠지만, 힘 없는 나에게 돈을 주다니, 말이 안 된다는 주장이다. 수사 대상을 은근히 확대하게 유도하는 것이다.

당시에 영향력이 있었던 사람들 가운데서 찾아보란 얘기가 된다. 이것은 그 확대된 수사 대상 모두를 빽으로 삼겠다는 의도가 명백하다. 만일 당신들이 나를 도와주지 않으면 난 불어버릴 거야, 라고 은근히 엄포를 놓는 셈이다. 사실 아무개 씨가 바보가 아니라면 아무개 의원 한 명에게만 돈을 주었을 리 만무하다.

어찌 보면 돈 준 사람 가운데 지금은 가장 별볼 일이 없어 보이는 사람을 한 명 찍은 것인지 모른다. 이렇게 되면 수사기관이 복잡해진다. 난감해진다. 누구부터 누구까지 수사 대상으로 삼아야 하나. 그렇게 고민하고 있을 때, 사방에서 전화가 온다. 그러고 나서는 "덮어라, 덮어라, 덮어라" 하며 부탁에서부터 압력까지 그 색깔 또한 다양해진다. 이를 대체 어떻게 해야 하나.

요즘 정치판이 대체로 이러하다. 이쯤 되면 세상을 패러디한 노래 '세상은 요지경'과 무엇이 다르랴. 성완종은 죽어서 말이 없고, 증거는 불충분하고, 메모에 적힌 정치판 거물들은 '아니다' '모르쇠'로 부인하고, 그러니 법의 판결은 뻔할 뻔자로 끝맺음을 할 공산이 크다. 벌써 성완종 리스트는 흐지부지된 지 오래이고, 다른 사건이 언론과 방송을 장악하면서 사람들은 먼저 떠들썩했던 사건을 잊어간다.

사람들은 너무 쉽게 잊는다. 그래서 총선이 되면 사건에 연루되었던 그 얼굴이 그 얼굴인 후보들에게 한 표를 던진다. 사람이 바뀌어야 정치판도 바뀌는데, 어제의 인물이 오늘도 방귀를 뀌고 권력을 행사한다. 참 알 수 없는 세상이다. 사이비 정치인들이 춤 추는 요지경 정치판이다.

검찰총장도 맥 못 추는 '정치판'이란 동네

수사기관의 최고 책임자는 검찰총장이다. 검찰총장만 올곧으면 무슨 걱정을 하랴만, 검찰총장도 사람이다. 사람은 사회적 관계 속에서 살 수밖에 없는 존재다. 사회적 관계에서 실패하면 세상 살아가기 참으로 어렵다. 어려운 것이 아니라, 사회적 존재물로서는 그야말로 존재하기 힘들다. 그렇다고 이 사회에서 성공한 사람들 거개가 사회적 관계에서 대단히 성공한 사람들이란 소린 아니다. 이럴 때 사용할 수 있는 단어가 '적절함' 더 나아가서 '적정성'이다. 적절함을 가지고 사회적 관계를 유지했다면 'A마이너스'이고, 적정성을 가지고 사회적 관계를 유지했다면 'A플러스'라고나 할까. 옳은 표현은 아니다. 다만 이해가 되었기를 바란다.

여기서 잠깐, 실제로 검찰총장이었던 몇 사람의 얘기를 옮긴다. 실화에 기초를 둔 얘기다. 다만 섞었다. 혹시 개개인의 명예에 상처를 줄지도 몰라서이다.

무척 가난한 학생. 아르바이트로 가정교사를 하면서 고시를 준비함. 이를 어여삐 여긴 독지가의 도움을 받아 공부하기도 함. 고시에 합격하여 검사가 됨. 그는 늘 적정성을 유지하면서 넘치지도 모자라지도 않는 행동규범으로 검찰의 최고책임자가 됨. 사람마다 장단점이 없지 않으나, 단점보다는 장점이 많고, 특별한 하자가 없어야 한다는 점에서 선택된 사람이다. 술을 많이 마셔 문제가 되기도 했음. 혼외자를 두기도 하였으나 통과함. 나중에 이것이 문제가 되기도 함. 권력과 적절한 또는 적정한 관계를 형성하였으나 끝까지 그러지는 못했음. 대체로 권력의 완벽한 시녀(딸랑이)가 될 수 없어 그 자리를 떠남. 다만, 과거 DJ 때까지와 그 이후부터 권력과 검찰총장의 관계는 달라지기 시작한 것이 사실. 그러나 큰 테두리에서 이 나라의 그것은 과히 긍정적인 것은 아님. 왜? 어차피 검찰총장은 대통령이 임명하는 자리. 임면권자와 맞서 이른바 신념의 주인이 되기란 애당초 불가능한 것이 아닐까. 이런 절대 한계상황을 고려해야 한다.

검찰총장을 그만두고 가는 곳은 로펌. 사회적 통념상 꽤 괜찮은 연봉과 사무실과 비서와 기사 딸린 승용차가 제공된다. 그런데 여기 등장하는 전 검찰총장은 로펌으로 가는 길을 포기한다. 그렇다고 매우 거룩한 길로 갔나 하고 생각할 필요는 없다. 그도 평범한 생활인일 따름이다. 사랑하는 처자식이 기뻐하고 즐거워할 일용할 양식을 벌어야 하고, 더 나아가서는 호의호식을 시키고 싶은 가장이다. 이 세상 보통의 남편이고 아버지인 것이다. 검찰총장을 했다고 특별할 것 아무것도 없다. 검찰총장은 아니지만 그보다 더 높은 국무총리 후보자였던 어떤 사람은 그 자리를 물러나면서 말 많고 탓 많았던 변호사 시절 받았던 수임료 11억 원마저 기부하겠다고 선언했다.

나 같으면 절대 하지 않았을 것이다. 벌지 않았다면 몰라도 어렵게 벌어서 모은 돈이었다면 그럴 일이 뭐람. 뇌물로 받은 돈은 더욱 아니었는데. 그리고 그에 대해 세상에선 뭐라고 했던가. "변호사 하면 그쯤이야 또 금방 벌 텐데 뭘!"이라고들 했다. 세상 비위 맞추기 참 어렵다. 야박한 게 세상이다. 내 돈 100만 원에도 안 달이면서 남의 돈 계산엔 통도 크다. 이러니저러니해도 그의 선언은 속이 시원했고 깨끗하긴 했다. 그러나 집에 돌아간 그에겐 뭐가 기다리고 있었을까. 모르긴 해도 분명 그의 아내가 가만히 있지 않았을 것이다. 집안 돈 11억 원을 자기 맘대로 쓰고 온 가장에게 잘 했다고 할 아내가 어디 있겠는가. 안팎으로 괴로웠을 그를 생각하며 예수와 부처가 혼자 살았던 까닭을 알겠다.

이런 점에서 전직 검찰총장의 가장으로서의 고뇌를 생각하지 않을 수 없다. 그는 그보다 일찍 검찰을 떠나 변호사가 된 후배를 찾아갔다. 내가 총장을 그만둬야 할 것 같다. 그래서 널 보자고 했다. 내 사정 잘 알지 않느냐? 너와 변호사 사무실을 함께하고 싶다. 이런 얘기였다. 이에 후배 변호사는 "아, 형님은 로펌에서 모셔 갈 텐데 뭐가 걱정이냐?"고 반문했다. 그러자 그는 말했다. "로펌 가봤자 내내 월급쟁이다. 그것도 몇 년에 지나지 않는다. 이제 월급쟁이 그만 할란다. 내 사정 알지 않느냐. 나 돈 좀 벌어야 한다."
그래서 그 후배와 함께 변호사 사무실을 했다. 그러나 그것도 불과
2년. 결국 로펌의 월급쟁이가 되어 살고 있다. 대통령일 수 없는
검찰총장이 할 수 있는 일의 한계. 선출직이 되면 좀 나아질까. 어
쩔 수 없이 권력과 깊은 관계를 맺을 수밖에 없는 그 자리가 검찰
총장이다.

　　그 자리의 독립성을 보장하기 위해서 임기직으로 한 지가 꽤
나 오래되었으나, 그 임기를 법이 정한 대로 지킬 수 있었던 검찰
총장을 본 기억은 많지 않다. 이 나라가 민주화되었다고는 하나
"글쎄요, 어떻습니까? 민주화되었습니까?" 이 물음에 어느 누구도
자신 있게 대답하지 못하는 게 우리의 현실이라고 하면 지나친 편
견일까. 비단 검찰총장뿐 아니라, 임기직이 적지 않다. 그들 역시
도 정권이 바뀌면 보따리를 싸기 일쑤다. 적지 않은 임기직이 정권
과 함께 그 자리에서 물러나야 한다면, 그 자리를 굳이 임기직으로
해둘 필요가 있을까. 이것이야말로 국력 낭비 아닐까. 이런 점에서
임기직을 참다운 임기직으로 하든가, 아니면 임기직을 깡그리 없
애든가 하는 것이 개혁이 될 것이다. 참다운 개혁은 세상 말로 속
보이는 짓 안하도록 만드는 것이 아닐까. 그래 견강부회하지 않도
록 하는 것 말이다.

　　그래서 해본 생각이다.

　　"검찰총장 나으리, 어차피 임기직이면서도 임기직 같지 않은
임기직 하실 바에는 폼 나게 하시구려. 소신껏 말이오. 귀하는 트

집을 잡힐 만한 '꺼리'도 없으니 말이오. 특히 누구처럼 혼외자 없고, 스폰서 없고, 뇌물은 한 푼도 받은 적 없으니 어떠하오. 한번 합시다. 그 '소신껏' 말이오. 뭐가 무서워 못하시겠소. 겁날 것 없지 않소."

"나도 그럴 생각 굴뚝같소만, 검사 오래 해보니 털어서 먼지 나지 않는 놈 없습디다. 해서 나 역시 그런 거 없다고 자신만만 의기양양해하다가 패가망신하게 될지 누가 알겠소."

이런 나약한 소리 하지 않고 "좋소." 하고는 단호히 행동으로 나설 검찰총장은 없을까, 하는 꿈같은 생각 말이다. 동서남북에서 덮으라고, 삼지사방에서 덮으라고, 위아래에서 덮으라고, 제아무리 으름장을 놓고, 윽박지르고, 애걸복걸 통사정을 해도 뿌리 깊은 나무처럼 흔들리지 않을 그런 검찰총장은 없을까 하는 꿈 말이다.

감히 단호히 말하거니와, 그것은 글자 그대로 꿈이다. 왜? 정녕 티끌만 한 흠도 없이 살기가 쉽지 않기도 하지만, 그렇게 산 사람이라면 검찰총장에 오를 수도 없었을 것이다. 그렇다고 흠이 없으면 절대로 검찰의 수장이 될 수 없다는 말이 아니다. 세상살이가 그렇다는 말이다.

가슴에 손을 얹고 곰곰이, 그리고 꼼꼼히 생각해 보기 바란다. 당신이 조금이나마 영향력을 행사하던 시절을 지나왔다면 자신 있게 "나는 흠 있는 짓을 하지 않았다."고 단언할 수 있는가. 또 "나는 결단코 누구에겐가 영향력을 행사할 수 있는 자리에 있은 적이 없다고 하더라도 어디선가 새치기라도 한 적이 없는가." 그렇다. 대부분 새치기의 기억은 있을 것이다.

　사람들은 새치기 정도 같고 '쩨쩨하게'라고 말할지도 모른다. 그러나 그렇지 않다. 이 세상의 부정과 비리 그리고 부패의 시작은 바로 이 새치기에서 시작된다고 말할 수 있다. 극단적인 예가 아니다. 당신의 새치기가 한 사람을 죽일 수도 있다. 아니 이미 죽였는지도 모른다. 사람이 아프면 되도록 빨리 명의(명의가 있는지 모르지만)를 만나 진찰을 받고 싶은 것이 인지상정이다. 그러나 명의라고 일컬어지는 사람일수록 만나기가 대통령 만나기보다 힘든 게 사실이다. 1년 뒤에나 진료예약을 할 수 있는 이른바 명의도 있다. 사정이 이럴진대, 다만 하루라도 빨리 명의 만나고 싶어 아는 사람을 찾아 선을 대기 시작한다. 마침내 선을 대는 데에 성공하여 두 달 뒤에 진료하기로 약속을 잡았다고 치자. 이런 사람이 나 한 사람뿐일까. 열 사람, 스무 사람, 아니 백 명은 족히 될 것이다. 이렇게 선을 댄 사람 때문에 오로지 순진무구하게 줄서서 기다리던 사람 가운데 명의를 만나지도 못하고 죽은 사람은 과연 없을까. 인명은 재천이고, 이것이 다 운명이라고 하면 그만일까. 얼핏 생각하면 아무것도 아닌 것 같은 명의를 향한 새치기도 여러 사람의 생사를 가르는 일이 된다.

　이런 명의를 향한 새치기 말고도 각종의 새치기가 오늘도 도처에서 우리 같은 보통사람, 그래 서민들 속에서도 비일비재하게 일어나고 있는 게 사실이다. 과거에는 동사무소에서 민원서류 떼는 데도 새치기와 뇌물거래가 있었다. 교통경찰관의 부패는 어땠

나. 이걸 우린 '사바사바'라고 했다.

이런 것들은 요즈음 거의 찾아볼 수 없게 되었다. 발전한 거다. 그러나, 만약 내 주변의 어떤 이가 내가 필요로 하는 약간의 새치기(대개 사람들은 자신에게 새치기가 필요할 때는 약간의 새치기라거나 인간적인 것이라 말한다)를 할 수 있는 사람이 있어 부탁을 했다고 치자. 그때 부탁받은 그가 그냥 순서대로 하세요, 라고 하며 거절하면 어떨까. 말할 수 없이 서운해서 '웬수'가 되지는 않을까. 그러니 검사쯤 되는 사람에게 이런 부탁이 없을 수 있을까. 부탁을 받고 번번이 거절할 수 있을까. 그러다간 검사 되고 나서 '웬수'가 된 사람이 여럿이지 않을까. 이래서는 세간의 평이 좋게 나기가 쉽지 않을 것이다. 우선 가까운 데에서부터 좋은 말 안할 터이니까.

그렇다고 그 반대일 경우는 쉬울까. 그 역시 어렵다. 이율배반적인 것이 세상인지라, 그 사람은 너무 사적인 데에 물러서 공직인 검찰총장이 되기에는 적합하지가 않다는 여론이 일기 때문이다. 검사는 공직이 아니고 검찰총장만 공직이란 말인가. 웃긴다. 사람들은 자기한테 닥치면 '인간적으로'라고 하지만, 자기와 직접적인 관계가 없이 객관화되면 갑자기 사회화한 잣대를 들이댄다. 뿐만 아니라 그 자리를 탐내고 노리는 사람들의 음해가 엄청난 것도 사실이다. 모르고 있던 흠이 물 만난 물고기마냥 뛰어오른다. 이것을 견뎌내기는 결코 쉽지 않다.

바로 이래서 세상살이가 어렵다. 까칠하면 까칠해서 안 되고 물렁물렁하면 물렁물렁해서 안 된다. 원칙주의자로 칭송받던 사람은 융통성이 없어서 곤란하고, 온정주의자는 법 집행을 엄정하게 하지 못할 융통성 과다로 안 된다. 그는 외압을 견뎌내지 못할 것이고, 그는 대통령을 능멸할 가능성이 있어 안 된다.

　장점이 단점이 되고, 강점이 약점으로 바뀌기가 십상이다. 그러니 세상에 없는 능력자 같은 검찰총장이 이 세상에 존재하기 어렵지만, 설사 있다손 치더라도 이른바 정치권이라는 이상한 동네 때문에 검찰총장의 유무능과 관계없이 그는 맥을 못 출 수밖에 없다.

　검찰총장 후보자를 두둔하는 것은 아니지만, 청문회에서 그의 뒷조사를 해 비리를 밝혀내는 의원들의 호통이 이만저만이 아니다. 대한민국 주민등록증 가진 국민 치고 완벽하게 깨끗한 사람이 과연 얼마나 될까. 물론 작다면 작은 일이지만 '새치기'를 포함해서 말이다. 흔히 거론되는 '위장전입' 문제에서 자유로운 사람이 얼마나 될까. 아들딸 자식 가진 부모라면 누구든 학군 좋은 곳으로 위장전입하고 싶은 마음 한두 번씩은 먹었을 것이다. 병역 문제? 예전에 군대 가서 재수 없이 죽을 때는 "빽!" 하고 죽는다는 말이 나올 정도였으니, 오늘날 정치권이나 높은 지위에 있는 사람들 치고 빽 없던 사람 많지 않을 것이다. 물론 개천에서 용 나듯 출세한 사람도 있지만, 그것은 드문 일이고 돈 많고 권력 있는 기득권층 자녀로 성장해서 오늘의 부귀를 누리는 사람들이 대부분 정치권을 주름잡고 있다. 돈 주고, 빽 쓰고, 하다못해 진단서 위조해서 군대 면제된 사람들 많다. 그런 그들이 청문회라고 해서 호통을 치면서 자신은 깨끗한 척하는 꼴불견을 요즘의 정치판에서 흔히 본다. 한마디로 "비리 없는 정치인 나와 보라!"고 하면 떳떳하게 "나요!" 하고 손들 사람 몇이나 있을까? 이 정도라면, 대한민국 정치판은 비리의 온상 아니겠는가?

저는 이렇게 생각합니다

후보 시절에 대통령 행세 다 한 사람

🪷

　　정치권이라는 이 동네도 사람이 만든 동네가 분명하다. 그럼에도 어느 대기권보다도 이상하다. 이상한 것이 한둘이 아니다. 그중에 하나가 어떤 사건도 정치인과 관계가 있으면 와글와글 부글부글 끓다가 언제 그랬냐 싶게 사라진다. 그런 뜻에서, 한마디로 말해, 정치권은 블랙홀이라고 하겠다. 그러니 힘이 센 듯하지만 사실에 있어서는 바람 앞의 등불 같은 한낱 검찰총장이 어찌 블랙홀을 수사할 수 있으랴. 이런 점을 모르고 있었을까. 이런 점을 배제한 것일까. 설마 검사와의 대화를 그렇게까지 몰아갈지는 몰랐을까. 아니다. 그렇지는 않았을 것이다.

　　노무현은 검사와의 대화로 대통령을 시작했다. 왜 그랬을까. 검사들이 어떤 바람에도 흔들리지 않기를 소망했기 때문 아니었을까. 설사 그가 대통령이라 할지라도 오로지 법대로 기소하는 검사를 보고 싶어서였을 것이다. 그런데, 젊은 검사들은 이 기회를 대통령 골리기의 자리로 만들었다. 검사들을 검사 본연의 자리로 되돌리려는 대통령의 꿈은 "이쯤 되면 막가자는 거죠?"라는 대통령의 자탄으로 끝이 났다.

왜 좋은 뜻에서 시작한 자리가 이렇게 엉망으로 끝난 걸까. 이는 검사들의 오해 또는 곡해와 대통령의 성급함, 그리고 그가 변호사였던 과거와 관련이 있다고 하겠다. 검사들은 노무현을 대통령으로 실감하지 못했던 것 같다. 이와 동시에 변호사 시절 검찰에 당했던 한풀이를 하기 위해 그 자리를 만들었다고 생각한 것은 아니었을까. 그래서 그들은 "옳다구나, 노무현이 골탕 좀 멕이자." 이렇게 생각했던 것은 아니었을까.

반면 노무현은 변호사 시절 검찰을 생각하니, 검찰만 바로 서면 온 나라가 바로 설 수 있겠단 생각을 했을지도 모른다. 그러므로 검찰 수뇌부가 아닌 젊은 검사들과의 대화를 대본 없이 씩씩하게 공개방송, 그것도 생방송으로 열었는지 모른다. 그는 그들 젊은 검사들에게, 대통령은 검찰권에 절대 간섭하지 않겠으니, 여러분 마음껏 이 눈치 저 눈치 보지 말고 독립적으로 일해 주기 바란다는 말을 국민 앞에서 선언하고 싶었던 것은 아니었을까. 그러나 젊은 검사들은 검찰의 독립권 보장을 외치면서 검찰의 독립권을 실로 침해하고 또 침해한 대통령을 숱하게 보아온 과거 때문에, "또 쇼하고 있네!"라고 생각했는지 모른다. 소통에 실패한 대표적인 예이며 우리 검찰의 슬픈 초상이라 하겠다.

다시 '블랙홀'이라 명명한 정치권으로 가자. 대저 국회의원은 영화 〈왕의 남자〉의 줄타기 광대와 흡사한 존재이기도 하다. 국회의 담벼락을 잘못 타다간 곧장 감옥으로 갈 수도 있다고 하지 않는가. 그만큼 아슬아슬하다는 얘기다. 검찰총장이 법대로를 외치면 야당은 대뜸 공안정국 조성이라며 검찰총장을 친다.

이때 여당은 법대로가 무슨 공안정국 조성이냐며 응수하지만, 한편으로는 야당에 호응하는 입장을 취한다. 자칫하면 야는 물론 여도 무사하지 못할 것이기 때문이다. 겉과 속이 다른, 실은 공동보조가 적지 않다. 그들 국회의원들의 공동이익과 관련해서는 말이다. 정국이 극심히 대치되어 시끄럽고 혼란스러운 틈새에서 슬그머니 세비가 오르고, 보조원 수가 늘어나고, 그들만의 잔치가 융성했던 경우가 얼마나 많았던지.

바로 이런 때, 검찰총장은 그들의 동네북이기 일쑤다. 사실 검찰총장은 힘이 셀 때만 세다. 천하장사 같다가도 이빨 빠진 호랑이 같기도 하다. 국민은 약자에겐 약하고 강자에겐 강한 검찰총장을 늘 원하나, 대개 그는 강자에겐 약하고 약자에겐 강하기 다반사다. 그렇다. 대통령이 강자의 편일 땐 강자 편이 되고, 대통령이 약자의 편일 땐 약자 편이 된다는 게 정확한 말 아닐까.

이른바 문민정부를 선언한 김영삼이 대통령을 할 적의 일이다. 검찰총장을 뽑을 때의 일이다. 황희 정승 후예 법조인(그가 '황희 정승 같은'이란 말은 아니고, 그가 늘 황희 정승을 들먹이고 내세우는 까닭에 그렇게 쓴 것임)이 검찰총장 1순위였다. 당연히 그가 후보자가 되었다. 김영삼의 결재만 남았다. 김영삼의 "이 사람이 좋으냐?"라는 간단명료한 질문에 "그렇습니다."라는 대답. 검찰총장이 막 확정되는 순간, 단 한마디가 그 1순위의 검찰총장 후보자의 임명을 가로막았다. "하지만 각하 마음대로는 안 될 낍니다." 김영삼은 "그라믄 안 되지."라고 했고, 이리해서 검찰총장에 다른 사람이 임명되었다고 한다.

믿을 수 없고 믿고 싶지 않겠지만, 이것이 분명 이 나라의 현실이다. 감히 이 나라의 현실이라고 단언하는 까닭은, 그제나 이제나 검찰총장이 다른 방법으로 뽑힌다고 여겨지는 징후를 볼 수는 없었기 때문이다. 그는 군복을 벗고 대통령이 되지 않은 오랜만의 대통령이었다. 그래서 자칭 '문민정부'라고 했다. 그렇다면 김영삼은 달랐어야 마땅하다. 화장 아니 분장을 한다고 해서 원판이 달라지는 것이 아님을 확인한 경우다.

이렇게 임면권이 대통령에 있는 한, 제 아무리 대쪽 같은 검찰총장이라 하더라도 그 임면권자를 거슬리기는 쉽지 않다. 쉽지 않은 게 아니라 거의 불가능하다. 아니 거의도 아니다. 전혀 불가능하다. 그 직을 버릴 각오라면 모르거니와 그렇지 않다면 더욱이 그러하다.

사실 여기까지 올 필요도 없다. 큰 문제라면 몰라도, 자질구레한 문제까지 대통령에게 의지(?)할 필요는 없기 때문이다. 그런 점에서, 여기서 예로 등장시킨 아무개 의원의 경우가 과연 큰 문제인지 자질구레한 문제인지는 논외로 하자. 매우 특별한 경우가 아니고서는 보편적으로 개인이 집단을 이겨내기란 불가능하다. 제 아무리 힘이 빼어난 천하장사라 하더라도 떼로 달려드는 데에는 도리가 없는 법이다. 이만기도 강호동도 떼로 달려들면 어떻게 해 볼 도리가 없다. 다윗처럼 놀라운 지혜를 가지고 있지 않는 한 그것은 불가능한 일이다. 얼마나 많은 정치인들이 검찰을 무력화시켜 왔는지 우리는 안다.

여기서 또 잠깐, 선출직이며 임기직인 대통령을 생각해 보자. 그 역시 사람이다. 국민의 과반수 지지를 받으면 대통령이 된다. 아니, 그렇지 않다. 우리의 경우, 후보자가 여럿이면 굳이 과반수가 아니어도 된다. 후보자들 가운데 1등으로 득표를 하기만 하면 된다. 당에서 후보자가 되어야 하고, 이렇게 해서 링에 오른 대통령 후보자 가운데에서 1등을 해야 대통령이 되는 것이다. 그러므로 이러한 제도의 개선도 필요하다. 자칫 하다가는 겨우 국민의 반의 반 정도의 지지로 대통령이 되니 말이 되나. 최소한 투표한 사람의 절반 이상에게는 지지를 받은 사람이 대통령으로 당선되는 게 민주주의의 뜻에 걸맞지 않을까. 그건 그렇고, 이 문제는 다시 논의할 기회가 있을 것이다.

현행 제도만으로도 국민에게서 심판을 받는 본선은 말할 것도 없고, 그가 속한 정당에서 후보자가 되어야 하는 예선 또한 매우 중요한 절차이다. 대통령이 되고 싶은 사람은 이 절차를 기필코 통과해야만 한다. 과거에는 가 정당마다 대통령 후보자가 단출했다. 겉으로는 후보자가 여럿이었으나, 속으로는 이미 확정되어 있었던 것이 사실이다.

그럼에도 당내 경선 과정에서는 물론이고, 본선까지 돈 문제가 이어져 갔다. 대쪽이니 뭐니 한 이미지를 가졌던 이회창은 당시의 집권당 후보자였다. 그러므로, '그러므로'라는 접두사는 바르지 않은 것이지만, 당시에는 집권당의 후보자에겐 그런 프리미엄이 있었던 게 사실이다. 그래서 접두사로 '그러므로'를 사용한다. 그러므로 이회창은 맘 놓고 돈을 썼다. 대쪽이라는 이회창에게 맘 놓고 쓸 돈이? 당연히 없다. 그러나 당연히 당선할 것이라 믿었던 사람, 당연히 재벌 쪽에서 돈을 댔다. 그것도 차떼기로. 트럭에 돈을 싣고 만남의 광장에서 차를 넘겨주는 방식이었다고 들었다.

그때, 집권당의 수뇌였던 한 국회의원이 내게 물었다. "이회창 씨가 당선하겠죠?" 내 대답은 명확했다. "아뇨." 그러자 그는 다시 물었다. "와요?" 나는 대답했다. "이회창 씨는 대통령 기분 다 냈지 않습니까?" 그랬다. 그는 대통령에 출마해서 낙선할 때까지 한 1년쯤 마치 대통령처럼 행동했다. 적어도 내 눈에는 그렇게 보였다.

국민은 어리석지 않다. 표를 많이 얻는 사람이 대통령이 된다. 그럼에도 그는 이미 표를 많이 얻은 사람처럼 행동했던 것이다. 그러니 누가 표를 주랴? 그는 이인제의 대통령 출마를 막지 못했다. 누군가 찾아가면 자리를 약속해야 하는데 하지 않았다. 그의 측근—늘 측근이 문제다—은 공을 뺏길까 겁냈다. 자신의 측근 순위를 높이고 싶어 하는 측근이라는 '웬수'가 문제인데, 이회창의 경우가 그랬다. 이것은 이미 대통령에 당선되었다고 확신했기에 나온 그림이다. 그런데, 그만, 그는 떨어졌다. 아마 그 자신은 절대로 믿고 싶지 않은 결과였을 것이다. 아니 믿을 수 없는 결과였다. 그리고 그는 더 이상 깨끗하지 않은 사람이 되었다. 그 차떼기가 걸렸기 때문이다.

　당연히 이회창이 감옥에 갔어야 했는지 모른다. 그러나 그의 동생이 갔다. 그리고 몇 측근이 갔다. 그런데 만약 그가 당선되었다면 어떻게 되었을까. 그 차떼기를 한 재벌의 재계순위가 높아지지 않았을까. 아마 그랬을지도 모를 일이다. 어쩌면 김대중과 노무현이 우리 현대사에서 대통령으로 기록될 수 있었던 것도 이 사건과 무관하지 않을지 모른다. 차떼기 당의 다음 대통령 후보 역시 이회창이었으니까. 차떼기 당은 정말 국민을 얕잡아 본 것이 아닐 수 없다. 이회창은 변함없이 교만했다. 이번엔 대쪽도 아니었는데, 노무현쯤은 우습다고 생각한 듯하다. 전과 똑같은 이가 똑같은 질문을 내게 했고, 나는 똑같은 대답을 했다. 그의 표정엔 또 야당을 해야 하는구나, 하는 슬픔이 담겨 있었다. 그로부터 5년 뒤 이회창은 당을 갈아 대통령에 출마했다. 그리고 또 낙선했다. 그러나 출마한 세 번 가운데 가장 후보자다운 모습이었다. 그러나 그때는 이미 그의 시대가 아니었다.

　일단 정치인이란 이름을 걸면 법망에서 빠져나갈 구멍이 많다. 차떼기로 돈을 먹어도 당사자인 몸통은 얼굴 떳떳이 들고 행세하는데, 별 볼 일 없는 잔챙이만 대타로 당한다. 그러나, 그렇게 당분간 감옥으로 가더라도 나중에 보면 특사다 뭐다 해서 감형을 받아 풀려난다. 치외법권(?) 지역이므로, 일단 정치권에 발을 들여놓으면 신변이 보호되고 안전이 확보된다. 과연 정치권은 죄를 진 사람도 일단 그 안에 들어가면 안전이 보장되는 저 옛날 '소도'와 같은 '블랙홀 공화국'인가.

이런 얘기를 어떤 분에게 했더니, "미국에서도 검찰총장은 대통령의 검찰총장이라고 하죠."라고 말했다. 세상의 권력은 언제나 권력적일 수밖에 없다는 말인 셈이다. 이 권력이란 것을 진정으로 새롭게 할 수는 없을까.

정치인은 돈을 먹고 사는 불가사리인가

대한민국 정치판에서 선거와 돈은 뗄 수 없는 관계다. 선거에는 많은 사람이 필요하기 때문이다. 많은 사람을 동원하는 힘은 뭐니 뭐니 해도 돈이다. 과거에는 사람들을 매수하기 위해 돈이 들었다면, 오늘에 와서는 선거운동원들을 조직하고 운영하는 데에 돈이 필요하다. 돈으로 사람을 매수하다가 걸리면 패가망신만 할 따름이다. 그런 까닭에 이런 짓 하는 후보자는 과거보다 현저히 줄었다.

법도 엄해졌다. 선거운동원이란 말도 바뀌었다. '자원봉사자'라고. 자원봉사자, 좋은 말이다. 그러나, 선거운동원이 자원봉사자로 바뀌었다고 해도 돈은 필요하다. 사람 사는 세상에는 돈이 필요한 것이니까. 이와 동시에 선거에 도움을 준 사람들에게 특히 당선자는 큰 도움을 받은 것이다. 그들이 제각기 자원해서 봉사를 했다고 하나, 신세를 진 것은 사실이다. 신세를 졌으면 어떤 식으로든 신세를 갚는 게 사람의 도리다. 대통령 역시 마찬가지다. 그가 선출직인 바에야 이 사람 저 돈의 신세를 지지 않을 수가 없다. 몇 백만 명과 몇 백억 원, 어쩌면 몇 천억 원(?)이 드는 선거전이다. 사람도 돈도 어마어마하게 들어가야 하는 선거전이다. 그런데, "난 누구에게도 신세를 진 적 없어요."라고 하는 것은 여지없이 거짓말이다. 다만 "법을 어긴 적은 없어요."라는 말을 할 수는 있다.

나는 지금 법을 지켰는지 어겼는지를 말하고 있지 않다. 신세를 졌는지 안 졌는지에 대해서만 말하고 있을 뿐이다. 이런 점에서 소규모 선거일수록 신세를 진 양이 적고 대규모 선거일수록 신세를 진 양이 클 수밖에 없다. 따라서 대통령 선거에 출마한 사람이 남의 신세를 가장 많이 진 사람이 된다. 이를 부인하면 안 된다. 만약에 대통령에 출마한 적이 있던 사람이 이 사실을 부인한다면, 그는 거짓말의 명수이며, 신세를 진 사람들에게 엄청난 실례 내지 배신을 하는 셈이다. 적어도 대통령이 되었거나 되려고 하였던 사람이라면 실례나 배신을 할 정도의 인격은 아닐 것이다. 아니 정확히 말해서 그런 정도의 인격은 아닐 줄로 믿고 싶다.

김종필이 그의 아내 장례 치를 때 한 문상객에게 "가까이에서 모셔보니 대통령이 어떤 인격입디까?"라는 질문을 했는데, 그 질문의 의미심장함을 나는 나대로 음미했었다. 과거 그가 박근혜를 두고 했던 말들이 떠올랐기 때문이다. 아무튼 현직 대통령인 박근혜의 경우도 이 신세에 대해 보은하는 모습을 우리에게 보여준다. 대개가 대통령의 신세 갚음이란 인사다. 역대 대대로 그렇다. 달리하는 방법도 없다. 대기업 총수였던 이가 대통령이 되면 모를까, 그 많은 사람들에게 일일이 신세 갚음을 하기는 어렵다.

들으니 대통령이 손쓸 수 있는 자리가 2만여 개라 한다. 사실인지 아닌지는 확인할 길도 없다. 풍문으로 들으니 그렇다는 것이다. 사실 20만여 개나 200만여 개 자리면 몰라도, 2만여 개의 자리는 절대수에 있어 부족하다. 그러다 보니 이 또한 경쟁이 치열하고, 이에 따라 추문도 적지 않다. 자격이 있네 없네, 흠이 있네 없네, 대통령에게 누가 될 것이네, 공은 아무개가 더 많은데 등등 말이 많기 마련이다.

여기서 특히 공의 문제가 문제다. 이른바 논공행상의 문제. 이는 매우 심각하다. 공공연히 드러난 연예계에서도 자주 말썽이 나지 않는가. 그러니 그보다 훨씬 복잡다단한 선거운동과 관련해서야 말해 무엇 하랴. 운동원 자신이 생각할 때 자기만큼 열심히 일한 사람이 몇이나 되랴 싶지만, 그는 말단의 공을 세운 경우에 불과한 것이 대부분이다. 그러니 자리는 적고, 가고 싶은 사람은 넘쳐나니 뒷말이 무성할 수밖에. 취재기자도 필요 없다. 가고 싶은 사람끼리 이전투구를 벌이니 저절로 바깥세상으로 알려지기 마련이다. 이러다 보니 전혀 느닷없는 사람이 그 자리에 가기도 하고, 그러다 또 말썽이 나고 하는 불행한 일이 생기기도 한다. 적재적소에 인재를 등용한다는 원칙이 무너지고, 이렇게 되면서 원칙은 점점 자취가 없이 사라진다.

지금 그 자리에 앉아 있는 이들에겐 미안한 얘기고, 또 적재가

적소에 간 경우는 더욱 미안한 말이지만, 공기업의 상임감사 자리
엔 앉지 말아야 할 사람이 적잖이 앉아 있는 게 사실이기도 하다.
자리의 특성이 그렇다. 눈에 뜨이지 않는다는 점에서 신세 갚음하
는 자리로서는 적격이다. 직접 경영 일선에서 책임을 지고 성과를
내지 않아도 된다. 그러면서 사장 다음의 자리이며 모든 대우 또한
그러하다. 대우는 좋고 책임은 없는 자리인 상임감사. 그래서 어떤
사람은 사장보다 상임감사를 원한다고 한다. 없었으면 큰일 날 뻔
했다. 어느 정권 할 것 없이 꼭 같다. 그러면서도 자기네가 아닌 정
권이 들어서 그런 짓을 하면 금방 나라 망할 일이라도 일어난 듯
요란하다. 내가 하면 로맨스고 남이 하면 스캔들인 일이 쉬지 않고
반복된다. 국민만 억울한 생각, 또 속았단 생각, 으레 그러려니 하
는 체념의 한숨. 이래서 정치는 사기일 수밖에 없는 숙명적 한계
속에 있는지 모른다.

생각해 보라. 돈이 드는 선거를 치르고, 사람이 필요한 선거를
치르고 당선되어야 목표에 도달하는 것이 선출직이다. 그런데, 그
선출직이란 그들에게 습관이 되어버린 잠꼬대 같은 '국가와 민족
을 위해서 일하는 자리'일지언정 돈을 버는 자리는 아니다. 그런
데, 돈을 쓸 일은 수두룩하다. 왜 그런지는 알 수 없으나, 우선 밥
값만 해도 그렇다. 나는 그들이 싸구려 밥집에서 끼니를 때우는 모
습을 본 적이 별로 없다. 일반 직장인들이 점심을 먹는 식당의 밥
값은 대개 6~7천 원이다. 그들 국회의원에게 그 정도의 밥값을 기
대하지는 않는다. 그러나 그들이 밥값으로 쓰는 돈의 총량은 너무

많다. 그들이 즐겨 이용하는 곳은 호텔이나 고급 식당가의 전문음식점이다. 한정식 집도 빼놓을 수 없다. 줄잡아도 한 끼니에 평균 2만 원에서 5만 원이다. 서민의 음식이라는 짜장면을 먹어도 그들이 먹는 고급 식당가에서는 1만 5천 원 이상이다. 밥값으로 한 달에 300만 원쯤 든다고 하면, 다른 경우는 또 어떻겠는가.

문득 김대중을 인터뷰할 때가 생각난다. 평민당 총재 시절이다. 이 인터뷰를 하고 나서 얼마 뒤에 그는 대통령이 되었다.

"김 선생님은 하루 돈을 얼마나 쓰시는지요?" 잠시 생각하더니 답변을 하였다. "얼마나 쓰는지는 정확지는 않지만, 아침에 나올 때, 집사람이 300만 원을 챙겨 줍니다." 300만 원은 결코 적은 돈이 아니었다. 그래서 상상했었다. 부인 이희호가 돈을 세어 그 가운데 300만 원을 김대중의 지갑에 채워주는 광경을. "왜 은행을 이용하지 않으시나요?" "여당에서 야당을 탄압하는 방법 가운데 하나가 자금이에요." "불법자금은 아니지 않습니까?" "물론이죠. 민주주의를 열망하는 국민들이 보내주시는 거죠." 그때는 대통령이 김영삼이던 시절이다. 그럼에도 그는 이런 생각을 가지고 있었다.

그런데 국회의원들의 씀씀이가 만만치 않음은 물론이고, 그것을 절약하려는 노력도 눈에 띄지 않는데, 그들은 지난 1년간 1억 원쯤 평균적으로 재산 증가가 있었다고 한다. 물론 더러 감소한 의원도 있을 줄로 안다. 대부분의 국민의 재산이 늘지 않았고, 대부분의 자영업자들이 허리 휜다고 하고, 집값으로 해서 여러 형태의 괴로움을 받는 국민의 아우성이 적지 않은 이때에, 유독 그들의 재산이 는 이유는 도대체 무엇일까. 국가와 민족을 위해서 뛰어다니다 보니, 착하다고 하늘에서 1억 원을 뚝 떨어뜨리기라도 했다는 것인가. 진실로 나는 국회의원이나 고위공직자들의 재산이 계속 불어나기를 바란다. 다만 정당한 소득이고, 국민의 재산이 불어나는 것과 비례한다면 좋겠다. 꼭 반드시 그러면 좋겠다. 그렇다면 누가 그들이 부자가 되는 것을 욕할까. 국민은 날이 가고 달이 갈수록 가난해지는데, 그들만 부자가 되면 어찌 욕하지 않을 수 있겠는가. 왜냐하면 그들은 국가와 민족을 위해서 정치를 한다고 하는 사람들이기 때문이다.

국가와 민족을 위해 하는 일이므로, 정치인들은 그렇게 돈을 함부로 써도 되는 것일까. 국회의원들은 다달이 국민의 혈세에서 나오는 세비로 지역구 관리를 하는 데도 부족하다. 물론 국민 혈세에서 나오는 돈으로 국회의사당에 버젓이 사무실을 차려주고 보좌관과 비서진을 두고, 운전사 딸린 자동차까지 운행하도록 되어 있다. 거기에 갖가지 국회의원 자격으로서의 대우는 돈의 가치로 따지기 어려울 정도로 대단한 혜택이 주어진다. 어설프게 조잡한 책을 출판하고 거창하게 출판기념회를 열어 공식적으로 후원금을 거둬들이는 돈도 만만치 않다. 그런데도 국회의원은 늘 돈이 부족하다.

이상한 일이다. 돈이 든 사과궤짝이 시시때때로 하늘에서 떨어지는 것도 아니고, 국회의원은 세비 외에 따로 버는 것도 없는데 돈을 물 쓰듯 쓴다. 돈을 먹고 사는 불가사리가 아니고서야 어찌 그럴 수 있겠는가? 국회의원이라는 자리에 앉으면 가만히 있어도 현금이 든 사과궤짝이 저절로 굴러들어오는 모양이다. 옛날에는 사과궤짝이었는데, 성완종의 경우를 볼 때 요즘은 5만원권 다발을 비타500 박스에 넣으면 1억 원이 넘는다고 한다. 그 돈들이 어디서 굴러들어오겠는가? 성완종의 경우만 보더라도 금세 알 수 있다. 대한민국에 성완종 같은 사람이 한두 명이겠는가? 아니, 성완종은 사건이 터지기 전까지도 그가 경영하는 회사 이름조차 모르는 사람이 많을 정도로 한국의 대재벌들에 비하면 졸부에 속한다. 대재벌들에 비하면 성완종의 비자금은 '새 발의 피'밖에 안 된다.

비자금, 그것이 문제다. 한국의 상당한 기업들이 비자금을 마련하기 위해 부심하고 있다. 왜 비자금이 필요한가? 그 자금의 상당부분은 정치권으로 흘러 들어간다. 비자금은 장부를 위조하여 빼낸 돈이므로 세금 부과 항목에서 제외되어 있다. 국민의 혈세가 되어야 할 자금이 비자금으로 둔갑하여 탈세의 온상이 되고 있다. 탈세의 원흉인 비자금이 정치권으로 흘러 들어가면, 그것을 쓰는 정치인 역시 탈세를 눈감아주는 공범이 되는 셈이다. 이러한 범죄 행위에는 여야가 따로 없다.

정치인들이 겉으로는 국가와 민족을 위해 일한다고 하면서, 속으로는 국민의 혈세를 낭비하고, 눈감아주고, 도외시하는 행위를 대체 어떻게 보아야 할 것인가. 이래도 '정치는 사기다'라는 주장을 반박할 수 있겠는가.

막걸리와 고무신에 농락당한 민주주의

✿

　　현대사가 어언간 70년에 육박하고 있건만 대통령이 바뀔 때마다 변함없는 구호는 개혁이고, 부패척결이며, 서민경제의 향상, 복지한국의 완성, 교육문제, 노사관계, 노인문제, 청년실업 문제의 해결 등등이다. 그 시기에 따라 이슈가 커졌다 작아졌다 한다. 작가 김훈은 그러한 현실을 이렇게 표현했다. "우리는 넘어진 자리에서 일어났다가는 다시 그 자리에 엎어지고 또 일어났다가는 다시 엎어진다." 저 60년대에 "껍데기는 가라 알맹이만 남고 껍데기는 가라."고 외쳤던 신동엽의 시가 아직도 통하는 이 사회의 현실을, 우리는 여전히 공감할 수밖에 없다. 이게 뭔가? 대통령은 대통령대로, 여당은 여당대로, 야당은 야당대로, 시민사회는 시민사회대로, 국민은 국민대로 변하지 않는 이 현실을 대체 어떻게 이해해야 할까.

그러나 한탄과 한숨은 우리의 현실에 진전을 가져오지 못한다. 자기들의 자리를 차지하고 보전하기 위하는 데만 급급하면 어떤 변화도 진전도 개선도 가져오지 못한다. 이철이라는 정치인이 있었다. 이른바 꼬마민주당의 수뇌부 중의 한 명이었던 사람이다. 그가 바로 그 시절에 자조적으로 내게 했던 말이다.

"아마도 모르긴 해도, 자신이 공산주의자라고 선언을 하면, 다음 선거에서 무조건 국회의원에 당선된다고 하면, 내일 공산주의자라고 선언하는 국회의원이 90%는 될 겁니다."

그만큼 국회의원은 다음 선거에서의 당선이 최대 관심사이고 목표라는 뜻으로 한 얘기일 것이다. 그때 국회의원들 가운데 지금도 국회의원인 사람이 누구인지 몇이나 되는지 알 수 없다. 또 그가 과학적 통계자료를 가지고 한 얘기도 아니지만, 지금 국회의원하는 사람 가운데는 그런 사람이 없길 바란다. 국가의 미래를 걱정하는 사람은 정치가, 다음 선거를 걱정하는 사람은 정객이라고 한다지만, 과연 우리에게는 정치가가 얼마나 많을까.

이 나라의 정치인 가운데 정치가를 정객보다 더 많이 늘리는 가장 확실한 방법은 국민인 우리 손에 달려 있다. 우리가 정치가보다 정객을 더 원하면서, 정치가 왜 이 모양이냐. 정치하는 사람들만 정신 차리면 우리나라는 잘될 텐데, 정치하는 사람들 수준이 제일 떨어져. 이러한 데도 우리나라가 발전하고 이렇게 유지되는 걸 보면 우리 국민이 정말 대단한 거야… 등등의 말을 때론 매우 거칠게, 나름 품격을 지키면서 하는 것을 보는 것은 너무도 흔한 풍경이다. 그러나 과연 그럴까. 오늘의 입법부를, 오늘의 사법부를, 오늘의 행정부를 구성한 사람들은 다름 아닌 우리들 국민이다. 결국 누워서 침 뱉기인 말들이다. 그런 점에서 진정 그렇게 생각한다면 국민인 우리가 선거를 잘해야 한다. 선거를 잘못한 스스로의 죄에 대한 벌이 바로 그것이기 때문이다.

우리 국민이 정신 차리기를 간구한다. 민주주의는 우리 국민이 주인이기 때문이다. 제발 이젠 '국민의, 국민에 의한, 국민을 위한 국가'를 만들자. 더 늦기 전에.

왜 선거를 잘못하는가?

저 자유당 때에는 막걸리와 고무신에 선거가 농락당했다. 지독히도 가난했던 시절, 대다수 국민이 선거제도에 무지하고 무식했던 시절이다. 선거라는 걸 생전 처음으로 하는 국민이 전부였던 시절이었다. 나라님을 우리 손으로 뽑다니, 이 얼마나 황망한 일인가. 대통령은 곧 나라님으로 환치되던 시절에, 이승만은 미국의 전폭적인 지원을 받으며 등장했다. 이승만의 정통성 여부는 차치하고, 미국에서 정치학을 공부한 박사이기도 한 이승만, 게다가 당시 구세주처럼 여긴 미국이 선택한 이승만이고 보니, 정치교육을 받고 민족주의로 무장된 몇몇을 제외하고는 이 낯선 선거제도를 바르게 소화할 수 없었던 게 사실이다.

우리에게는 태평양전쟁이지만, 세계2차대전을 승리로 종식시킨 연합군은 세계지도를 재편했다. 이로 인해 우리나라는 무조건 해방의 대가를 혹독히 치러야 했다. 그것이 바로 남북 분할이었다.

어째서 한반도가 남과 북으로 나뉘어야 했을까. 일본의 무조건 항복으로 전쟁이 끝났고, 우리는 그야말로 무조건 해방되었다는 그 기쁜 소식에 대성통곡을 한 김구의 눈물은 오늘도 씻기지 못한 채로 우리 가슴속에 흐르고 있다. 남북 분할을 분단으로 이어지게 할 수 없다는 김구 등의 몸부림은 미국과 소련의 분할 구도를 꺾지 못했다. 결국 안두희의 흉탄에 김구가 쓰러진 것을 기점으로 하여 남북 분할은 일사천리로 진행되었다.

마침내 남북 분할은 남북 분단으로 이어졌다. 1948년 대한민국 정부가 수립되었기 때문이다. 따라서 그 책임을 이승만에게 몽땅 짊어지게 하는 사람도 있으나, 이는 감정적이고 사변적이라고 하겠다. 북쪽의 김일성 역시 소련의 지원을 받아 정부를 수립하였으니, 남북 분단의 책임을 이승만과 김일성이 나누어 짊어지게 해야 맞을 것이다.

그러나 좀 더 밀도를 더해 생각하면, 이 책임을 따지기는 그리 간단한 일이 아니다. 우리에겐 매우 중대한 해방이었다. 그러나 그것이 결국 남북 분할 그리고 분단으로 이어졌지만, 미국과 소련에게도 우리처럼 중대한 문제였을까. 그들은 한 민족의 미래 따위는 안중에도 없었던 것 아니었을까. 미국의 루스벨트와 소련의 스탈린 그리고 영국의 처칠, 이 셋에게 이 조그마한 땅덩어리의 의미는 무엇이었을까. 이렇게도 긴 세월에 걸쳐 문제가 될 줄을 알기는 했을까.

그때 연합국의 대열에 꼈던 나라들은 저마다 식민지를 가졌다. 그 형식 또한 저마다 달랐다. 세계 곳곳의 분쟁 지역들의 문제는 모두 그때부터 비롯된 것이다. 우리에게만 문제가 있는 것은 아니다. 일종의 무조건 독립한 모든 나라들이 겪는 문제다. 그렇기 때문에 이승만에게는 책임이 없다는 말은 결단코 아니다. 나는 남북 분단의 고착화를 진행시킨 6·25, 즉 한국전쟁의 책임을 이승만에게 묻고 싶다. 김일성의 도발로 시작된 한국전쟁의 결과가 과연 무엇이었나? 베트남 전쟁의 결과 전쟁은 베트남의 승리로 끝났다. 미국이 패배한 것이다. 그리하여 베트남은 민족통일이 이루어졌고 공산정권이 들어섰다.

그런데 우리는 전쟁 전이나 후나 아무런 변화가 없다. 도발한 쪽에서 얻은 것이 없으니 무승부라고 할 수 있으나, 이승만의 입장에서는 명백히 패배한 전쟁이었다. 왜냐하면 그는 언제나 멸공통일을 부르짖었기 때문이다. 그때 평화통일론을 주장하는 사람은 곧 빨갱이, 요즘의 종북론자와 동일하게 취급되었다. 이런 맥락에서 볼 때, 김일성의 도발은 그의 꿈을 이루기 위한 절호의 기회였다고 하겠다. 이러한 점에서 그는 우리 민족에게 씻을 수 없는 죄를 진 죄인임이 분명하다.

이승만은 1953년 휴전협정에 대해 속수무책이었다. 1945년 8월 15일 속수무책으로 해방을 맞이했듯이, 1948년 자신을 대통령으로 정부를 수립했을 때도 속수무책이었듯이, 1950년 한국전쟁도 속수무책으로 맞아 1953년 휴전협정도 속수무책으로 끝냈다. 반공포로 석방으로 정부의 존재감을 드러냈지만, 이것으로 거듭된 속수무책의 책임을 삭감할 수는 없다. 그는 북진통일의 외침을 계속 부르짖었으나, 산산이 부서진 메아리 없는 아우성에 불과했다. 이렇게 되었을 때, 그는 책임 있게 대통령 자리에서 떠나는 게 옳았다. 7년 뒤 4·19 혁명으로 물러나서 그에겐 어떤 보람이 있었으며, 우리 국민에겐 무슨 영광이 있었느냐. 결국 그는 저세상 사람이 되어서도 오랫동안 조국에 돌아오지 못했다.

만약 우리에게 민주주의에 대한 최소한의 훈련만 있었어도 이렇게 참담하고 참람한 역사는 없었을 것이다.

올바른 정치가란
현재를 딛고 서서 이 나라의 미래를 제시하고
그 미래를 향해 앞서 꿈꾸는 사람이다.

제2장

이젠 이런 대통령 뽑지 말자

죽은 이승만을 깨우지 마라

이승만은 죽었다. 정치적으로도 그렇고 생물학적으로도 그렇다. 이러한 사실을 모를 사람은 없다. 그런데 이 문제가 우리 귀를 소란스럽게 한다.

벌써 60년 전이다. 어린 시절 여자 친구들이 "자랑스러운 이 대통령 우리 대통령"이라는 구절이 들어 있는 노래를 부르며, 이에 맞춰 고무줄놀이하던 모습이 눈에 선하다. 그랬다. 이승만의 자유당 정권은 그렇게 우리 국민들을 세뇌하고 순치시켰다. 그러니 이승만을 비판하거나 하면 이성보다는 감성이 먼저 작동할 수 있다. 자기에게 각인되어 있던 것과 다른 것에 대해 무조건적으로 반응하는 것이라고 하겠다. 듣고 보니 그 비판이 틀리지 않더라도 감정적으로는 유쾌하지 않은 것 말이다. 그럴 수 있다. 우리는 사람이기 때문이다. 그것마저 탓할 생각은 추호도 없다. 그러나, 그러나 말이다. 그것이 역사적 사실 곧 역사를 왜곡하는 것일 때에는 바로 잡지 않을 수 없다. 누가 내 아버지를 비판한다. 그리고 그 비판이 옳다. 그래도 기분이 좋지 않다. 그렇더라도 역사로서 기록해야 할 때마저 그냥 '봐주고' 넘어갈 수는 없다. 바로 이런 심정으로 다시 이승만을 생각한다.

이승만은 대한민국의 초대 대통령이다. 이는 불변의 사실이다. 누군가 대한민국의 초대 대통령은 조지 워싱턴이라고 하면, 그렇게 말한 그를 가리켜 제정신이라고 할 사람 누구랴. 다시 분명히 하겠다. 이승만은 대한민국의 초대 대통령이었다.

이를 다시 분명히 하면서 이승만을 생각해 보자. 광복한 대한민국에서 가장 먼저 할 일은 무엇이었을까? 일제 36년 동안 벌어졌던 일에 대한 청산작업이다. 새로운 출발은 언제나 과거 청산이니까. 더러워지고 어지러워진 과거를 청소하지 않고 새로운 나라가 제대로 설 수는 없는 일이다. 그런 까닭에 초대 대통령에게 주어진 첫 번째 과업은 청소가 틀림없다. '청소'라 하면 식민지 시대에 그들에게 착 달라붙어 산 친일파 및 반민족 행위자에 대한 처단 아니었을까.

세계사가 증명하듯이 이 일에 게으른 나라 치고 잘된 나라는 없다. 반대로 이에 발 빠르고 올발랐던 나라 치고서 잘못된 나라는 없다. 독일에 의해 유린되었던 나라 가운데에서 찾아보면 쉽게 알 수 있다. 프랑스가 민족반역자를 어떻게 처단했는지, 이스라엘이 나치즘에 협조한 자에게 어떻게 했는지를 보라. 그야말로 가혹하고도 가혹할 정도로 엄격히 처단하였다.

저는 이렇게 생각합니다

그런데, 우리의 초대 대통령은 어떠했는가. 그는 자신의 정치적 반대자에게는 말할 수 없이 비타협적이고 가혹했던 데에 비해 민족반역자와 친일파들에게는 엄청나게 관대했다. 과연 이를 두고 '관용'이라고 할 수 있을까. 나라를 새롭게 세우려고 하다 보니 어쩔 수 없었다고 하는 말을 하기도 하는데, 옛날과 다르지 않은 것을 어찌 새로운 것이라 하겠는가. 새로운 나라를 세우려다 보니 친일파나 민족반역자를 등용하지 않을 수 없었다. 필요했다. 그래서 그랬노라 하면, 국민 모두는 무엇이 될까? 어제까지 일본 경찰복을 입고 국민을 괴롭히던 자가 오늘은 대한민국 경찰복을 입고 국민을 괴롭히니 이것이 무엇이냐? 어제까지 일본군이었던 자가 오늘은 대한민국 국군이 되고, 어제까지 일본의 면서기였던 자가 오늘은 대한민국의 면서기가 되어 새로운 대한민국을 외치니 이것을 그대로 접수해야 하는 대한민국 국민은 무엇이냐? 그렇게 하려고 독립했느냐 소리가 저절로 나올 수밖에 없다.

이렇게 되면 안 되는 게 당연한 순리가 아니겠나. 그런데 왜 이승만은 그것을 몰랐을까. 아니, 알았다면 왜 그랬을까. 미국에서 공부해 보니, 숫자 많이 확보한 사람이 이기더라, 이것인가? 이젠 꼼짝없이 죽었다 한 현세적 삶에 약아빠진 민족반역자와 친일파들의 울타리가 되면 내 세상을 만들기 쉽다는 것을. 민족의 장래나 국가의 미래를 조금만 생각했어도 알 만한 일을 그가 몰랐다고는 도저히 생각할 수 없으니, 그의 첫 번째 과업의 실패는 의도성이 다분하다. 미국에서 윌슨의 민족자결주의를 내세우며 대한민국의 독립을 웅변으로 외치던 그가, 일제 강점기의 민족반역자들과 그렇게 쉽게 손을 잡을 수가 있단 말인가. 그가 마음속에 간직하고 있던 독립정신을 하루아침에 깨끗이 지워버릴 수 있단 말인가. 그렇다. 그는 대통령이 되고 싶은 욕망에 눈이 멀어 현실정치의 셈수에만 빠졌던 것이다. 이는 명백한 직무유기였다.

1950년 6월 25일에는 북한의 김일성이 우리 민족 모두에게 치명적인 범죄를 저질렀다. 이에 대처하는 이승만의 자세는 당황한 탓이겠지만, 너무도 야속했다. 그는 서울 사수를 국민들에게 철석같이 약속했다. 이미 행정부가 한강다리를 건너 남쪽으로 내려가고 나서도 라디오 방송은 서울은 안전하다는 뉴스를 내보내고 있었다. 그때 이승만은 이미 대전까지 피난을 가 있었다. 마치 임진왜란 당시의 선조를 보는 것과 같다. 한강다리마저 끊어버렸다. 서울 사수의 약속은 한낱 부도수표가 되어 공중으로 날아가 버렸다. 이것이 과연 대통령으로서 온당한 일이었을까. 반공포로 석방으로 상쇄시킬 만한 일이었을까. 늘 북진통일을 외쳤고 평화통일이란 말은 꺼내지도 못하게 했던 대통령이, 이렇게 전쟁을 마무리하는 데에 동의한 것이 과연 옳은 일일까.

어떻든 이 전쟁에 대한 책임을 누군가는 졌어야 했을 터인데, 과연 이승만은 그 책임을 다했던가. 아울러 당시 정치권은 그들의 책임을 다했다고 말할 수 있을까. 불쌍한 것은 오로지 전쟁을 겪으며 피를 흘리고 갖은 수난을 당한 국민이 아니던가.

불과 7년 뒤, 이승만의 무능과 부정과 부패는 철퇴를 맞는다.

저는 이렇게 생각합니다

마침내 그는 그렇게도 집착하고 집착한 권좌에서 내려와야 했다. 그가 가장 무시했던 국민들에 의해서. 사필귀정이란 말을 새삼 떠올린다. 동시에 저 마산 앞바다에서 주검으로 떠올라 이 나라에 민주주의의 새로운 지평을 열어준 김주열을 비롯한 모든 민주 영령과 민주 시민들에게 머리 숙여 감사한다.

사실 이승만은 그 스스로 그에게 달려 있던 훈장들을 모두 떼어버린 셈이다. 저 상해임시정부 시절에도 초대 대통령이었던 이승만이다. 그때에도 스스로 탄핵당하는 길을 간 이승만이다. 그는 임시정부 초대 대통령이면서도 미국으로 돌아간 채 임시정부의 초대 대통령 직무를 수행하지 않았던 것이다. 여기서부터 그는 직무유기를 했다. 그는 왜 그랬을까.

그나저나 이승만은 이미 옛사람이 된 지 오래이다. 오늘 이 시간 이승만을 생각하기보다 우리 민족과 국가의 현실과 먼 미래를 도모함이 옳지 않을까. 급박한 세계사의 흐름과 남북통일을 위해 나아감이 어떨까.

칼로 일어선 자 칼로 망한다

김주열의 시체가 마산 앞바다에 떠오르자 국민의 분노가 폭발했다. 1960년 4월 19일을 기점으로 드디어 자유당 정권은 파멸하고야 말았다. 민주당 정권이 출범했다. 국민의 기대를 온몸으로 받으며 그들은 이 나라 최초의 진짜배기 민주주의 정부로 출발했다. 그러나 그들은 국민의 충만한 기대를 배반했다. 기대가 크면 실망도 크다는 말은 어김이 없었다. 그도 그럴 것이 민주당 정권은 전혀 준비 안 된 정권이었다. 어느 날 갑자기 잘 차려진 진수성찬을 받은 셈이다. 무엇부터 먹기 시작해야 할는지 몰랐다.

준비된 대통령도 겪어봤고, 준비된 여성대통령도 겪어보니, 그 준비가 얼마나 중요한지 알 수 있다. 그들이 준비를 하였다고 하는데도 우리는 여전히 어지럽지 아니한가? 그러니 준비 없이 어느 날 갑자기 주어진 정권이 척척박사처럼 해낸다면 그야말로 신동 탄생 아니랴. 그들은 국민이 차려준 진수성찬에 보답을 하려고 너무 욕심을 냈다. 대통령중심제의 악몽을 재연하지 않겠다는 결단 속에 내각책임제를 도입했으며, 단원제 때문에 독재를 막지 못하기라도 한 듯이 양원제를 도입했다.

　그리하여 대통령에 윤보선, 내각총리에 장면을 뽑았다. 단원제를 해도 선거가 치열한데, 양원제를 하려니 선거하다가 나라 망하겠단 얘기가 퍼져나갔다. 참의원 76명, 민의원 233명 도합 309명이니 어지간하면 의원 배지를 달게 되었다. 여기에 시민혁명의 주체라 할 대학생들의 정치참여 역시 만만치 않았다. 민주당은 고질병에 시달렸다. 이른바 신파와 구파의 갈등. 한쪽은 대통령 또 한쪽은 내각총리를 앞세워 사사건건 싸움이었다. 여기에 의회가 한몫을 한 것은 당연지사. 나라를 위한 일인지 자기 파를 위한 일인지 알 수 없게 되었다. 이때 학생들은 '가자 북으로, 오라 남으로, 만나자 판문점에서'를 외치며 통일의지를 불살랐다. 1945년 8월부터 1948년 정부수립 전까지의 이른바 해방공간 3년의 재연을 보는 듯하였다.

　그러나 분명한 것은 이제 본격적으로 민주주의에로의 방향이 잡혀가고 있었다. 민주의 봇물이 터졌다고나 할까. 서서히 혼돈 속에서 자기정화운동이 시작되었다고 할 수 있다. 그렇다. 카오스의 시기였다. 이를 통하여 지구는 제 자리를 찾았다. 이는 우리에게 이럴 때일수록 기다림이 필요한 법이라는 것을 일러준다. 그러나 불행하게도 참을성 없는 일부의 국민이 있어 카오스를 자연스럽게 정리하지 못하게 했다.

악화가 양화를 구축하듯, 자연을 부자연이 몰아낸 것이다. 정치군인들의 등장이 바로 그것이다. 그들은 은인자중하던 군이 일어났다고 자신들을 미화했다. 그들은 자신들이 조국의 혼란을 정리한 뒤 군으로 되돌아가겠다고 했다. 그들이 발표한 혁명공약은 그들의 행동이 혁명이라는 점을 분명히 하였으면서도 정리한 뒤 군으로 되돌아가겠다고 했다. 모순된 말이었다.

여기서 그들은 이미 정권 찬탈의 야욕을 가진 세력이 자신들임을 공표한 셈이다. "반공을 국시의 제일의로 삼고 미국을 위시한 자유우방과의 유대를 더욱 공고히 하겠다."고 하는 혁명공약 첫머리를 시작한 것으로, 그들은 이미 사대주의자들의 결사체임을 고백했다. 그런데 문제는, 이들의 물리적 폭거에 대한 민주당 정권의 속수무책에 있었다. 총리인 장면은 어디로 갔었던가? 대통령인 윤보선은 또 어떠했던가? 한마디로 국가와 민족을 위해서 정치를 하는 사람과는 둘 다 모두 거리가 멀었다. 그들이 그때 목숨을 내걸었다면, 우리 대한민국이 박정희의 18년 장기 독재, 그리고 전두환의 어이없는 독재와 보통사람 노태우의 별난 정권으로 이어져 도합 30여 년을 낭비하지는 않았을 것이다.

윤보선과 장면은 진정으로 이 나라 이 민족을 사랑했는지 모르겠다. 그랬다면 목숨을 걸고 그들의 총부리 앞을 마땅히 가로막았어야 했다. 저 러시아의 군부가 쿠데타를 일으켰을 때 탱크 위에 올라서 열변을 토하며 쿠데타의 부당성을 만천하에 선포한 옐친을 보면서 그런 생각이 더욱 간절했다. 왜, 장면은 도망하여 몸을 숨겼을까. 고작 그럴 수밖에 없었을까. 아무리 내각책임제하의 대통령이라고 하더라도 윤보선의 행동은 그럴 수밖에 없었을까.

1961년 5월 16일 이후 윤보선은 열심히 박정희 독재와 싸웠다. 그러나 그것이 도대체 무엇이란 말인가. 윤보선이 거듭된 대통령 후보자로 박정희와 다투었지만, 우리 국민이 그를 뽑아주지 않은 이유가 무엇인지 모른단 말일까. 윤보선이라는 인물에 대한 부정적 판단이 심각하게 국민의 가슴속에 각인되었기 때문은 아니었을까. 5·16 쿠데타를 피 한 방울 흘리지 않고 마무리하게 한 그 죄를 윤보선과 장면은 벗어날 수 없다.

이렇게 등장한 박정희에 대해 함석헌은 "칼로 일어선 자 칼로 망한다."고 일갈했다. 그의 말이 적중한 것일까. 박정희는 그의 심복 가운데 심복이라 할 당시 중앙정보부장 김재규의 총탄에 의해 쓰러져 세상과 작별하였다. 1979년 10월 26일 밤에 생긴 일이었다. 1974년 8월 15일 육영수의 죽음 5년 뒤의 일이었다.

박정희의 생애는 많이 나누어 생각해야 한다. 대구사범을 나와 교원생활을 하던 시절. 그 이후 일본 군사학교를 나와 일본군 장교가 되어 살았던 시절. 일본 패망 직전 일본군을 탈출하여 상해 임시정부로 들어와 귀국할 때까지의 시절. 육군사관학교 2기로 대한민국 국군 장교로 살았던 시절. 바로 이때, 여순반란사건에 관련되어 생사의 기로에 놓였던 시절. 목숨을 구하고 군복을 벗고 군대에서 문관으로 생활한 시절. 6·25 한국전쟁의 발발로 다시 군복을 입고 전쟁에 참가한 시절. 이후 육군 소장이 되어 1961년 5·16쿠데타를 주도한 시절. 이런 극에서 극을 달리던 곡예인생 끝에 그는 1963년 군복을 벗고 정치인이 되었고, 투표에 의해 대통령에 당선되었다. 1979년 10월 26일 세상을 떠날 때까지 우여곡절을 겪으며 대통령이 되었으며, 대통령으로 죽었다.

개인의 역사를 보면, 매우 드라마틱하고 생에 대한 집착력이 대단하다. 모로 가도 서울만 가면 된다고 어찌 됐든 살기만 하면 된다는 인생을 살았다고 할 수 있다. 대구사범을 나와 뜻있는 교사가 되어 후학을 훌륭히 키웠어도 좋았으련만, 그는 일제가 오래 계속, 아니 영원할 것으로 확신했던 게 틀림없다. 그렇지 않다면 서슴지 않고 친일의 길을 가지 않았을 것이다. 친일이 자신의 생에 유리하다는 확신이 그를 일본 군인에의 길로 나아가게 했을 것이다. 일본 왕에게 충성맹세를 하고, 으뜸 일본군이 되었다. 독립군을 죽임에도 주저함이 없었고, 승전보를 자랑스럽게 펼쳤다. 그런가 하면, 일본의 패배가 가까웠음을 알게 되었을 때(군인보다 일본의 패배를 빨리 알 수 있는 사람은 없지 않겠는가), 그는 일본군을 탈출하여 광복군으로 왔다.

그리하여 무사히 귀국한 박정희는 재빠르게 육사2기로 한국군의 장교가 되었다. 그런가 하면 좌우가 마주 선 해방공간에서 그는 우가 아닌 좌의 성향을 갖고 있었다. 평생 반공주의를 노래한 박정희가 여순반란사건으로 생사의 고비에 선 것은 왜일까? 그는 이로써 정권을 탈취할 수 있을 것으로 여겼음이 분명하다. 정치적 야욕을 드러낸 뚜렷한 증거이다. 일본군이 되었던 것도 이러한 어리석은 마음이 없지 않았겠구나 하는 생각을 갖게 하는 대목이다. 그리고 대한민국이 얼마나 한심한 나라였던지를 유감없이 보여주기도 한다. 일본군으로 일본에 충성을 다했던 자를 살려두었을 뿐 아니라, 한국군이 되게 한 나라가 대한민국이었다. 더 나아가 그런 자가 국가를 향해 반란을 일으킨 반란군에 가담했음에도 또 살려주고, 다시 국군이 되게 한 나라가 대한민국이었으니 말이다. 그리고 끝내는 쿠데타로 정권을 탈취하고 무려 18년 동안 독재전횡을 가능케 하였다. 마땅히 죽을 기회가 충분했음에도 그는 그 죽음의 계곡에서 벗어났다. 실로 놀라운 생존본능이랄 수 있다. 그러나, 그러나 그러한 생존본능도 겨우 62년에 불과했다. 62년의 삶치고는 너무도 고단했다고, 우여곡절이 너무도 많았다고 할 수 있다. 유행가 가사에 '죄 많은 내 청춘 한 많은 내 청춘'이라는 구절이 있는데, 그 이상의 삶이었다. 그 뛰어난 생존본능이 그의 심복 중 심복에 의해 마감되라고는 도저히 상상하기 어려운 일이었다. 긴 역사의 회랑에 서서 바라보면 평가가 명확해질 수 있겠으나, 다만 두 가지 변할 수 없는 것은 그가 매우 기회주의적인 삶을 살았고, 누구도 부인할 수 없는 독재자였다는 사실이다.

가히 치명적인 개인사와 현대사를 기록하며 그의 생을 가장 비극적으로 마감한 박정희는, 그 이후 우리의 역사가 온전히 나아갈 수 없게 하였다. 더 생각할 필요도 없다. 우리 현대사에서 전두환이라는 이름이 등장했다는 것 하나만으로도 그의 책임을 묻지 않을 수 없다. 우리 국민들에게 전두환은 모르는 사람이었다. 그가 대통령으로 이름을 남기리라고는 꿈에도 생각하지 못했다. 영원한 대통령을 꿈꾼 박정희의 오만은 누구도 그 이후 대통령이 되기를 꿈꿀 수 없게 만들었다. 아마도 김영삼이나 김대중 같은 야당 지도자들은 그 꿈을 접지 않았을 가능성이 있지만, 1979년 10월 26일이 그날이 될 줄은 정녕 몰랐을 것이다. 김영삼이 닭 모가지를 비틀어도 새벽은 온다고 기염을 토하던 순간에도 몰랐을 것이다.

김종필은 더욱 몰랐을 것이다. 그는 늘 물을 먹었다. 자의 반 타의 반 외유에 올라야 한 김종필은 이와 비슷한 처지에 놓이기 일쑤였다. 그는 공교롭게도 박정희의 조카사위였다. 이런 개인적 인연이 사실은 악연이었던 셈이다. 우선순위 1위로 보였지만, 실인즉 처지고 또 처졌다. 그 유명한 '박김회담'에서 박정희가 김영삼에게 했다고 풍문으로 떠돌던 얘기 속에서도 김종필은 박정희의 후계자가 아니었다. 쿠데타를 함께했고, 심지어 쿠데타의 기획자로까지 알려진 김종필을 박정희는 늘 감상주의자니 어리다느니 하고 폄하하였다. 김대중에 대해서는 지방색까지 작용하여 멀리하였다. 그 '멀리함'에는 두려움도 작용했던 것으로 보인다. 중앙정보부를 시켜 김대중을 일본에서 납치 살해하려고 했던 사실만으로도 쉽게 알 수 있다.

역사는 준엄하다. 그 행위에 대한 옳고 그름을 역사는 반드시 증거하고 있다. 죽음은 어쩌면 그 사람이 그동안 살아온 전 생애의 결과를 말해 주는 '최종인생증명서' 같은 것인지도 모른다. 함석헌이 '칼로 일어선 자 칼로 망한다'고 한 그 말이 맞았다. 총으로 대

통령이 된 박정희가 심복 김재규의 총에 의해 인생을 마감하는 것
으로 증명되었으니 말이다.

스스로 민주주의와 결별한 박정희

국가의 발전을 위해서 국민의 자유 중 일부를 유보하겠다고 무지막지한 성명을 발표하고 자행한 것이 유신체제였다. 국민의 자유 중 그 일부이든 전부이든 유보를 한 것 자체가 이미 국가를 퇴보시킨 것이다. 그런데 박정희는 유신을 선포하면서 국가를 위해서 국가를 퇴보시키겠다는 비논리를 관철시킨 셈이다. 그는 유신만이 살 길이라고도 했다. 국민 대다수는 그 말이 박정희 자신에게만 해당되는 말이었음을 모르지 않았다. 1961년에 정권을 탈취하고 1971년 선거를 마지막으로 민주주의와 작별한 박정희는, 1972년 유신체제를 출범시켜 대한민국 역사의 수레바퀴를 후진시켜 놓았다. 유신체제는 김대중이 예견한 대로 이 나라에 총통제를 도입한 것에 다름 아니었다. 김대중은 1971년 대통령 선거 유세기간 동안 목이 터져라 주장했다. 박정희는 이번 선거를 끝으로 영구집권을 획책하고 있다. 그것은 총통제다. 그러므로 민주주의의 영

저는 이렇게 생각합니다

구후퇴를 막기 위해서 이 김대중이를 대통령에 당선시켜야 한다고 외쳤다.

박정희는 김대중의 주장에 대해 유언비어를 날조하는 선동정치의 표본이라고 했다. 그리고 박정희는 당선되고 약 1년 4개월이 지나지 않아 유신을 선포했다. 3선개헌을 해서 당선된 대통령 자리를 영원히 차지하기 위해서. 그는 안심할 수 없었다. 아직 50이 채 안 된 김대중에게 근소한 표차로 이긴 박정희의 조바심이 그런 결단을 내리게 하였다. 아니, 근소한 표차 때문이 아니라 김대중이 자기 자신을 어항 들여다보듯이 훤히 들여다보고 있음에 마음을 놓을 수가 없었다. 이제 박정희는 더 이상 이른바 개발독재자도 될 수가 없다는 명확한 사실 말이다.

후하게 쳐서 1961년부터 1971년까지의 박정희에 대한 평가는 복잡한 구석이 있다. 그러나 유신 이후 그에 대한 평가는 한마디로 비정상 이상이 아니며, 부정하고 부도덕하며 음모적인 얼굴일 수밖에 없다. 그러한 까닭에, 박정희에게 김대중은 사라졌으면 더 바랄 게 없는 존재였다. 뿐만 아니라, 자신의 가장 처참한 모습을 지켜본 장준하, 한때는 자신에게 둘도 없는 충견이었지만 이제는 자신의 온갖 치부를 낱낱이 까발리는 '웬수' 김형욱, 그리고 분명 40대 기수의 한 사람으로 가장 예리한 김대중까지 세 사람은 박정희에게 죽어주면 좋은 사람들이었다. 그런데 세 사람 가운데 두 사람은 박정희 때 누구의 손으로 그렇게 되었는지 모르나 그의 뜻대로 되었다. 다행히 김대중만은 죽음 직전에 구출되어 IMF라고 하는 국가위난의 시간에 대통령이 되었다. 김대중의 납치 살해 기도가 실패해 그가 목숨을 건진 것을 생각할 때, 앞의 두 사람 장준하와 김형욱의 죽음과 관련한 여러 소문들이 오늘까지 이어지는 것을 당사자는 억울해할 수만은 없을 것이다.

아무튼 행정부는 말할 것도 없이 입법부마저 3분의 2를 장악하고서도 박정희는 유신체제에 긴급조치라는 그야말로 '듣보잡' 체제를 보탰다. 이는 사법부마저도 그의 손 안에 완전 장악됐음을 뜻한다. 그러나, 그의 독재체제가 견고해지면 견고해질수록 그와 그의 독재체제에 대한 저항도 더욱 거세졌다. 민청학련으로 대표되는 학생단체를 비롯해서 문인단체, 교수단체, 목사단체, 변호사단체 등의 저항과 정의구현사제단으로 대표되는 가톨릭 신부들의 저항 등 끊임없이 저항의 밀물이 이어졌다. 물론 정치인들의 저항도 만만치 않았다. 그들은 죽음도 두려워하지 않았다.

그때에 감옥살이를 여러 번 한 김찬국은 "무척 떨렸죠. 그럼에도 학생들이 시국선언문을 적어 와 선생님 서명해 주세요, 라고 하면 어쩔 수가 없었어요. 시국선언문 내용이 틀린 말이 아닌데 어떻게 서명을 하지 않겠어요. 그래서 서명을 했죠. 그러면 여지없이 잡혀가 혼이 나는 거죠. 후회했죠. 다음번에는 절대로 서명하지 않겠다고 결심했죠. 그러나 다음번에도 서명하지 않을 수 없었죠. 시국선언문이 옳았으니까요."라고 고백했다. 특별히 용감했기 때문이 아니라, 그 시국선언문 내용이 옳았기 때문에 신학자의 양심상 지행합일知行合一을 지킬 수밖에 없어 감옥에 가고 또 가는 반복에 반복을 거듭한 것이다. 그 얘기를 들으며 문득 히틀러에 의해 미국으로 추방된 독일 신학자 폴 틸리히를 생각했다.

그런가 하면 젊은 학생들은 용감무쌍, 그 자체였다. 사형선고를 받은 이철은 "감사합니다."라고 재판부에게 경의(?)를 표했으며, 조성우나 이해찬 등 학생들은 자신에게 사형을 선고하지 않은 재판부를 원망하기도 하였다. 이쯤 되면 이 재판이 어떤 성격의 재판이었는지 가히 짐작할 수 있을 것이다. 법정에서는 재판부를 향한 갖가지의 조롱이 있었다. 시인 고은과 재판부의 일문일답은 방청하던 사람들에게 폭소를 유발케 했다. 그 살벌한 시대의 재판정 치고는 매우 아이러니컬한 풍경이 아닐 수 없다.

재판부: 피고는 유신에 반대했습니까?
고　은: 네, 반대했습니다.
재판부: 어떻게 반대했습니까?
고　은: 아침에 일어나 세수하면서 유신 반대, 양치질하면서 유신
　　　　반대, 화장실 가서 똥 누면서도 유신 반대를 외쳤습니다.

방청석에서는 웃음이 터졌고, 재판부는 고은의 발언을 중단시켰다. 그럼에도 이 재판의 결과는 이들을 교도소로 보내 감옥을 살게 하였다. 그러나 그들 가운데 선고받은 형량만큼 산 사람은 거의 없었다. 이른바 형집행정지로 나온 사람이 대부분이었다. 법으로 사람의 육신을 묶어놓을 수는 있으나 사람의 영혼마저 묶어놓을

수는 없다는 진리를 거듭 확인할 수 있었다. 요즈음은 어떤지 몰라도 당시 고시에 합격하면 그야말로 '경사 났네!'였다. 그러나 법이 만신창이 되어버리는 현실을 목도하면서 검사의 기소나 판사의 선고는 더 이상 위엄이 설 수 없었다. 그들 모두 권력의 시녀 이상도 이하도 아니었다.

오죽했으면, 박정희 욕을 하거나 체제에 대해 비난을 하면 바로 붙잡혀 갔을까. 택시를 타고 맘 놓고 얘길 할 수도 없었다. 자칫하다간 택시 기사가 신고할 수도 있으니까. 국민 서로가 서로를 의심하고 두려워해야 했다. 국민은 누구라도 대통령에게 욕할 수 있다고 말한 노무현도 이런 뭣 같은 시대에 청년기를 보낸 사람이었다. 이런 뭣 같은 시대에 있었던 뭣 같은 실화를 하나 소개해야겠다. 요즈음 사람들은 에이 설마 꾸민 말이겠지, 라고 할 것이 틀림없다. 제정신 가진 논리로 설명이 안 되는 시대가 바로 박정희의 시대였다. 이것은 아주 작은 에피소드다. 아주 한심스런.

어느 날 아침, 젊은 검사가 출근을 했더니 기다리고 있었다는 듯 검사장이 호출을 했다. 간밤에 당직이어서 근무를 마치고 조금 늦게 출근한 그는 곧바로 검사장 방으로 갔다. 그를 보자 검사장은 대뜸 "당신 정신이 있소 없소?" "무슨 말씀이신지요?" "무슨 말씀이고 뭐고 당신 어제 대통령에게 욕을 퍼부은 사람을 훈방했지 않소?" "예." "예라니, 그게 말이 되나? 바로 어제 청와대에서 회의가 있었어요. 그런 자들은 절대로 구속 수사를 원칙으로 하라는…."

안양에 사는 강모 씨가 술만 취하면 대통령에게 차마 입으로 옮길 수 없는 욕설을 퍼붓기 일쑤라는 것. 어제도 술에 취한 그가 박정희 이 자식 개자식 어쩌고 하면서 욕설을 퍼붓는데 차마 듣기 심해서 누군가가 파출소에 신고를 하여 당직검사였던 자기에게 오게 되었다는 것. 그래서 자기가 술이 깬 다음에 심문을 받겠다고 했고, 술에서 깬 이 사람을 심문해 보니 자초지종은 이랬다. 강모 씨는 경상도에서 살고 있었는데, 안양 일대를 개발할 것이란 뉴스가 발표되었다는 것이다. 이에 강모 씨는 경상도에 있던 자기 땅을 전부 팔아서 안양으로 와 안양 일대에 땅을 샀더란다. 그랬는데, 자기가 산 안양 일대 땅이 거짓말처럼 그린벨트가 되었다는 것. 그래서 술만 취하면 대통령에게 욕설을 하게 된다는 것이다.

　들고 보니 별 죄도 아니고 해서 훈방 조치한 것이 사건의 전말. 그러나 청와대 관련 기관 회의에서 강모 씨에 대한 얘기가 거론되었다고 하며 훈방 조치한 검사를 보내라고 했다니, 문제를 해결해야 마땅하다. 그래서 청와대의 담당자에게 전화를 했단다. 생각해 보면 참 한심하고 창피스런 일 아닌가. 고위직은 아니어도 명색이 검사란 사람과 청와대 과장이란 사람이 이런 사안으로 통화를 해야 하는 일이. 청와대 과장은 전화를 받자마자 대뜸 청와대로 오라고 했단다. 그래서 이 검사는 역공을 폈다고 한다. 가는 것은 어렵지 않은데, 우선 관련자 회의에 참석한 사람 가운데 간첩이 있는 것 같다고 으름장을 놓으며, 그 문제부터 따지자고 한 것이다. 그러자 청와대 과장은 무슨 소리냐며 만나서 얘길 하자고 했다. 결국 그렇게 만나서 검사는 청와대 과장에게 재판과정에 대해 설명을 했다.

"검사가 피의자에게 피고는 박정희 ×××라고 했습니까? 물으면 피의자는 박정희 ×××라고 했습니다. 검사가 다시 박정희 ○○○이라고도 했습니까? 피의자가 다시 박정희 ○○○이라고 했습니다. 재판정에 나가게 되면 이런 식으로 계속 문답이 이어질 것입니다. 또 판사가 동일한 문답을 하게 됩니다. 이것이 정말로 대통령을 위한 일이오? 이는 관련자 회의에 참석한 사람 가운데 대통령을 모욕하려는 자가 있다는 얘기가 아니고 뭐겠소?"

가만히 듣던 청와대 과장이란 사람이 알겠다며, 그 일을 없었던 일로 하는 것으로 끝을 냈단다.

나라 걱정으로도 바빠야 할 사람들이 이런 하찮은 일로 시간을 버리기 다반사였으니, 그 유신이라는 것이 과연 국가와 국민을 위한 것이었다고 할 수 있겠는가. 그것이 진정 국가와 국민을 위한 것이었다면, 오늘 그 당시 법에 의해 입은 물적 심적 상처에 대해 보상과 배상을 또한 법에 의해 하겠는가.

이 바보들아, 너희가 정치를 알아?

❋

박정희의 박정희에 의한 박정희를 위한 막장 드라마에 정치인들도 애를 많이 썼다. 그러나 이들에 대한 이야기를 가볍게 여기는 데에는 그만한 까닭이 있다. 정치하는 이들의 노력을 절대 간과하지 않는다. 간과할 수도 없다. 그럼에도 가벼이 여기는 데에는 나나름의 이유가 있다.

첫째, 그들은 마땅히 유신을 막아야 하는 사명을 가지고 있었다. 어떠한 경우에도 그들은 그래야 했다. 그 어떠한 경우가 죽음일지라도 그래야 했다. 그런데 유신 때문에 죽은 정치인은 전무했다.

둘째, 그들은 김대중 등 몇을 제외하고는 감옥에 가지 않았다. 가택연금 등의 처분으로 자유롭지 않았던 경우가 없지 않았으나, 극히 몇을 제외하고는 그들 대부분이 자유로웠다. 그럼에도 그들은 목숨을 걸고 투쟁하지는 않았다. 마치 5·16 쿠데타 때의 장면이나 윤보선, 윤보선이나 장면과 다르지 않았다.

셋째, 그들 가운데 대부분은 박정희의 유신세력이 억제한 경우를 제외하고는 대부분 전원 정치에 복귀했다. 자진해서 유신체제 아래서는 정치하지 않겠다며 정치판을 떠나 은둔한 사람이 지극히 적다. 오히려 이를 기회로 삼아 정치적 도약이나 비상을 시도한 사람이 꽤 된다.

호랑이 없는 굴에서 여우도 못 되는 주제에 어흠, 하며 행세를 했던 사람들. 그런 까닭에 그들을, 정치권에서 유신체제에 들어가 저항한 사람들에게 결단코 후한 점수를 줄 수 없다. 도둑 한 놈이 나쁘지 도둑질당한 놈을 그렇게 나무랄 수 있느냐고 할 수도 있지만.

그러나 나는 단호히 말한다. 이번이 도대체 몇 번째이냐? 저 자유당 때부터 쳐서 이번까지 쳐보자. 습관도 이렇게 못난 습관이 없다. 이러한 나의 생각은 그 이후에도 계속 이어졌고, 이는 우리 사회에 심각한 음지를 만들었다. 우리 사회에는 나쁜 여당과 못난 야당이 상존하며, 얼룩진, 그것도 피로 얼룩진, 슬픈 역사를 만들었다. 자유당 때부터 유신까지 사이에서 목숨을 건 정치인이 몇 명만 있었어도 이런 일은 없었을 것이다. 의인 열 명만 있었어도 소돔과 고모라의 비극은 없었을 것이란 성서를 떠올리게 한다.

눈치꾸러기로 그득한 정치판, 이 눈치 저 눈치 보다가 학생이, 종교인들이, 이 땅의 지식인들이, 차마 떨치고 일어나 자유를 찾아 놓으면 그제서야 씩씩하게(?) 숟가락 드는 정치인들을 어떻게 말해야 한다는 말이냐. 물론 여당은 더 말할 나위도 없다. 그러나 야당은 무엇이냐. 야당은 여당의 나쁜 짓, 이른바 대통령이란 집권자의 횡포 앞에서 분연히 일어서야 하는 숙명을 가진 사람들 아니냐. 모름지기 정치인이란, 저 국립현충원의 방명록에 쓴—국가와 민족을 위해—바대로 그대로 행해야 하는 사람 아니냐. 그러지 않거나 못하면 그것은 곧바로 사기가 아니고 무엇이냐. 이런 논리에 기대어 말한다면, 정치는 사기이고 정치인은 사기를 행하는 주체가 아닐 수 없다. 그리고 이는 매우 슬픈 일이다. 슬픈 일일 뿐 아니라, 정치가 사기이고 정치인이 사기꾼인 나라는 국가라고 할 수 없다. 우리가 국가 아닌 국가에서 살 수는 없는 일 아니냐. 지금 정치하는 당신은 언제나 주저 없이 국민을 위해 목숨을 던질 수 있는가? 생각하고 또 생각해 보라. 정치는 사기와 동의어가 아니다. 정치는 언제나 생사의 기로에 서는 비장한 일이다. 탤런트 신구가 "너희가 게 맛을 알아"라는 광고로 노익장을 과시했지만, 그것을 조금 패러디해서 말하면 "이 바보들아, 너희가 정치를 알아?" 내가 대신 대답해 주마. "정치는 바로 목숨을 걸고 국민을 지키고 국가를 지키는 거야."

박정희를 가리켜 용인술의 달인이라고 하는 사람들이 있다. 과연 그럴까. 아니다. 그는 용인술이 빵점이었던 사람이다. 왜냐하면 그는 그가 뽑아 쓴 사람의 손에 목숨을 잃었다. 김재규는 도저히 그에게 총을 쏠 수 없는 사람이었다. 차지철과의 권력경쟁에서 밀려난 데 대한 자괴감, 질투심, 모욕감 등등이 박정희를 쏜 이유라고도 하고, 유신의 심장에 총을 쏜 민주의지의 발현이라고도 하지만, 그를 권력서열 3위의 중앙정보부장에 발탁·기용한 사람은 박정희였다. 대표적으로 실패한 인사다.

그런가 하면, 중앙정보부장 시절 박정희 다음의 권력자였으나, 밀려난 후 미국으로 건너가 '박사월'이란 필명의 김경재로 하여금 회고록을 대필케 하여 박정희의 온갖 비리를 다 까발린 김형욱은 어떠한가. 그 역시 박정희의 충복으로 과했다. 대표적으로 실패한 두 번째 인사다.

또 이후락은 어떠한가? 그도 중앙정보부장이었다. 그는 박정희의 특사로 북한을 방문하여 김일성을 만나기까지 했다. 남북관계의 새로운 지평이 열리는가 했었다. 그랬으면 오죽이나 좋았을까. 그런데 그게 아니었다. 그 이후 남북의 체제변화가 그것을 증명한다. 그런 정치적 쇼의 배우였던 이후락이었다. 아, 김대중을 일본에서 납치해 살해하려 했던 이후락이었다. 떡을 하다 보면 떡고물이 손에 묻는 것 아니냐고, 부정부패와 정치자금을 슬쩍 고백하며 박정희를 물고 들어간 이후락이었다. 결국 실패한 인사였던 셈이다.

박종규는 어떠냐. 한국을 대표하는 총잡이로 국민에게 각인되었던 경호실장이다. 그러나 그의 권력도 육영수의 죽음으로 끝났다. 그 훌륭한 경호실장이 있었음에도 박정희는 부인 육영수를 지키지 못했다. 박종규의 별명은 '피스톨 박'이었는데, 그는 육영수를 지키지 못한, 그래서 무능한 경호실장에 지나지 않는다는 사실이 어처구니없다. 따라서 이 역시도 박정희의 실패한 인사 명단에서 빼놓을 수 없을 뿐이다.

그에 이어 등장한 차지철은 어떤가. 더 이상 설명이 필요할까. 박정희를 배경으로 해서 호가호위가 엄청났던 차지철이다. 그는 박정희와 함께 죽었다.

당시 합수본부장이었던 전두환의 발표에 따르면 차지철은 참으로 비열하게 죽음을 맞이했다. 그는 그가 하느님처럼 떠받들던 박정희의 죽음 앞에서 자신의 목숨만 구걸하였다고 한다. 재빠르게 화장실로 몸을 피한 뒤, 살려달라고 했단다. 그러나 박정희를 관통한 분노의 총구를 끝내 피하지 못한 채 개죽음을 하였단다. 그럴 바에야 박정희를 자신의 몸으로 덮으며 장렬하게 죽었던 게 나았을 것이다. "이런 버러지 같은 놈을 데리고 정치를 하십니까?"라며 박정희를 향해 불을 뿜은 김재규의 총탄을 박정희도 차지철도 피하지 못할 바에는 "음, 난 괜찮아."라는 마지막 한마디를 남긴 박정희가 그래도 괜찮지 않은가. 김재규의 일성 속에서 버러지로 표현된 차지철이 죽음을 맞는 순간, 박정희는 자신의 용인술이 얼마나 하찮았던가를 통감했을 것이다.

이런 사례들을 살펴볼 때 박정희를 용인술의 달인이라고 하는 사람들은 또 얼마나 우매한 것이냐. 아마도 그때 요즈음처럼 인사청문회가 있어 걸러내고 또 걸러내서 사람을 발탁하고 기용했다면, 적어도 이런 불행한 역사는 없지 않았을까.

그런데 인사청문회를 불편하고 불필요한 제도로 여기는 사람들은 무엇일까. 그들은 혹시 박정희의 실패한 인사를 그리워하는 사람들은 아닐까. 인사청문회만 없으면 나도 김재규, 김형욱, 이후락, 박종규, 차지철처럼 해볼 수 있으련만 하고 말이다. 또 이 몇 사람뿐이랴. 대표적인 사람이 김계원이다. 죽음의 현장에 있었던 김계원은 육군 대장 출신으로 대통령의 비서실장이었다. 별이 무려 넷이었던 사람이다. 그런데 어떻게, 어떻게 그럴 수 있을까. 멀쩡히 살아 있었다. 살아 있는 것이 신기한 일 아니냐. 이런 사람은 전쟁이 나면 대통령 버리고 혼자 도망갈 사람 아닐까. 비서실장쯤 하는 사람이라면 그는 마땅히 그 자리에서 죽었어야 하는 것 아닐까. 죽지 않아서 유감이라는 말이 아니라, 논리나 도리의 측면에서 그렇다는 것이다. 아무튼 박정희의 갑작스런 죽음 뒤, 세상에 떠돌던 유언비어에는 이런 것들이 있었다. 이 가운데는 사실에 근거한 것도 있을 것이고, 전혀 터무니없는 것도 있을 것이다. 그러니 유언비어라고 하는 것이다.

코미디언 배삼룡과 이기동의 사업이 망한 이유가 박정희의 죽음과 관계가 있다는 것이다. 여간해서 웃지 않는 박정희가 배삼룡의 비실비실 코미디를 보면 "그 놈 웃기는군!"이라고 하며 웃었단다. 이에 차지철이 배삼룡을 밀어주기로 작정하고 사업을 하게 하였으니 그것이 〈삼룡사와〉였단다. 이에 사업을 확장하고 있었는데, 갑자기 차지철이 죽으니 회사는 도산하고, 배삼룡도, 함께 사업을 한 이기동도, 그렇게 우리 곁에서 사라져갔단다.

차지철은 나는 새도 떨어뜨리는 권력의 화신이었으므로, 그의 말 한마디에 따라 부자가 가난해지고 가난한 사람이 부자가 되기도 했다. 차지철에게 뇌물을 가져다준 때에 그가 죽으므로 돈을 왕창 손해본 사람, 또 차지철이 돈을 가져다준 뒤 죽으므로 돈을 갚을 필요가 없어 돈을 엄청 벌게 된 사람 얘기도 떠돌았다. 당시 대한민국 핵심으로 가는 통로는 차지철이었으니까. 마치 만화 같은 한 시대의 대한민국 모습이었다.

절대권력은 부패정권을 낳는다

✿

육영수가 세상을 뜬 후, 박정희는 브레이크 없는 자동차와 같았다고 한다. 삼선개헌→유신시대→육영수의 죽음. 이 세 단계를 거치면서 박정희는 점점 더 브레이크 없는 자동차에 가속페달을 밟았다. 많은 사람들이 공통적으로 말한다. 1961년 쿠데타가 없었으면 좋았을걸. 1963년 민정이양 약속을 지켰으면 좋았을걸. 그이후 삼선개헌을 하지 않았으면 좋았을걸. 아니 1971년 선거를 마지막으로 임기를 채우고 끝냈으면 좋았을 걸. 그래도 충분했을 텐데. 그렇다. 그러나 1961년 쿠데타를 일으켜 정권을 탈취한 박정희가 1963년 민정이양을 하고 물러났으면 그는 살아남지 못했을 것이다. 쿠데타의 죄를 무사히 빠져나갈 수 없었을지 모른다. 생존본능이 유난히 강한 그가 그 정도를 몰랐을 리 없다. 그러니 1963년에는 절대 떠날 수 없었을 것이다. 그러나 민선 대통령을 두 번이나 지낸 1971년까지, 이른바 군정까지 쳐서 10년이면 충분했다.

그런데 삼선개헌이 무엇이냐? 이승만과 자유당 독재가 어떻게 무너졌는지 몰랐던가. 역사의 교훈 따위에 대해서는 아랑곳하지 않았던 것인가? 하기사 그의 일생은 역사 따위를 무시하고 역사를 역주행한 것이었으니 그럴 수밖에 없었을 것이다. 일제강점기에 친일, 그것도 일본군이 되어 독립군을 때려잡고 죽였어도 한국정부 수립 후 대한민국의 국군이 될 수 있었다. 여순반란사건에 가담하여 대한민국 정권에 도발하였음에도 죽지 않았고, 6·25 한국전쟁을 기화로 다시 대한민국 국군으로 복귀했다. 그리고 마침내 군사 쿠데타에 성공하여 10년이 지났다. '빈곤과 기아선상에서 허덕이는 민생고를 시급히 해결하고'라고 외친 지 10년이 지나고 나서 확실히 10년 전과는 다른 놀랄 만한 변화를 이루어냈다. 누가? 바로 그 박정희가.

그러나 박정희가 몰랐던 것이 있었다. 박정희는 사람을 몰랐고, 사람이 쌓은 역사를 몰랐다. 1961년 쿠데타를 일으켰을 때의 사람과 삼선개헌 그리고 유신체제를 선포했을 때의 사람이 같은 모습을 하고 있는 그 사람이라고 해도, 그들의 내면은 엄청나게 변화한 사람이라는 바로 그 사람 말이다. 박정희 스스로가 변화했듯 국민들도 변화했던 것이다.

그래, 박정희는 10년 동안 열심히 일했다. 독일로 간호사와 광부를 보내 소득을 올렸고, 아르헨티나로 농부도 보냈고, 한일협정을 통해 얻은 이른바 청구권 자금의 알량한 돈도 도움이 되었다. 아, 빼놓을 수 없는 월남전 소득도 유익했다. 새마을운동도 했고,

산아제한도 했다. 분식장려, 그리고 통일벼의 성공으로 보릿고개를 사라지게 해 온 국민이 쌀밥을 먹게 되었다.

그러나 이걸 반대로 얘기해 보자. 독일로 간 간호사와 광부가 받은 임금의 얼마만큼을 나라가 나랏돈으로 사용했던가. 아르헨티나에 농부를 이민이란 이름으로 보낼 때 정부는 일인당 얼마씩을 받았나. 톡 까놓고 얘기해서 인력수출 아니었나. 한일협정에서 받은 청구권 자금은 이승만의 자유당 정권이나 민주당 정권에 견주어서 얼마나 적어진 것인지 잘 알고 있을 것이다. 월남전은 어떠하냐. 우리의 젊은이들이 피의 값으로 받은 돈은 어떻게 쓰여졌을까. 새마을운동으로 우리가 얻은 것은 무엇이며 잃은 것은 무엇이냐? 산아제한으로 당장은 허리가 펴졌지만 오늘에 이르러 우리 국민의 감소현상이 어떤 현실을 낳고 있는가. 그 분식장려로 우리나라에는 수입밀이 넘쳐나게 되었고, 또 통일벼로 양산한 쌀의 현실은 어떠하냐. 그리고 그때 벌어들인 그 돈이 진정 전부 우리나라의 경제를 위하여 귀하게 쓰였는지 궁금하지 않을 수 없다.

당시 집권층의 배 속으로 들어간 것은 정녕 없는가? 어찌하여 당시 집권층의 대다수는 왜 부자인가? 일제강점기에 친일파의 자손들이 부유했던 것과 일맥상통하는 것은 아닐까? 독일로 가서 목숨을 잃은 간호사나 광부와 그의 가족들이 녹은 애간장의 값이 얼마이냐. 한일협정으로 얻은 청구권 자금이야말로 우리 민족의 피와 땀과 눈물의 소산이다. 아르헨티나로 떠난 농부의 값은 또 얼마였을까. 월남전에서 목숨을 바친 젊은이들을 비롯한 한국인들의 값과 중동의 근로현장의 근로자와 가족들이 흘린 땀과 눈물, 그리고 한숨의 값을 아는가. 새마을운동은 정녕 우리를 발전시켰으며, 산아제한은 우리 국가의 미래를 위한 탁견이었을까. 설령 이 모든 것이 우리나라에 놀라운 기적을 낳았다 하더라도 이것을 박정희의 걸작이라고 할 수는 없다. 이는 대한민국 국민 모두의 합작품이기 때문이다. 그러므로 박정희를 영웅화하여 박정희 만의 명작이라고 하는 것은 우스운 것이다.

굳이 과한 영웅을 만들어 한국의 기적이라 이름 부르며 신화를 조작하는 짓은 이제 멈춰야 한다. 영웅조작, 그것이야말로 우리나라를 더 이상 발전할 수 없도록 막는 장애물이기 때문이다. 우리 모두가 함께 이룬 기적이라고 할 때에만 비로소 더 큰 기적을 이룰 수 있기 때문이다. 대한민국의 오늘은 한 개인이 이룬 뛰어난 역사가 아니라, 국민 모두가 함께 이뤄낸 역사라는 확신에 가득 찰 때에 다시 일어날 수 있다. 덴마크의 신학자 그룬트비히가 한 말을 우리의 입장에 맞게 응용해 보자.

"정말 우리 한국인이여, 다시 한 번 위대해지자. 무력에 의해서가 아니라 우리 국민성에 의해서."

박정희와 박정희의 공화당, 이승만과 이승만의 자유당이 비교되는 점은 이것이다. 이승만과 이승만의 자유당 시대에는 그야말로 '털도 안 뽑고' 잡수신 데 반해 박정희와 박정희의 공화당 시대에는 '털은 뽑고' 잡수셨다는 점이다.

예로 교통경찰관의 부정부패를 들겠다. 요즈음 교통경찰관들은 그때의 교통경찰관에 견주어 가엾다고(?) 해야 할지 모르겠다. 당시, 고속도로 순찰대는 꽤나 센 빽이 있어야 갈 수 있었다. 당시 고속도로 순찰대에 속한 교통경찰관의 장화 속에는 현금이 가득했다. 한 방송국 기자의 동생이 고속도로에서 사고를 냈다. 하필이면 피해자가 고속도로 순찰대에 속한 경찰관. 동생은 부랴부랴 형한테 연락을 했다. 그때는 기자 역시 만만치 않은 세도를 부릴 때다. 그랬다. 비교적 '끗발'이 있는 계층에 속하면 목에 힘이 들어가고 제법 '먹어주던' 때였으니까. "나는 아니었다."고 말할 자신 있는 분이라면 참 존경할 만한 분이다. 그런 분에게는 이렇게 쓰는 게 미안한 일이지만, 그때는 그랬다. 부패한 정부는 특히 기자나 피디에게 약할 수밖에 없는 법이다. 부패의 연대라고나 할까. 바로 박정희 시대가 그런 때였다. 부랴부랴 연락을 받은 사고자 형인 기자는 피해자가 입원한 병원으로 그야말로 빛의 속도로 달려갔다. 그리고는 피해자를 찾았다. 마침 다친 부위가 다리였다. 가해자의 가족이 온 것을 본 피해 경찰관은 난리 난리를 쳤다. 가해자의 형인 기자는 모든 보상을 다 하겠다고 약속을 하며 다친 다리를 보자고 하였다. 그런데 피해 경찰관은 다리가 부어올라 장화를 벗을 수 없다며 피해에 대해 보상할 것을 거듭 다짐받는 것이었다. 기자는 장화를 벗지 않는 피해 경찰관의 행태를 보며 '척하면 입맛'이라고 그 장화를 찢어서 상처부위를 보자고 버텼다. 옥신각신하다가 기자는 기어이 가위를 가져와 장화를 찢기 시작했다. 아니 그런데 이게 웬일인가. 찢겨진 장화 속에서 뭔가 쏟아지기 시작하는 것이 아닌가. 뭐긴 뭔가. 바로 현금이지. 기자는 이미 카메라 기자를 대동한 처지. 이렇게 되자 곧바로 전세는 역전되고, 모든 일을 없었던 일로 하자는 선에서 타협이 되었다. 바로 이런 시대였으니, 박정희 시대의 부정과 부패를 대강 이해할 수 있을 것이다.

그렇다고 박정희 시대에 '부정부패척결'이 없었던 것은 아니다. 있었다. 그러나 오늘에 이르러 다시 생각해 봐도 진정성에 의심이 든다. 이른바 '치우기'에 '부정부패척결'이 한 방법으로 사용된 느낌을 지울 수 없기 때문이다. 공화당 정권의 거물로 불리다가 정계를 떠난 사람 가운데 감옥으로 가지 않고 '정계은퇴'의 길을 간 사람들이 대개 이 치우기 방식에 해당된다. 대표적인 예로두 사람을 들 수 있다. 한 사람은 체육계의 일꾼으로 변모한 사람이고, 또 한 사람은 잡지인이 된 사람이다.

앞의 한 사람은 집을 잘못 지은 것이 화근이었다. 그러나 이미치우기의 대상이었는데 까마귀 날자 배 떨어진다고 집이 화근이된 것일 게다. 그의 집에 엘리베이터를 설치한 것이 문제였다. 노모의 다리가 불편해서 엘리베이터를 설치했다는 것이 그의 얘기였는데, 이에 박정희는 "돈이 많이 들었겠다."고 했고, 그는 "집 안에 사업하는 사람이 있어서."라고 대답했다고 한다. 이에 다시 즉각적으로 박정희는 "당신 형은 언제부터 그렇게 돈 벌었어?"라며 자리에서 일어섰단다. 그 후, 그는 체육계에서 일했고, 다시는 정계로 돌아가지 못했다.

또 한 사람 역시 공화당의 실력자였다가 어느 날 정계를 떠나

〈샘터〉를 발간하였다. 샘터 역시 은행과 군부대 등에 배급되어 수입이 적지 않았다. 그 후 김영삼이 대통령이 되었을 때, 국회의장이 되었으나 재산등록에 문제가 생겨 물러났다. 그때 유명한 '토사구팽'이란 말을 남겼다. 바로 이런 식으로 박정희의 치우기가 있었으니, 이는 전형적인 독재자의 방법이라고 하겠다. 물론 거물 아닌 자들은 법적 절차를 밟아 처리했다. 그러나 역시 솜방망이에 그쳤다. 자기가 떳떳해야 엄중한 처벌이 가능한데 글쎄 그랬을까. 박정희가 무슨 돈이 있어 영남대학교를 세웠으며, 어린이대공원을 세웠으며, 신문사를 세웠으며, 5·16장학재단을 세웠으며, 정수장학재단을 세웠던가.

그렇다. 절대권력은 절대부패한다는 말이 있는데, 박정희가 그 표본이라 해도 지나치지 않다. 박정희는 대한민국의 돈을 자기 금고 속의 돈처럼 사용한 사람이라고 할 수 있다. 곧 은행 돈을 자기 마음대로 사용했다는 뜻이다. 이와 아울러 기업의 돈을 자기 돈처럼 쓰기도 했다는 뜻이다. 이러한 잘못된 버릇은 관행이란 이름으로 전두환과 노태우에게 이어진 것이 좋은 증좌이기도 하다. 박정희의 갑작스런 죽음으로 박정희의 개인자금과 이른바 통치자금을 두고 논란이 있었음을 우리는 안다. 전두환은 박근혜에게 6억 원을 주었다고 한다. 이를 두고 전두환과 박근혜 사이에 심한 갈등이 생겼다는 풍설도 있다. 두 사람 모두 이에 관해 언급한 바가 없다. 그러나 박정희의 통치자금을 손아귀에 넣지 않았다면, 과연 전두환이 정권을 탈취할 수 있었을까. 일개 육군 소장이 정권을 탈취하기 위한 거대자금을 개인적으로 가지고 있지는 않았을 것이다. 그 자금은 어디서 나왔을까.

5·16과 12·12는 같은 듯 다르다. 5·16은 목숨을 걸고 자행된 것이지만, 12·12는 이웃집으로 이사하듯이 진행된 것이다. 소장이 중령들을 주축으로 해서 저지른 정권 탈취 드라마이지만, 플롯이 전혀 다르다. 5·16은 기획단계에서 완성까지 일목요연하다. 5·16은 기획단계에서부터 완성까지의 사이에 비장한 냄새를 풍기기도 한다. 결과가 워낙 단순해서 그렇지 그것은 역할 분담이 분명했다.

그러나 12·12의 날은 간단하다. 당시 계엄사령관인 정승화 체포가 전부였다. 우경윤과 허삼수가 정승화를 체포할 때 약간의 총격전이 있었고, 이때 우경윤이 총에 맞아 두 다리를 잃는 일이 생긴 것과 그날 밤 한남동 일대의 교통이 매우 혼잡했던 게 전부였으니 말이다.

박정희의 이른바 통치자금의 규모를 아는 자는 전두환이 분명하다. 또 그 돈을 손아귀에 넣고 조자룡이 헌 칼 쓰듯 사용한 자도 전두환이 분명하다. 이렇게 단언하면 틀린 말일까. 그렇게 말할 수밖에 없는 까닭은, 이후 정권을 찬탈하고, 18년에 견주어 절대적으로 짧은 8년여 시간 동안, 박정희보다 더 엄혹하다면 엄혹하고 잔인하다면 잔인한 짓을 엄청나게 저질렀기 때문이다. 게다가 퇴임 이후 엄청난 돈을 '드신' 것을 우리 국민 모두가 알게 되었기 때문이다.

전두환이 막 공식무대에 등장했을 때 우리는 빨간 바지 아줌마에 대한 얘기를 들었다. 강남 부동산시장에서 맹활약을 하던 빨간 바지 아줌마. 왠지 이순자와 닮았다고 했었다. 사실 여부는 알 수 없으나 그런 소문이 정설처럼 떠돈 것만은 사실이다. 이는 전두환 가족이 박정희의 이른바 통치자금에 대해 관심을 가지지 않았다면 오히려 이상하다고 생각하게 만드는 대목이다. 분명 그들은 돈을 좋아하는 사람들이었다. 그러니 전두환이 등장한 1979년 10월 26일 이후 지금까지 온갖 개망신을 다 당해도 돈과 관련해서는 가장 비열한 모습을 보이는 것 아니겠는가. 그런 까닭에 박근혜와 전두환 사이가 그 돈 때문에 균열이 갔다고 해도 의심하지 않는 것이다. 그리고 전두환이 박근혜에게 겨우 6억 원을 주었다는 데에 의아해할 수밖에 없지 않은가. 물론 6억 원도 당시의 화폐가치로 보자면 결코 적은 액수가 아니다. 그러나 박정희가 촌지 100만 원씩 주기로 하면 겨우 600명분에 불과하다. 이렇게 생각하면, 너무 적다. 적어도 너무 적다.

　박정희는 촌지에 야박한 사람이 아니었다고 한다. 다만, 돈을 줄 때에는 나름대로의 원칙이랄까 기준이랄까 하는 것이 있었단다. 이유 없이 돈을 주지는 않았다고 한다. 모친이 돌아가셨다고, 생신이셨다고, 아이가 대학에 입학했다고, 결혼을 했다고 등등. 한 언론인이 자신에게는 촌지를 얼마나 줄까 해서 대통령을 만날 기회를 만들었다. 그런데 담뱃불을 연신 부쳐주긴 했어도 촌지가 없는 것이었다. 청와대를 나오니, 동료 언론인들이 촌지를 얼마나 받았는지 물어 한 푼도 못 받았다고 했다. 이에 동료들이 낸 결론은

"돈 줄 이유가 없었구나."였다. 춘지에 박하진 않았으나 이유 없이 춘지를 주지도 않은 사람이 바로 박정희였다. 그러고 보면 박정희는 돈 쓰는 법을 나름 잘 터득하고 있었던 셈이다. 춘지의 뜻을 잘 알고 있었던 셈이다. 두 가지다. 잘 봐달라고 주는 것이지만 그런 냄새가 안 나게 쓰고자 했거나, 고맙다는 뜻으로 주는 것이지만 그 사안과 직접 관련을 두지 않으려고 했다는 것이다. 이는 박정희가 돈이란 물건에 관해 잘 알며 그런 만큼 그 물건을 관리하고 사용함에 남다른 재주가 있었다고도 할 수 있는 대목이다. 그런 만큼 그가 어리숙하게 돈을 만들고 엉성하게 돈을 재어두고 명분 없이 돈을 사용하지는 않았을 것이다.

과연 박정희의 내탕금이라 할 통치자금은 얼마나 되었을까. 그는 그런 돈을 어떻게 만들었을까. 그리고 어디에 재어놓았을까. 이 돈을 관리한 사람은 누구였을까. 또 어떻게 전부 찾아낼 수 있었을까. 아마도 박근혜가 이런 모든 것을 알 수는 없었을 것이란 생각이다. 이제 30이 안 된 딸, 엄마 대신 퍼스트레이디를 하는 딸이지만, 이런 얘기까지 세세히 하지는 않았을 것이다. 왜? 박정희는 아직 죽음을 생각하기엔 매우 건강했으니까. 그의 여성행각이 심했던 것으로도 쉬이 짐작할 수 있다. 더욱이 그는 그의 권력이 종말을 고하리라고는 도저히 생각할 수 없었다. 김재규의 리볼버 권총 따위는 그의 사전에는 처음부터 없었다. 그는 타고난 생존본능이 있었고, 용인술의 달인이었고, 자신에게 대드는 누구도, 그것이 국민이라 하더라도 몇 백만이라도 밀어버리면 그만이라고 확신에 가득 찬 광인이 된 지도 오래되었으므로 죽음과는 너무도 먼 곳에 있었다. 그런 그가 어린 딸에게 그런 얘기를 했을 리 없다.

이는 이승만의 경우와 다른 듯이 같은 게 아닐까. 이승만은 매우 가난한 채로 쫓겨났다. 그는 청빈하긴 했다. 자기 자신을 위해 부를 축적하진 않았다. 이런 얘길 많은 이들이 한다. 그러나 그 역시 자신이 평생 국부로 살다가 죽을 줄 알았던 것은 아닐까. 따라서 굳이 재산을 축적할 필요가 없었던 것은 아닐까. 아니기를 바란다. 진정으로 그가 청빈한 초대 대통령이기를 바란다. 그것도 아니면 그는 우리에게 무엇이겠느냐? 마찬가지다. 박정희도 부정축재를 하지 않은 또는 하지 못한 대통령이기를 바란다. 그것도 아니면 그는 도대체 우리에게 무엇이겠느냐.

박정희는 브레이크 없는 자동차인가?

✿

박정희의 60여 생을 꼼꼼히 따지고 곰곰이 생각하면, 공보다는 과가 압도적으로 많음을 알 수 있다. 박정희가 대한민국에 기여한 것이 과연 무엇이냐. 냉철히 생각해 보라. 물론 대통령을 지낸 사람들만을 비교선상에 놓고 이야기를 하자면 대통령으로서의 박정희는 절반의 성공과 절반의 실패로 확연히 구별되는 사람이다. 한마디로 자신의 성공을 자신의 실패로 모두 까먹은 사람이다. 여기에 정권을 무력으로 탈취했다는 꼬리표를 뗄 수 없다. 매우 안타까운 일이지만 지울 수 없는 그의 원죄이다. 간단한 수식으로 만들어 생각해 보기로 하자. 나쁜 짓 더하기 좋은 짓 더하기 나쁜 짓은 뭘까? $(-)+(+)+(-)=(-)$라는 말이다.

5·16쿠데타는 도저히 용서되지 않는 범죄행위다. 성공한 쿠데타는 어쩌고저쩌고 한 말을 모르지 않고 기억에도 생생하지만, 나는 결코 동의할 수 없다. 만약 이에 동의한다면 이 세상의 모든 범

법행위를 결과에 따라 유죄와 무죄를 판단해야 한다는 말에도 동의해야 한다. 이것이 말이 되는가. 쿠데타는 분명 범죄다. 지울 수 없고 지워져서도 안 되는 범죄다. 이후 1963년 그는 국민의 직접선거에 의해 대통령이 되었다. 1967년에도 국민의 직접선거에 의해 대통령이 되었다. 그래서 도합 8년의 대통령직을 수행한 것에 대해서까지 문제로 삼고자 하지는 않는다. 그리고 그 평가도 후하게 쳐주고자 한다. 이러한 평가가 적확히 옳다고 생각진 않지만, 대한민국 사람들 가운데 상당수가 박정희에 대해 오해하고 있는 것이 현실인 이상 분쟁의 여지를 남기고 싶지 않기 때문이다.

그렇다. 박정희를 가난으로부터 한국인을 구해 낸 황금박쥐로 착각할 수도 있기 때문이다. 적어도 우리 국민의 30%는 지금도 박정희를 은인으로 생각한다. 헐벗고 굶주린 우리를 박정희가 아니었으면 누가 구해 주었을까? 통일벼로 보릿고개를 없애준 사람, 고속도로를 만들어준 사람, 중공업을 일으킨 사람, 자동차산업을 가능케 한 사람, 북한의 경제보다 우리의 경제를 확실하게 우위에 오르게 한 사람, 한마디로 우리나라의 오늘이 있도록 기초를 다진 사람이 바로 박정희라고 단정적으로 생각한다. 그것은 가히 종교적이다. 우리 국민의 30%는 적어도 그렇게 생각한다. 그런 점에서 그 모든 것을 그렇다고 하자.

그런 토대 위에서 우리 국민의 30%에게 묻고 싶다. 만약 그가 3선 개헌을 하지 않고 두 번의 임기를 마치고 물러났다면 어땠을까. 이러한 그의 업적은 정말 반짝반짝 빛나지 않았겠느냐고. 그럼에도 그는 3선 개헌에서도 멈추지 않았다. 3선 개헌한 헌법에 따라 치른 대통령 선거에서 승리하여 대통령에 취임한 이듬해 그는 기어이 금단의 열매까지 따먹고 말았다. 유신헌법이라는. 유신헌법 선포 전에 남북적십자회담, 남북회담 등을 열어 바람을 잡았다. 이른바 7·4공동선언이 발표되었다. 국민들은 모두 흥분했다. 드디어 남북통일을 위한 거룩한 첫걸음이 시작되었다고 생각했기 때문이다. 아니 믿었기 때문이다. 왜? 압도적인 지지율을 확보한 카리스마의 박정희, 그야말로 무소불위한 독재자 박정희의 말이었으니까. 그러나 이런 모든 것은 한낱 장식에 불과했다. 유신으로 가기 위한 한낱 장식에 불과했다.

나중에 안 일이지만, 바로 그때에 북한의 김일성도 북한의 체제를 변화시키고 있었다. 지금과 같은 세습체제로. 참 기막힌 얘기다. 이승만과 김일성이 남북분할체제를 남북분단체제로 고착화시켰다. 그땐 외세에 의한 것이었다. 그리고 20여 년이 지나서 박정희와 김일성이 남북분단체제를 더욱 공고하게 하다니. 바로 자기들의 권력 영속화를 위하여. 그러니 이는 매우 기막힌 얘기가 되는 셈이다. 그러니 유신시대를 여는 것이 무엇을 의미하는지를 박정희는 분명히 알고 있었다고 하겠다. 박정희는 그것이 떳떳하고 당당한 일이 아니고, 개인적 권력 욕구에서 출발한 야비하고 비열한 짓임을 분명히 인지하고 있었다. 그렇지 않고서야 어찌 김종필을 전위대로 사용―그건 분명 사용이었다―했겠는가.

1971년 말 김종필이 TV에 등장했다. 당시 김종필은 국무총리였다. 실권 없는. 그야말로 '얼굴마담'인 그를 내세워 유신의 필요성을 갈파하게 한 것이다. 아직 국민에게 인기 있고 설득력이 있는 논리적 웅변가에게 생방송을 통해 유신의 필요성을 갈파하게 한 것이다. 이때가 절호의 찬스였다. 김종필이 박정희를 치울 수 있는 절호의 찬스였다. 그야말로 위대한 김종필이 될 수 있는. 그러나 김종필은 그러지 못했다. 결국 그는 2인자로서 삶을 마감할 수밖에 없는 사람이다. 과연 그때, 몰랐을까. 바로 지금이 이 나라의 역사와 박정희와 자신의 운명을 가를 수 있는 순간이라는 것을. 그는 너무도 그의 임무에 충실했다. 청산유수로 역사의 패륜을 저질렀다. 5·16쿠데타를 썼고 역사의 인물로 새롭게 태어날 시간을 열심히도 망가뜨렸다. 이는 박정희의 승리를 의미했고, 동시에 대한민국 역사의 엄청난 후퇴를 의미했다. 이를 신호로 이듬해인 1972년 10월 17일 이른바 '10월유신'이 선포될 때까지 박정희의 계획대로 일사분란하게 유신을 향한 행진이 이어졌다. 그 뒤로 유신헌법으로도 감당이 되지 않는 국민 저항을 긴급조치로 막으려 했으나, 그는 김재규의 총탄으로 쓰러질 때까지 브레이크 없는 자동차처럼 치달리기만 하였다.

유신에 저항하는 국민들은 긴급조치도 아랑곳하지 않았다. 따라서 수없는 구속과 석방—정확히는 형집행정지지만, 석방이라고 말할 수 없었던 정부가 고육책으로 만든 법률용어라 할 수 있다—이 반복되었고, 박정희를 겨냥한 조총련 문세광의 총탄에 애먼 육영수가 세상을 떠났고, 김대중을 일본에서 납치·살해하려던

음모가 실패로 돌아갔고, YH사건으로 노동 항쟁하던 젊은 여성 근로자가 자살하면서 정국은 더욱 끝 간 데를 모르고, 이때에 김재규의 리볼버 권총이 불을 뿜었다. 그리고 박정희의 생이 끝났다. 이것이 마지막 10여 년 동안의 박정희다.

그럼에도 박정희는 30% 국민의 가슴속에 남아 있다. 은인으로. 정은 정이고 셈은 셈이라 했건마는, 박정희는 그의 업적에 견주어 분명 과대평가되어 있다. 그 이유는 우리 국민에게 있지 않다. 그것은 그의 비교격이 워낙 시원치 않은 탓이다. 이승만부터 오늘의 박근혜까지, 박정희와 비교할 때 나은 구석이 압도적으로 우위를 차지할 만한 사람이 거의 없기 때문이다.

역대 대통령 가운데 세 사람인 박정희와 김대중과 노무현을 빼면, 비교를 해서 생각할 사람이 누가 있을까. 그러니 박정희에 대해 그리움을 가진 국민이 적어도 30%인 것이 이상할 것도 없다. 그러나 이제는 털어버려야 한다. 언제까지 이런 미망에 잠겨 내일을 그르칠 것인가. 어떻게 하더라도 그는 우리에게 다시 돌아올 수 없다. 이젠 그의 영욕은 묻어버려야 한다. 과거를 통해서 미래를 배울 수 있다손 치더라도 그는 우리에게 긍정적인 면과 부정적인 면 모두에서 반면교사로서의 역할을 충분히 했다. 더 이상 그의 망령에 매달리면 도리어 그에게 누를 끼치는 것이 된다. 칭찬도 지나치면 욕이 되는 법이다. 그는 결코 신이 아니었다. 100점짜리 인간은 어디에도 없다.

그런 까닭에 박정희를 상찬하면 할수록 박정희를 그 반대쪽에서 바라보는 사람들에게선 흠과 욕이 그만큼 커지게 된다. 그것이 과연 옳은 일일까. 잘하는 일일까. 이젠 그를 진정으로 쉬게 하는 게 지혜로운 일이다. 그의 자리에 그에 버금갈 새로운 대통령을 뽑아 세우는 일이 화급하다. 옛사랑을 이젠 보내자. 그리고 새 사랑을 맞이하자. 지금은 1979년이 아닌 2015년도 지나고 있다. 모든 것이 변했다. 그리고 또 끊임없이 변하고 있다. 변하는 세상에 맞는 리더십을 생각하자. 바로 그러한 리더십을 뽑아내자. 떠나가는 과거를 붙잡고 매달려 허우적대다 당면한 현재와 다가오는 미래를 놓치지 말자. 진정으로 적어도 30% 대한민국 국민에게 드리는 말이다. 클린턴을 표절하자면, "이 바보야 문제는 현재고 미래야!"

이제 우리는 박근혜를 대통령으로 뽑아 지금 통렬히 경험하고 있다. 박정희를 다시 뽑는다는 마음으로 뽑은 박근혜 아니냐. 그런데 어떠하냐? 좋으냐? 그만하면 괜찮으냐? 속으로만 생각해라. 잘못하면 쪽팔리는 소리를 하거나 들어야 할 터이니. 이젠 되었다. 아직도 박정희 코스프레costume play하며 대통령 하겠다고 나서는 얼간이가 있을지는 모르겠으나, 그건 그 얼간이에게 맡기고, 박근혜가 부르짖는 '창조'적인 리더십, 우리의 현재와 미래를 향한 창조의 리더를 꼭 찾아내자. 이렇게 끝을 내면 서운하지 않으리라 생각한다.

오죽하면 대통령이 '바지사장' 소리 들을까

이미 사람들은 그 존재조차 잊었다. 이 사람이 대통령을 지냈다는 사실을. 그래서 어떤 사람은 언제 이런 대통령이 있었느냐고 물을지도 모른다. 그런 생각을 할 때마다 이 사람은 무엇 때문에 대통령을 했을까.

내 친구는 최규하가 자기 아버지 장가들 때, 함진아비였다는 얘길 가끔 했다. 최규하가 자기 아버지더러 대통령감이라고 했다는 얘기도 했다. 내 친구 아버지나 최규하나 모범적인 공무원이었다. 내 친구 아버지는 비교적 젊은 나이에 세상을 떠났다. 최규하와 '절친'이란 것을 생각하며 나는 친구 아버지가 일찍 세상을 떠난 것이 차라리 다행이다 싶었다. 만약에 최규하처럼 오래 살아서 행여라도 대통령을 했다면 큰일이 아닌가 생각해서였다. 최규하를 보면 대통령 아무나 하는 것 아니란 생각이 들기 때문이다.

전두환의 총부리가 무서워 대통령을 하고 또 그 총부리가 무서워 대통령을 그만두고 평생을 꿀 먹은 벙어리처럼 한마디도 못하고 살다가 세상을 떠나는 것이 무엇이 좋겠는가. 사람은 앉을 자리를 보아 가면서 앉거나 말거나 해야 하는 법이다. 과연 최규하는 그 자리가 자기에게 걸맞은 자리라고 생각해서 덜퍼덕 앉았을까. 그렇게 앉았다가 그렇게 떠날 것이었으면, 애당초 앉지 말아야 했다. 사실 대통령이란 자리는 그렇게 앉았다 그렇게 떠날 자리는 아니다.

대통령의 법률적 권리는 상상을 초월한다. 오죽했으면 여당 대표나 되는 사람이 "대통령을 이길 수야 있나."라고 했겠나. 대통령 말 한마디에 여당 원내총무가 바뀌고, 어제 투표했을 때는 찬성을 하였다가 오늘 투표할 때에는 참석해서 반대를 하는 게 아니라 아예 투표에 참석조차 하지 않았다. 행정부 수장의 말 한마디에 입법부의 다수의원들이 아야 소리도 못하고 벌벌 떤다. 그런데 그런 막강한 권한을 가진 대통령 자리에 앉은 최규하더러는 오죽하면 시중에서 이른바 '바지사장'이라고 했겠는가. 아, '최주사'라고도 했다. 국무총리도 지냈고 마침내는 대통령이 된 그를 가리켜 주사라니 너무했다. 그러나 최주사라는 칭호에 대해 심하다, 너무하다고 말하는 사람은 거의 없었다. 이것이 최규하의 진면목이라고 해야 맞는 말이기 때문이다.

최규하는 대통령 자리에 앉는 순간 자기 정치를 해야 했다. 박정희의 유고에 의해 어부지리로 대통령 자리에 앉았지만, 대한민국 법률에 의해 그 자리에 앉은 이상 그는 차기 대통령을 선출할 때까지 본분의 책임을 다해야만 했다. 설사 배신을 한다 하더라도 그는 그의 길을 가야 마땅했다. 그것은 전두환과 다른 정치였고, 전두환에 대한 배신이었을 테니까. 그러한 까닭에 그 길을 가지 않은 최규하는 바지사장이니 최주사니 하는 불명예스러운 얘기를 들어 싸다. 그는 처음부터 끝까지 전두환의 명령에 복종한 하수인에 지나지 않았거나, 잠시나마 대통령이 된 것에 취한 사람이었거나, 아니면 내부적으로는 전두환과 대립하고 투쟁하였으나 끝내 실패한 사람일 수 있다.

어쨌거나 최규하는 전두환과 목숨을 건 일전불사의 용맹성을 발휘하지 못했다. 아무리 생각해 봐도 외무부장관을 지낸 그의 경력이 입증하듯, 그는 외교관이 그의 천직이었다. 외교관은 군인과는 세상을 보는 눈이 다르다. 외교관은 모든 문제를 말로 풀어내는 사람이다. 외교관의 용어는 여느 사람의 용어와는 다르다. 그래서 외교용어라는 말이 따로 있는 것이다. 외교관은 되도록 극단적인 말을 사용하지 않는 습관을 가지고 있다. 외교관은 엄살에도 능하고 허풍에도 능하다. 가령 외교관이 전쟁도 불사하겠다느니, 하는 말은 전쟁을 하겠다는 얘기가 아니다. 우리는 전쟁을 할 모든 준비를 끝냈다는 말은 아직 준비가 덜 되었단 뜻이다. 전쟁을 할 생각이 없다, 전쟁준비가 많이 부족한 게 우리의 현실이다, 따위의 말을 할 때는 오히려 전쟁하려면 하자, 우리의 준비는 완결되었다, 라고 해석해야 한다. 유감스럽게 생각한다는 말은 극단적으로 해석하면 단교도 불사하겠다는 뜻이다. 이런 식으로 훈련된 외교관

출신이 군인의 언어에 익숙한 군인들을 당해내기 어려웠을 것이다. 그러나 분명한 것은 대통령을 한다는 것도 대통령을 그만두겠다는 것도 팔자 고치는 일이 아니라, 팔자가 오그라드는 일인 줄도 알아야 한다.

관료생활을 오래 한 최규하가 그만한 눈치가 없었을 리 만무다. 그는 단호히 거절했어야 한다. 그들이 총부리를 겨누고 대통령에서 물러나라고 강요했다면 더욱 그렇다. 대통령이란 자리가 총부리에 못 이겨 물러날 자리는 절대로 아니다. 이것을 최규하가 몰랐다면 그는 무엇이냐. 알았다면 그는 무슨 생각이 있었던 것일까. 대통령이 되고 난 후 최규하가 그 불학무식한 쿠데타 세력들을 제거해야겠다는 생각을 한번이라도 해보긴 했던 것일까. 그랬다면 그는 그렇게 순순히 대통령직에서 물러나서는 안 되었다. 그렇다. 나는 최규하가 목숨을 걸고 대통령 자리를 지켜야 했다고 생각하는 것이다. 그랬다면 이 나라 역사는 바로 그 순간 새로운 상황이 열렸을 것이다. 거의 평생토록 침묵으로 일관하며 살았던 그를 보면서, 그럴 정도로 굳센 마음을 가진 사람 최규하가 그때는 왜 그랬을까 하는 생각을 떨쳐 버릴 수가 없다.

자기 자신의 목숨에만 연연해하는 사람을 대통령으로 둔 우리는 불행하다. 정말 운도 없다. 전두환의 폭거 앞에서 목숨을 내건 사람은 없고, 목숨을 구한 사람만 많은 이 나라의 정치판을 온전하다고 말할 수는 도저히 없다. 최규하는 그 죄를 침묵으로 갚았다고 하지만, 그렇지 않은 정치판 사람들, 더욱이 그와 더불어 정치적

동지가 되어 호가호위하던 사람들은 어떻게 설명해야 할까. 아직도 살아남아 에헴, 하는 사람이 없지 않으니 이것은 또 무엇이냐. 과연 우리의 정치는 발전하고 있는 것일까.

한마디로 두 번 다시 최규하 같은 사람이 대통령이 되는 시대가 와서는 절대로 안 된다. 그런 까닭에 국무총리 뽑는 일을 비롯해 대통령 권한대행을 할 가망성이 있는 사람을 뽑는 데에 더욱 신중하고 까다롭고 엄중해야 하겠다.

최규하는 죽음의 순간까지도 입을 꾹 다물었다. 스스로 입을 봉인한 벙어리로 노년을 살았다. 그 흔한 회고록조차 쓰지 못했다. 아니, 쓰지 않았다. 그는 끝까지 역사의 진실을 외면했다. 그가 끝까지 입을 다문 것이, 기록으로 남기지 않은 것이 대한민국의 안녕과 평화와 질서를 위해서였다고 스스로 판단했다면 최규하는 '바지사장'이나 '최주사'가 맞다. 그를 그렇게 부르는 많은 국민들이 인물을 제대로 본 것이다.

아니면 최규하는 직무유기를 한 것이다. 그것도 대한민국 역사의 아주 중요한 증인으로서 묵비권 행사를 했다는 것이다. 진실을 알면서 묵비권 행사를 했다는 것 자체가 죄다. 법에서는 그것이 인정된다고 하더라도 대통령이 역사의 증인으로서 벙어리 행세를 한다는 것은 크나큰 죄악이다. 범죄행위다.

최규하가 아무 증언도 하지 않고 눈을 감음으로써 총부리로 대통령 자리를 차지한 전두환의 죄과를 더 이상 밝힐 수 없게 되었다. 이는 매우 안타까운 일이다. 대한민국 국민이라면 누구나 안다. 전두환이 어떤 흉악한 방법으로 대통령이 되었는지. 그런 의미에서 최규하는 역사적 진실을 외면한 죄과를 더 이상 면할 길이 없다.

저는 이렇게 생각합니다

대통령 반열에 두기조차 불쾌한 사람

사실 전두환에 대해서는 전혀 쓰고 싶지 않다. 그를 대통령의 반열에 두는 것만도 불쾌한 일이다. 그는 대통령이 되려고 얼마나 많은 국민들의 목숨을 앗아갔는가? 국민의 피를 담보로 대통령 자리에 앉고서, 또 얼마나 국민의 고혈을 짜서 부를 축적했는가. 재벌들이 그에게 갖다 바친 돈은 비자금이므로, 그 돈은 국민의 혈세가 되어야 할 돈이다. 대통령 자리가 마치 장사하는 분들 등치는 깡패와 다름없었다. 실로 천문학적인 액수의 돈을 기업인들에게서 받아 챙겼다. 돈이 뭐라고, 대체 그렇게 많은 돈이 필요했단 말인가? 아무리 생각해도 걸귀가 들린 사람이 아니고선 그럴 수가 없다.

전두환의 행태로 보면 대통령 임기를 다한 뒤에도 감히 정치의, 아니 통치의 끈을 놓지 않으려 했다. 임기의 단 하루를 더도 덜도 않겠다고 취임사에서 밝힌 그의 속셈은 따로 있었다. 사실 그는 백기투항을 하면서 대통령이 된 처지였다. 박정희가 닦아놓은 길을 기반 삼아 옆집으로 이사하듯이 대통령이 되었다. 법률적 절차를 밟았으나, 그가 밟은 법률적 절차를 온당하다고 생각한 사람은 대한민국 사람 치고 전두환과 이순자 말고는 거의 없었다. 이른바 '체육관 선거'로 대통령이 된 사람에게 어떻게 정당성을 부여할 수 있겠는가. 이 세상의 과거와 현재 그리고 미래를 총망라해서 그의 무단정치를 그렇게밖에는 설명할 수 없는 것이다. 총칼을 드러내놓고 법률을 만들고 법률적 절차를 밟을 때, 겉으로는 동의하지만 속으로까지 동의를 하는 경우는 없다. 따라서 전두환의 법률행위는 전부 무효인 것이다.

박정희의 유신체제 그리고 이어진 전두환의 폭거는 전부 이와 다르지 않다. 이를 박정희도 전두환도 이미 알고 있었다. 박정희는 유신을 하고 계속해서 긴급조치를 발동했는데, 그것이 바로 그 증거이다. 전두환은 그의 취임사에서 임기의 하루를 더하지도 덜하지도 않는 최초의 대통령이 되겠다고 했는데, 이것이 바로 그 증거이다. 이 세상 어떤 자가 더욱이 전두환 같은 자가 취임을 하면서 물러날 때에 대해 말한다는 것은 그만큼 뒤가 구리다는 얘기다. 구린 정도가 아니라, 뒤가 켕긴다는 얘기가 아닐 수 없다.

사람이란, 아무리 악의 탈을 쓴 자라 하더라도, 아니 악의 탈을 쓴 자일수록 자기 자신에 대해 확실히 안다. 그렇기 때문에, 끊임없이 자기 자신에 대한 남들의 반응에 민감하다. 저 북한의 김정은이 고모부인 장성택을 남 보란 듯이 공개처형한 것도 이와 다르지 않은 짓이다. 전두환도 이와 같은 짓을 방식만 다르게 했을 뿐이지, 부지기수로 자행하였다. 광주민주화운동에 희생된 국민이 얼마나 많은가. 그 원흉이 전두환이라는 것을 개나 소도 다 아는데, 대한민국 법정에선 발포명령권자가 없다고 판결했다. 소가 웃을 일을 대한민국의 신성한 법정에서 판결했다. 아마도 법정에서 1980년 5월 18일 광주 시민들을 향해 발포명령을 내린 자가 밝혀졌다면, 당연히 그는 사형을 당해야 옳았다. 그런데 아직도 골프 치고 유유자적하면서 전 재산은 29만 원밖에 없다고 코미디 같은 소릴 하는 당사자는 멀쩡하게 살아 있다. 허기사 대한민국 법정이 그에 대해 관대한 판결을 내렸으니, 법적으로 그는 살아 있을 권리가 있는 셈이다. 그에게 관대함을 베푼 그 마음씨 좋은(?) 정치 판관들은 지금 어디에서 어떻게 살고 있을까. 물론 전두환처럼 형색 좋은 얼굴로 골프나 치며 잘 살고 있을 것이다.

타고난 성품이 그러하니 전두환은 대통령이 되고 나서도 뻔뻔스러웠다. 자기 자신은 경제를 모르는 까닭에 우수한 인력을 발탁해 그들에게 맡겼다. 그러고는 그리 급하지도 꼭 필요하지도 않은 미얀마 방문에서 그들의 다수가 북한의 폭탄에 사상되는 비극을 불러왔다. 당시 전두환은 어느 나라에서도 환영받지 못한 사람이었다. 그런데 미얀마는 전두환의 방문을 받아들인 것이다. 그 나라의 독재자가 전두환의 방문을 허한 것은 이상할 것이 없다. 독재자가 독재자를 오도록 한 것이니까.

여기서 잠깐, 기왕 국가 원수의 외국방문에 대해 생각해 보자. 뭐 간단하다. 집안일이나 나랏일이나 다를 게 없다. 필요에 따라

오가는 것이다. 대접이 융숭할수록 부탁이 간절한 것이다. 이런 경우는 부탁하는 쪽에서 얻고자 하는 것이 많다고 보면 된다. 세상에 밑지는 장사를 하려는 사람은 없다. 나라도 같다. 상대국에서는 별로라고 생각하는데도 본인 스스로 가겠다고 해서 가는 경우도 있다. 이 경우는 가겠다고 하는 쪽에서 분명 얻고자 하는 게 있기 때문이다. 그럴 때는 상대국에 선물을 큼직하게 가져가야 하지 않겠나. 선물도 없이 빈손으로 오겠다는 손님 달가워할 사람이 어디 있겠나. 전부를 이런 식으로 생각하면 된다. 한국의 독재자와 미얀마의 독재자 사이에 어떤 묵계가 있었는지 모르나 이런 방식에서 벗어나지 않는 '딜'이 있었을 것이다. 전두환 혼자 폼 잡자고—기실 폼도 안 나는 흉한 일이었지만—여러 귀한 생명 훌륭한 인재들 잃고 다쳤던 것이다.

전두환은 정권 초기부터 시끄러웠다. 전두환이 안아 키우고 업어 키운 동생이라서 그런지 새마을운동 중앙본부 회장을 지낸 전경환은 뭔가 문제가 많다는 유언비어가 심히 떠돌았다. 전두환의 형 전기환, 전두환의 부인 이순자의 친인척인 이규광, 그리고 저 유명한 장영자 사건 등으로 소란이 계속되었다. 이 와중에 전두환 쿠데타 세력의 실세로 나는 새도 떨어뜨릴 수 있다던 허화평과 허삼수가 도리어 새가 되고 말았다. 전두환에게 밉보였기 때문이었다. 자신의 친인척만 잡아넣는 데 대한 분개함 때문에. 이들이 계속 실세로 전두환 정권에서 정의사회 구현을 외쳤다면, 전두환은 정의사회 구현의 화신이 될 수는 있었을까. 결코 그렇지 않았을 것이라 확신한다.

유리병을 길에 내던져 보라. 그리고 원래의 모습과 꼭 같이 붙여 보라. 이미 깨어져 버린 유리병은 어떤 재주로도 원상복구가 될 수 없다. 그들은 어떻게 정권을 잡았는가? 이미 불의를 저질렀으며, 폭력을 최고의 수단으로 사용하여 정권을 잡았다. 그들은 국민들을 겁박할 대로 겁박하였다. 공포를 무기로 삼아 정권을 탈취한 도둑들인 것이다. 그런 그들이 무엇을 한들 정의사회 구현이 가능했을까. 깨어진 유리병 붙이기 이상일 수 없는 것이 아니겠는가. 결과가 모든 것을 증명한다. 그는 정의사회를 구현하기는커녕 우리 사회를 돈 사회로 만들어 놓았다. 생각해 보면 그의 가족 더 나아가서는 일가친척 모두가 동원되어 돈을 만드는 데 혈안이 되어 있었다.

대통령에서 물러난 지금까지도 전두환은 최소한의 양심까지도 저버리고 있다. 어떻게 법정에서 29만 원밖에 없다고 운운할 수 있으며, 게으른 검찰의 압수수색에 의해 찾아내는 대로 돈을 납입하고 있겠나. 이에 견주어 노태우는 한결 낫다고 하겠다. 지금도 전두환의 골프장 출입은 화젯거리다. 하도 잦아서 뉴스도 안 될 정도가 되었다. 대체 전두환이 뭐길래 이래야 하나. 지금까지도 전두환에게 신세져서 권력의 한 끝을 잡고 사는 사람들이 있다는 산 증거가 아닐까. 그렇지 않고서야 어찌 이럴 수 있겠는가.

1987년 전두환의 시대는 끝났다. 올해가 2015년이니 몇 년이 지났나? 28년 이상이 흘렀다. 지금까지 그가 던져준 권력의 개끈에 매달려 "어험!" 하고 제법 위세 부리며 사는 사람들이 적지 않다는 얘긴가? 그렇다면 정말 더러운 세상이다.

적어도 전두환과 노태우만은 죽어서 국립현충원에 묻혀서는 안 된다. 이를 분명히 하지 않을 때, 우리 사회는 또 어떤 논란의 소용돌이에 휘감길까. 참 걱정이다. 세계 역사 속에서 전두환과 노태우같이 산 사람에 대해 우리처럼 관대한 나라는 없다. 프랑스 센 강가에 있는 팡테옹 지하묘지에는 국가유공자와 세계적으로 이름난 자국 출신 문인들의 시신이 안치되어 있다. 알렉산드르 뒤마를 비롯하여 볼테르, 장자크 루소, 에밀 졸라, 빅토르 위고, 앙드레 말로 등 6명이 묻혀 있다. 그 후 뒤마의 경우는 작품의 통속성 등을 이유로 팡테옹 이장을 두고 학계에서 논란이 일었고, 2002년 3월 시라크 대통령이 뒤마의 팡테옹 이장 포고령을 내려 2002년 12월 이장되었다. 이처럼 이 묘지에는 조금만 흠이 있어도 들어갈 자격이 박탈된다. 심지어 드골 대통령조차 이 지하묘지에 들어가지 못했다. 물론 본인의 유언이 그러했기도 하지만, 국민들의 100% 찬성이 없이는 들어갈 수 없다. 한때 프랑스에서 혁혁한 공을 세운 어떤 역사적 인물의 시신을 이 지하묘지에 안치한 적이 있는데, 파리 시민들이 적극 반대하는 바람에 뒤마처럼 내쫓기는 신세가 된적도 있다. 이것이 순리다. 그런데 왜 우리만 그렇게 관용적일까. 이런 문제에 대해 분명한 입장을 정리하지 않으면, 대한민국의 미래를 어떻게 진단할 수 있을 것인가.

얘기가 곁가지로 나갔는데, 전두환의 집권기간은 7년이었다.

임기 7년 동안 최대 업적은 무엇일까. 아마도 프로야구의 시작 아닐까. 우민화 정책의 일환으로 시작한 일인데 오늘 상당한 국민들에게 사랑받게 되었다. 우민화 정책, 이것은 쉬운 말로 해서 눈깔사탕 정책이다. 우는 아기 젖 주듯이, 불만에 가득 차 언제 폭발할지 모르는 국민들의 입에 물려주는 눈깔사탕 말이다.

그러나 이와 반대쪽에서는 엄혹한 정책이 계속되고 있었다. 하루는 문화공보부에서 나를 오라고 하였다. 그때 나는 '평민사'라고 하는 출판사의 대표였다. 내게 문화공보부는 추억이 좋은 곳이 아니다. 박정희 말기에는 내가 발행인이던 역사잡지 『한가람』을 폐간시킨 곳이기 때문이다. 당연히 나는 신경이 날카로워졌고, '무슨 일로 나를?'이란 생각을 하며 갔다. 당시 국장은 윤치호였다. 그는 내게 말했다. 당분간 출판사를 쉬면 어떻겠느냐는 것이었다. 이건 또 무슨 자다가 봉창 두드리는 소린가, 하며 의아해했다. 쉬라는 게 무슨 말이냐고 물었다. 휴업을 하라는 것이었다. 휴업? 당연히 이유를 물었다. 이유는 묻지 말고 문화공보부 밖에서 내려온 일이니 따라달라는 것이었다. 자기들로서는 어쩔 수 없는 일이라고 했다. 간단히 전모를 파악할 수 있었다. 나는 주저 없이 대답했다. 그러라면 그러겠다. 윤치호가 안도의 숨을 쉬는 것 같았다. 그런데, 나한테도 한 가지 조건이 있다. 그랬더니, 뭐냐고 물었다. 문화공보부에서 우리 회사인 평민사로 공문 한 장만 보내 달라고 했다. 공문이라니? 평민사가 1인 회사도 아니고 직원이 20명 가까운데, 이들에게 내가 설명할 수는 있어야 하지 않겠는가. 그러니 문화공보부에서 강제휴업요구서 한 장은 보내줘야 하지 않겠느냐. 그래야 나도 행정소송을 할 수 있고.

이때 윤치호의 얼굴이 하얗게 변했다. 물론 나와의 대화는 결렬. 이후 1주일이 복잡다단했다. 알아보니 세 출판사가 이른바 찍힌 것이었다. 광민사와 한길사와 평민사. 이유는 데모 주동 학생의 집을 수색하면 어김없이 세 출판사 책이 공통적으로 많이 나왔다는 것. 이는 이 세 출판사가 운동권 학생들의 교과서를 출판한다고 볼 수 있다는 것. 그리하여 쥐도 새도 모르게 이 세 출판사를 없애려는 것이었다. 이에 먼저 운동권 학생들과의 연계를 조사했단다. 그 결과 광민사의 이태복은 이미 붙잡혀 갔다. 한길사는 교육문화 담당 비서관을 하던 허문도를 접촉하고 있었다. 내 문제는 당시 대한출판문화협회 회장 임인규가 이곳저곳을 뛰어다닌 끝에 민정당 사무차장이던 이종찬을 만나서 마침내 해결의 실마리가 잡혔다고 했다. 그래서 내가 물었다. 나머지 두 출판사는 어떻게 되었느냐고? 아직 해결이 안 되었다고. 그러면 나는 휴업에 들어가겠다고 했다. 얼마 뒤 한길사도 풀렸다고 했다.

그러나 광민사는 불가능하다고 했다. 왜냐하면 붙들려 들어간 이태복이 자기는 공산주의자라고 자백했다는 것이었다. 사연인 즉 이랬다. 당시 민정수석비서관이었던 이학봉의 생각이었다는 것이다. 그리고, 이태복은 붙들려 들어가서 심문이란 걸 받는데, "너 공산주의자 맞지?"라고 해서 아니라고 했단다. 그러니까 막 패더란다. 하도 패서, "잠깐 너희들이 말하는 민주주의가 이런 거냐?" 하

저는 이렇게 생각합니다

고 물었단다. 그랬더니, 수사관들이 "그렇다."고 하더란다. 이에 "그렇다면 나는 차라리 공산주의자가 되겠다."라고 답한 것. 다음 날 도하 일간지엔 자생적 공산주의자 이태복 일당 어쩌고 하는 기사가 도배를 했다. '자생적 공산주의자'란 말은 바로 그때 처음 만들어진 것이다. 아, 그리고 윤치호는 평민사와 한길사에 대한 휴업 요청은 절대로 문공부 자체적인 일이었음을 새삼 거듭하여 강조했다. 처음엔 문공부 밖의 일이라고 하더니 말이다. 이런 세상이었다.

이것이 전두환 정권이 한 일인데, 이는 아주 지극히 미미한 예에 불과하지만 내가 직접 겪은 사실이기에 소개했을 뿐이다. 이보다 더욱 엄청난 그야말로 가공할 짓거리가 이른바 '신군부'의 이름으로 수도 없이 자행되었다. 고문을 하는 일을 아무렇지도 않게 여기고 자행한 나라가 전두환 정권의 대한민국이었다. 아, 여기에 등장한 이태복은 김영삼 정부에서 보건복지부장관을 한 적이 있다. 잘했는지 못했는지 모르겠고, 그렇게 인상적인 업적은 없었던 듯하다. 나는 후일 이학봉의 친구라는 사람을 만났을 때, 이학봉 만나면 그 사람 싸대기라도 한 대 먹이고 싶다고 했더니, 봐주라고 병들어 죽게 되었다고 했다. 그리고 그렇게 죽었다는 소식을 들었다. 사람은 결국 그렇게 죽는데, 전두환은 아직도 사람이란 죽게 디자인된 존재란 걸 모르는 것 같아 딱하기도 하다.

전두환은 늘 자기 자신을 가리켜 '본인'이라고 했다. '나', '저' 등 좋은 말도 많건만 왜 그랬을까. 누구라도 전두환 흉내를 낼 때는, 으레 이 '본인'이란 말로 시작하는 것만 보아도 그게 얼마나 이상한 것인지 알 만도 하다. 한데 왜 그랬을까. 짐작건대 '나'는 지나치게 되바라진 느낌 때문에, '저'는 너무 겸손한 느낌 때문에, 그래서 고민하다가 '본인'이라는 이상한 말을 찾아낸 것 같다. 그러니까 전두환은 국민들에게 자기를 낮출 생각은 전혀 없던 사람이 분명하다. 이 사람도 자기는 하늘이 낸 사람이라는 엄청난 착각이 있었던 듯하다. 특히 그의 부인 이순자는 한복을 입을 때 예전 왕비의 의상에서 본을 찾았다고 하니, 이들 부부의 수준을 가히 헤아릴 수 있다. 가끔 엉뚱한 생각을 하는데, 전두환이 박정희 앞에서도 '본인'이란 말을 애용했을까 하는 점이다. 누차에 걸쳐 지적하지만, 세종대왕께서 한글을 만드신 드높은 정신을 명색이 대통령이란 자들이 권위 세우려고 멋대로 훼손하는 일만은 두 번 다시 보고 싶지 않다.

그리고 박용식이란 이름을 기억하시는지 궁금하다. 전두환 때문에 직업을 박탈당한 사람의 이름이다. TV탤런트였던 사람이다. 그는 매우 착한 사람으로 그 동료들은 말한다. 주연은 아니었고, 조연도 아니었다. 굳이 말하자면 부조연급 탤런트였다. 그런데 전두환이 뜨면서 TV에서 그의 모습을 볼 수 없게 되었다. 이유는 아주 간단명료하다. 그의 외모가 전두환과 비슷하다는 것이었다. 참 기막힌 이야기다. 어떤 나라에서 외모가 대통령과 닮았다는 이유로 직업을 잃게 된다니, 그야말로 '듣보잡'이다. 과연 전두환이 직접 지시를 했을까. 설마 그렇지는 않을 것이다. 그럼 이순자가? 설마 아니겠지. 그럼 누가? 전두환에게 충성을 다해 출세하고 싶었던 간신배였겠지. 사람은 그의 친구를 보면 알 수 있다고 했다. 이런 점에서 전두환은 유죄다. 박용식은 탤런트에서 쫓겨난 뒤, 참기름 장사 등 사업을 해 퍽 성공했다. 워낙 성실하고 부지런하고 착하기 때문이라고 이구동성으로 말한다. 그러나 연기자가 연기를 못하게 된 한은 가슴 깊이 남기 마련이다. 그래서일까. 그는 너무 아쉽게도 일찍 세상을 떠났다.

아마도 전두환 부하들의 지나친 충성도가 만든 비극일 수도 있다. 만화가 고우영의 경우 당시 일간스포츠의 '초한지'란 만화를 연재하고 있었다. 어느 날 모 기관에서 나왔다는 사내가 찾아와 한마디 던졌다. "고 선생, 정말 이러기요?" "제가 뭐 잘못한 거라도…?" 고우영은 아무리 생각해도 신군부에게 잘못한 일이 없었다. "이건 무슨 의도로 그린 거요?" 사내가 내미는 것은 '초한지' 전날 연재분을 쭉 찢어낸 신문 쪼가리였다. 사내가 손가락으로 지적하는 곳을 보다가 고우영은 뜨끔, 했다. 순간, 머릿속이 하얗게 비는 것 같았다. 그가 지적한 것은 황녀 얼굴이었는데, 주걱턱으로 그려져 있었다. 그 순간 이순자의 얼굴이 떠올랐던 것이다. 이젠 죽었구나, 싶었다. 일간지 연재는 마감 때문에 피가 마른다. 지금은 메일로 원고를 보내면 간단하지만 당시만 해도 작가가 신문사로 가져다주거나 급할 땐 담당기자가 달려온다. 담당기자가 달려와 빨리 달라고 독촉할 때 고우영의 펜은 그야말로 종이 위에서 트위스트 춤을 춘다. 경국지색이라 할 만한 황녀를 그려야 하는

데 턱을 그릴 때 펜이 잘못 나가 주걱턱이 되어 버렸다. 바쁘지 않다면 살짝 지우고 다시 그리면 될 것을, 고우영은 순간적으로 그의 주특기인 재치를 부려 주걱턱에 화살표를 하고 '이게 이뻐?'라고 써넣었다. 기관에서 온 사내는 그 주걱턱이 누구를 가리키는 것이냐는 뜻이었다. 고우영은 절대로 다른 의도는 없었고, 마감에 쫓기다 보니 바빠서 본의 아니게 그렇게 되었다고 변명했단다. "내가 고 선생 만화 애독잔데, 앞으로 조심하시오." 사내는 이 한마디 던지고 가버리더라고 했다. 이것 역시 충성도가 지나친 전두환의 수하들이 저지른 짓이다.

방송과 관련해서 모든 이가 기억할 수 있는 것은 '땡전뉴스'이다. 저녁 아홉 시를 알리는 시보가 나오기 무섭게 뉴스 앵커는 "전두환 대통령은….".으로 시작되는 뉴스를 전한다. 이를 사람들은 '땡전뉴스'라고 했다. 전두환을 빼놓고는 뉴스를 시작할 수 없었던 것이다. 본디 이런 말이 있다. 개가 사람을 물었다는 것은 뉴스가 될 수 없다. 사람이 개를 물었다고 해야 뉴스가 될 수 있다고 했다. 그렇다고 매일처럼 전두환이 개를 문 것도 아니건만, 그는 뉴스의 첫머리를 장식했다. 전두환의 전두환을 위한 전두환에 의한 대한민국이었다. 지 맘대로였다.

또 한 가지 생각나는 일화는 전두환이 행한 무허가주택 양성화 사업 얘기다. 가난을 벗삼아 산 정치인이 있었다. 그는 우리 사회에서 존재한다는 자체로 존경할 만한 사람이었다. 감옥에 가는 것을 두려워하지 않았음은 물론, 정부에 대고 하고픈 말을 다 한 사람이었다. 요즈음도 그렇지만, 마이너리티에 속한 소리는 늘 작게 또는 아예 자취도 없이 편집되지만, 그는 늘 말했다. 한때 내가 젊었을 때, 나는 그의 찬조 연사로 그에 대한 지지연설을 한 적도 있다. 그런데 그가 살던 산꼭대기 집은 무허가였다. 이 집이 전두환에 이르러 그 양반 소유의 정식 집이 되었다. 전두환 때 장관을 하던 어느 여성 장관이 이 양반과 가까웠는데, 전두환에게 이 양반 집에 대해 얘기를 했더니 즉각적으로 이른바 양성화시켜 준 것이었다. 어떻게? 어디서부터 어디까지냐고 물었고, 어디서부터 어디까지라고 듣고서. 묻는 쪽이나 대답하는 쪽이나 구체적인 게 없었다. 대답하는 쪽으로서는 "몰랐으니까."라는 변명이 있을 수도 있지만, 불과 30여 년 전 한국은 이랬다. 정말 웃겼다. 전두환이나 어쨌든 특혜를 입은 쪽도 마찬가지다. 나름 이유와 사연이 있었겠지만. 아무튼 그렇게 돼서 그 양반은 유허가 집과 땅이 생겼다. 지금 그곳에는 빌라가 지어져 있다. 누구 소유로 되어 있는지 모른다. 그 양반 아들 가운데 하나가 정치를 하니 잘 처리했으리라 생각한다.

그런가 하면 불교계를 발칵 뒤집은 일도 있었다. '10·27 법난'이라 하는 사건으로 아직도 해결되지 않은 문제로 남아 있다. 불교계를 개혁하겠다고 전두환 식으로 몽둥이를 들이밀고 쳐들어간 일이다. 조폭들 잡아넣는다며 팔뚝에 문신한 사람, 머리 빡빡 민 사람, 운동권 학생 등을 무조건 가리지 않고 잡아넣어 지옥훈련을 시킨 이른바 '삼청교육대'도 저지른 전두환이니, 조계사를 비롯한 전국 사찰을 아무렇지도 않게 짓밟고 무작위로 스님들을 잡아갔는지도 모른다. 그러나 '10·27법난'은 있어서는 아니 될 종교탄압인 것이다. 전두환은 못할 일이 없다고 생각했다. 그것이 전두환식 정의사현 구현이었다.

전두환은 언제나 정의였고 전두환 이외의 것은 언제나 불의였다는 듯 밀어붙였다. 짐이 곧 국가고, 짐이 곧 진리라고 생각한 사람 치고서 국가이고 진리인 사람은 어제도 오늘도 내일도 없음을 우리는 똑똑히 알아야겠다. 아니, 이미 알고 있을 것이다. 그러나 폭압과 공포가 다가오면 우리는 꽁꽁 얼어붙는다. 바로 이때, 폭압과 공포에도 떨쳐 일어서는, 죽음 앞에서도 굴하지 않는 '용기'가 문제인 것이다. 결국 살아 있는 자는 모두 죽는다. 어차피 죽을 우리인 바에야 무엇을 두려워하랴. 저 4·19와 5·18 때 목숨을 주저없이 버린 분들이 있었고, 그분들 덕분에 오늘의 우리가 존재하고 있는 것이다.

그런데 알 수 없는 사실이 있다. 우리 현대사에서 결코 잊어서는 안 되고, 잊을 수 없으며, 영원히 살아 있을 저 4·19와 5·18 때 왜 현역 정치인은 죽은 자가 없는 것일까. 당연히 그들 가운데 죽은 사람이 많이, 아니 적어도 몇은 죽은 자가 있어야 하는 것 아니냐. 그런데 그런 일은 없었다. 그것이 참 놀라운 일이다. 나쁜 놈들과 싸우는 데에 가장 앞장서야 할 사람들이 국가와 민족을 위하여 정치를 한다는 그 사람들이 아닐까. 그런데 없다. 이는 나중에 얘기할 때가 올 것이다. 전두환은 처음부터 정권을 잡은 내내 폭압과

폭정의 연속선상에 놓여 있었다. 그리고 대통령을 그만둘 때까지도 조금의 변화가 없었다. 임기의 마지막 날까지 그는 끝까지 대통령 노릇을 하고 싶어했다. 그러나 6·10 항쟁 앞에서 후퇴하지 않을 수 없었다. 마침내 노태우의 6·29선언으로 전두환은 완전히 꺾였다고 할 수 있다.

그러나 노태우 취임식에서 보여준 퇴임하는 전두환 부부의 모습은 여전히 교만했다. 등장에서 퇴임까지 그는 단 한 순간에도 국민에게 경의를 표한 적이 없었다. 그렇게 존경할 수 없는 국민의 대통령이 어떤 존재인지에 대해 조금만 생각해도 그것이 얼마나 바보짓인지 알 수 있다. 남을 존중하면 자기 자신이 높아지는 것을 모르다니 정말 바보다. 그러나 얼마 지나지 않아 전두환은 그가 얼마나 어리석었는지를 알게 된다. 그럼에도 그는 또 어리석은 짓을 한다. 하얀 목도리를 길게 늘어뜨리고 그의 연희동 집 골목을 나선다. 그를 추종하는 사람들 ─ 여지없이 골목깡패들의 모습으로 보이는 연출 ─ 과 더불어. 누가 각본을 썼는지 구상유취가 아닐 수 없다. 젖비린내가 나는 폼이었다는 얘기다. 수준 낮은 자들의 마지막 발악이 바로 저것이구나. 참 실감났다. 그것은 한마디로 전두환의 바보선언이었다. 그 길은 백담사로 가는 길이었다. 백담사로 가는 길이 무엇을 뜻하는지 몰랐다니 참으로 한심하다. 차라리 "고마 해라. 마이 묵었다 아이가."라고 한 영화 〈친구〉의 장동건 대사가 인상적이다. 아, 그땐 아직 〈친구〉란 영화가 없었다. 시종일관 3류, 4류의 바보로 보이는 짓을 그렇게 당당하고 씩씩하게 하다니,

이것이 전두환이다. 그 이후 노태우와 손잡고 나란히 감옥에 갔고, 노태우와는 달리 돈을 숨겨놓고 찾아서 가져가라는 저급한 행동이 아직도 계속되고 있다.

'전두환'은 한마디로 불쾌한 이름이다.

정치가 언 발에 오줌 누기인가?

✿

'물태우'라고 불린 사람. 그는 돈에 대해 왜 그렇게 탐욕스러웠을까? 그의 돈이 문제로 부상했을 때, 그의 측근이었던 사람들도 깜짝 놀랐단다. 연희동으로 달려간 그의 친구인 변호사가 물었다. 규모가 얼마나 되느냐고. 그런데 노태우의 대답은, 자기는 잘 모르니 이현우에게 물어보라는 것이었단다. 자기가 꿀꺽해 모은 돈을 모르겠다, 비서실장을 지낸 이현우에게 물어보라는 것이 무슨 대답일까. 더욱이 그의 친구인 변호사는 이현우한테 물어보기엔 자존심이 상하는 처지. 박계동이 노태우 비자금을 폭로했을 당시 얘기다.

김영삼이 대통령 할 때 청와대에서 노태우 쪽에 물었다. 박계동의 얘기가 맞느냐? 모르겠다고 했단다. 그래서 맘 놓고 비자금 유통 경로를 파게 되었단다. 노태우는 돈에 관한 한 나름 철저히 우물우물 은폐가 주특기였다. 나와 잘 아는 인테리어 회사를 하던 분이 들려준 말. 노태우 퇴임 후 그의 연희동 집 인테리어 공사를 맡아 했는데, 그 공사대금을 주인에게서 직접 받았다고 했다. 노태우가 기다리라고 하더니 지하실에서 사과상자를 직접 꺼내와 돈을 주더라던 것. 대통령까지 지낸 사람이 "설마!" 했는데, 정말로 사과상자를 힘써 가며 가져와 지불하는 모습을 잊을 수 없다고 했다.

비자금 문제로 걸리고 나서도 친한 친구에게조차도 소상히 털어놓기 싫어한 노태우. 정주영은 이렇게 말했다.

"내가 대통령을 해야겠다고 생각한 데에는 노태우도 한몫했달 수 있죠. 대통령이 돈이 필요하다고 하는데, 전경련 회장인 제가 가만히 앉아 듣고 있을 순 없죠. 그래서 얼마씩을 모아다 갖다 줬죠. 한두 번이면 말도 안 하죠. 그런데 돈을 갖다 줘도 아무런 대꾸가 없는 거예요. 장사꾼은 이가 남는 데에 돈을 쓰죠. 대통령이라고 예외는 아니죠. 대통령한테 돈을 줬으니 뭐가 있겠거니 하고 기다리는 게 당연하죠. 그런데 아무것도 없는 거예요. 글쎄 한두 번이 아니라니까요. 돈 걷는 심부름도 그렇죠. 그래서 이럴 바엔 내가 내 돈 갖고 직접 하는 게 낫겠다고 생각한 거죠."

노태우가 어떻게 돈을 긁어모았는지를 알게 하는 단적인 예다. 일설에는 전두환보다 한 푼이라도 더 걷어야 한다고도 했고, 김영삼이 대통령이 되었을 때 그를 주려고 했는데 만날 수가 없어 전달을 할 수가 없어 그리되었다고도 한다. 그러나 모두 괜한 소리. 주려고 마음먹었으면 무슨 방법으로라도 줄 수 있었을 것은 삼척동자도 다 알 일. 모르겠다. 평생 전두환의 뒤만 졸졸 따라다녔던 한풀이를 그렇게라도 하고 싶었는지. 그 한풀이는 그러나 지금 그래도 통쾌하게 풀고 있는 셈이다. 법무부에 갚을 외상값을 한 푼도 모자람 없이 청산하였다고 하니 말이다. 전두환처럼 지금까지 추잡스럽게 29만 원밖에 없다는 구차스런 변명을 하지 않은 것만도 얼마나 다행한 일이냐.

그런데, 노태우는 돈에 관한 한 참 쩨쩨한 사람임이 분명하다. 당시 청와대에 근무하다 외국으로 유학을 떠나는 비서실 직원에게 준 전별금이 500만 원이었다고 해서 놀랐던 적이 있다. 그리고 대통령 퇴임 때 그동안 함께 일하며 수고한 수석비서관들에게 준 전별금이 또 500만 원. 물론 이 돈을 받은 사람이 내게 거짓말을 했을 수는 있다. 그러나 그렇지 않다면 틀림이 없다. 돈 받은 사람이 거짓말을 했을 리 없으니 500만 원이 노태우에겐 꽤 큰돈이었는지도 모른다. 그런데, 그가 부정축재한 돈은 무려 3,000여억 원이니 뭔가 셈이 맞지 않는다. 아, 그리고 이를 폭로한 박계동이 그 뒤 국회의원에서 낙선했으니, 이 또한 이해가 어려운 대목이다.

아무튼 이런 돈만 빼놓으면 노태우는 나쁜 대통령이었다고 할 수는 없다. 바다 모래로 지은 주택은 20년 뒤에는 모두 무너지고 말 것이라는 반대에도 불구하고, 그는 200만 호 주택을 짓겠다는 약속을 지키려고 애썼다. 아, 그래요? 그렇다면 공약을 철회해야죠. 막상 대통령이 되고 보니 그런 사정이 있는지 몰랐어요, 하고 슬그머니 꼬리를 내려도 될 텐데 그러지 않았다. 아마도 세상에 없는 노동법을 만든 것도 그때의 일이었다. 세계의 노동법 가운데 좋다는 것은 모두 골라 넣은 것 같은 노동법을 만들었다. 그래서 그 뒤에 노동법을 두고 끊임없는 시비와 논의와 투쟁이 계속되어 우리 현실과 맞는 법과 제도를 구하려고 오늘도 애들을 쓰고 있으나, 우리 노동법의 기준이 어느 정도를 유지하게 된 것은 사실이다. 이처럼 봇물처럼 터진 민주화 요구에 노태우는 비교적 적절히 순응했다. 그러나 이것이 노태우의 훌륭한 업적으로 승화되지 못한 이유로는 이런 일화가 유용할 것이다.

당시 기아자동차의 소하리공장에서는 연일 노조의 투쟁이 강경하게 진행되고 있었다. 나름 기다리고 기다렸지만 사태는 더욱 악화될 뿐이었다. 이에 청와대에서는 심야회의까지 연장으로 계속되었다. 마침내 결론이 났는데, 내일 아침 기아자동차 대표 김선홍을 바꾸자. 그리고 사태를 수습하자고. 결국 노조의 핵심 쟁점 해결보다 사태의 진정에 초점이 맞춰진 셈이다. 이 소식이 기아자동차 김선홍에게 곧바로 알려졌다. 어떻게? 이 회의의 일원 가운데에는 당연히 김선홍 사람이 있었으니까. 세상에는 비밀이 없다는 것이 예나 지금이나 마찬가지라고나 할까. 이 소식을 접한 김선홍은 기아노조의 요구를 무조건 전부 수용하기로 결정하고 돈 보따리를 안고 청와대로 급히 달려갔다. 그리고 그다음 날, 기아사태는 깨끗이 풀렸다. 이런 식이었으니 되겠는가. 아무리 급해도 근본 대책을 마련하려고 했다면 어땠을까.

외교정책에서도 당시로서는 파격적인 정책을 펼쳤다. 어느 날 갑자기 우리가 신세도 많이 졌고, 친하기 짝이 없던 대만을 버리고 중공(중국)과 외교관계를 맺었고, 러시아와도 마찬가지였다. 세상이 단박에 변하는 것 같았다. 그리고 단호히 '한반도 비핵화 선언'을 했다. 그때 처음으로 우리는 미국의 핵무기가 우리나라 안에 있었다는 사실을 알게 되었고, 북한이 핵무기를 준비하고 있다는 사실도 알게 되었다. 그러나 잊지 말아야 할 것은 우리가 러시아에게 준 30억 불은 아직도 받지 못했으며, 북한의 핵무기 개발은 현재 진행형이라는 사실이다. 말로만 하는 외교가 얼마나 헛된 것인지를 알게 해주는 이야기다.

쉽게 풀어서 노태우는 언 발에 오줌누기식 정책으로 당장의 어려운 국면을 피해 가기로 했다는 것이다. 국내도 대외도 결국 미봉책의 연속이었다고 하겠다. 당장엔 해결된 듯하지만 근본적인 정책에는 매우 취약했다. 너무 심한 평가일지도 모르나, 그때 '3당야합'만 없었어도 한국의 현대사는 이렇게 왜곡된 현실을 낳지는 않았을 것을 우리는 오래 기억하게 될 것이다. 그 피해자가 되면서.

다만 노태우는 전두환에 견주어서는 다행스럽다. 꿀꺽 삼켰던 돈을 토해낸 것만은 한결 나으니까. 그러나 그들이 먹은 돈이 얼마냐. 그때부터 오늘까지 불렸다면 얼마나 되었을까. 전두환 관계자 계좌가 전부 압류되자, 그 관계자가 불평했단다. 제발 돈 좀 빨리 내세요. 번번이 우리가 이게 무슨 일이에요. 그랬더니 이순자가 미안하다며 조금만 참으라면서 3억 원을 해줬다는 얘기를 들었다. 그러니 노태우 역시 그런 일들이 왜 없었으랴.

나는 확신한다. 이들이 그때 그 돈을 불려 가지고 있는 돈이

실로 천문학적일 거라고. 지금 토해낼 돈의 액수는 그것에 비해 새발의 피가 아닐까 한다. 게다가 총체적으로 전두환과 노태우 시대에 호가호위하며 으스대던 자, 그리고 출세했다고 설치던 자들 대부분이 부자로 배 두드리며 사는 모습을 보기도 한다. 이른바 5공과 6공을 지나면서 유복해진 사람이 한둘이냐. 전두환과 노태우의 절친 가운데 가난한 노인으로 사는 사람이 몇이나 되는지 궁금하다. 노태우도 전두환도 용서할 수 없는 이유 중에 추가될 요소다. 그들로 해서 목숨을 잃고 손상을 입은 분들이 얼마나 되는지 아는 우리로서는, 그들의 죄에 대한 관용은 도저히 생각할 수 없다.

제3장

민주화 시대 대통령들의 초상화

잊혀지지 않는 김영삼과의 별난 인터뷰

❀

김영삼이 대통령 되기 전에 인터뷰를 한 적이 있다. 한마디로 매우 해괴한, 그러나 매우 흥미로운 인터뷰였다. 그럼에도 김영삼이 어떠한 사람인 줄을 알기에는 너무도 충분한 인터뷰였다. 인터뷰의 내용은 전혀 주목할 만한 것이 아니었다. 사실 그의 경우 어떤 인터뷰이건 주목할 만한 것이 별로 없다. 그만큼 김영삼은 말과는 인연이 없다. 인터뷰만으로 대통령이 되고 안 되고가 결정된다면 그는 결코 대통령이 될 수 없었을 것이다. 우선 그의 사투리는 악센트나 인토네이션에 있어 경상도 말 중에도 경상도 말이다. 그의 말은 경상도 말이라고 하기보다는 '갱상도' 말이라고 해야 걸맞다. 굳이 그렇게 해야만 그에게 경상도 표가 쏠릴까 싶게 심한 사투리를 썼다.

그는 20대부터 서울에서 생활했다. 학창시절은 서울대를 다녔다고 하나 서울대 부산캠퍼스에서 공부를 한 것이니 그렇다손 치

자. 그의 나이 스물다섯에 최연소 국회의원이 되어 서울 생활을 했으니, 그렇게까지 심하게 고향 말을 쓸 필요는 없지 않았을까. 사투리 고치기가 얼마나 힘든 일인지 몰라서 하는 소리라고 할 수도 있다. 그러나 탤런트 김영애도 부산 사람이다. 오늘 그가 사용하는 말을 듣고 부산 사람이라고 할 사람이 있을까. 그 이외에도 경상도 말을 애써 고쳐 표준말을 사용하는 배우가 적지 않다. 그들은 그의 직업이 배우이니 그러는 게 당연하지 않겠냐고 되물을 수도 있다. 그러나 정치인이야말로 그의 직업을 생각할 때, 표준어를 사용해야 하지 않을까.

우리의 경우 정치인이 무슨 지역 대표선수 같은 게 사실이다. 그러다 보니 정치인으로 성공하면 할수록 더욱 심하게 고향 말을 쓴다. 그러는 것이 너무도 자연스럽고 너무도 당연한 것, 그리고 더 성공할 수 있는 하나의 방법이 되어 있다. 그렇다면 도대체 어째서 표준말은 존재하는 것일까. 그럴 바에야 표준말을 아예 없애면 될 것 아닌가. 그런가, 아닌가? 정색을 하고 질문하면 그래도 표준말은 있어야 하지 않겠는가, 하고 반문한다. 나는 사투리를 비하하거나 무용하다고 전혀 생각하지 않는다. 사투리가 매우 흥미롭고, 어떤 경우 사투리를 표준말로 편입시켜야 한다는 의견도 가지고 있다. 좋은 고향 말을 지켜야 하는 것도 사실이다. 다른 이론 다 필요 없다. 어떤 경우에도 그것은 우리말을 풍요롭게 하는 것이기 때문이다. 그러므로 표준말과 고향 말, 곧 사투리의 적정한 사용은 모국어의 질과 양을 심각히 고려하여야 한다. 그럼에도 요즈음 방송에서 사투리의 사용을 진행자들에게조차도 경계선 없이 허용하고 있다. 이런 현실은 나라말을 사랑해야 하는 일에 선봉이 되어야 하는 방송의 잘못이 아닐 수 없다. 특히 이러한 잘못이 정치인들의 경쟁적인 고향말 사용에서 비롯된 것이 아닌가 하여 심히 우려스럽다. 이런 우려는 반드시 우리말의 바른 사용에만 해당되지도 않아 더 우울하고 안타깝다.

잘 생각해 보라. 우리나라는 참으로 한심스럽다. 대통령이 경상도 사람이면 종교지도자도 경상도 사람이고, 대통령이 전라도 사람이면 종교지도자도 전라도 사람이다. 대통령이 경상도 사람이면 TV에 경상도 사람이 많이 등장하고, 대통령이 전라도 사람이면 TV에 전라도 사람이 많이 등장한다. 하다못해 드라마의 배역도 그렇고, 패널리스트들도 그렇다. 사실 이런 현상은 점차 나아지고 있긴 하지만, 필요에 따라 더욱 지능화되고 있는 게 사실이다. 걱정이다.

아, 이거 진도가 너무 많이 나갔다. 김영삼 인터뷰 얘기를 하다가 그만 너무 나갔다. 다시 돌아가야겠다. 미국 LA에서 라디오 코리아 사장하던 가수 이장희를 아는지 모르겠다. 〈그건 너〉, 〈한잔의 추억〉, 〈나 그대에게 모두 드리리〉 등을 작곡도 하고 노래도 한그 이장희다. 작사도 많이 했다. 요즈음 울릉도에서 산다는 그 이장희다. 머리 빡빡 깎고 콧수염은 길렀다 밀었다 하는 그 이장희다.

바로 미국 LA에서 가수 이장희가 경영하던 라디오 코리아 요청으로 나는 김영삼을 인터뷰하게 되었다. 이장희와는 잘 알지 못했으나, 그의 주변인들을 많이 알았기 때문에, 나는 라디오 코리아 특집 프로그램으로 12·12에서 5·18광주민주화운동 이야기에 이은 5공 초기까지 얘기를 조갑제와 함께 대담하여 보내줬었다. 그의 주변인이란 별 사람이거나 별 사람이 아닐 수도 있는 이런 사람들이다. 전유성, 조영남, 최인호, 윤형주, 김세환, 김석 등이었다. 그러나 이들이 강권한 사실은 전혀 없다. 순전한 나의 관심 때문이었다. 해외동포들도 이 시기의 실화를 알아야 하고 알 권리가 있다는 생각에서였다. 나는 그 프로그램을 들을 수 없는 한국에 있었으니 그 인기를 알 수 없었으나, 꽤나 높은 청취율을 기록했다고 한다. 그랬으니 언젠가 대통령을 할 김영삼을 인터뷰해서 보내는 일은 흥미를 갖기에 충분했다. 그래서 매우 즐겁게 일에 응했다.

김영삼은 자신이 개방적인 사람이란 것을 드러냈다. 아니 드러내고 싶어했다. 그는 격의 없이 우리 일행을 맞았다. 정말 격식이 없었다.

"앉으입시다. 차 한 잔씩 하고 찬찬히 하입시더. 근데 내가 웡캉 말을 못해서 큰일이네요." 엄살만은 아니었을 것이다. 김영삼이 말 잘한다고 한 사람은 없었으니까. 김대중 하면 말이었지만, 김영삼 하면 그 정반대였던 게 사실이다. "말을 잘하고 못하고가 어디 있습니까? 진심과 진실이 전해지면 되지 않겠습니까." 내가 그러자 "맞심더. 진심과 진실, 그게 제일입니더. 내 말 잘한단 말은 몬 들었어도 진실하단 말은 많이 들었능기라."

이 정도로 추켜세웠으니 인터뷰를 시작해도 무방할 것 같았다. "시작하실까요?" "그럽시다." 이렇게 인터뷰는 시작되었다. 역시 김영삼은 듣던 대로 말을 잘하지 못했다. 말로 대통령을 뽑는다면 그는 고전할 것이 명약관화했다. 그러나 민주화 투쟁으로 굳은 살이 많이 박인 김영삼이니 듣는 분들이 접어주는 점수가 있어 그럭저럭 넘어갈 수 있었을 것이다. 모든 주제는 '민주화' 한 단어로 융합된다. 어떤 주제도 민주화로 통하면 된다고 확신하는 듯했다. 사실 당시 우리나라의 정치인들은 입에 민주화 세 글자만 가지면 먹고살 수 있던 시대였다. 오죽했으면 그랬으랴. 그래서 당시 정치하기는 매우 쉬웠다고도 할 수 있다. 정치인이 '민주화'만으로 자기를 표현하면 되었으니까. 그러니 당시 정치인의 대표 주자였던 김영삼은 처음부터 끝까지 민주화만 부르짖으면 충분했다. 이렇게 인터뷰는 끝났다.

바로 이때, 김영삼이 내게 물었다. "나 잘했어요?" 이건 무슨 상황인가. 인터뷰를 잘했느냐고 그가 질문하리라고는 생각지 못했다. 순간 당황했지만, 나는 사실대로 솔직하게 대답했다. "못하셨죠." 라고. 그러자 마치 그런 대답을 기다리기라도 했다는 듯이 "내 그럴 줄 알았는기라. 내 말을 몬한단 말야." 그러더니 방문을 활짝 열었다. "야야, 다음 스케줄이 뭐꼬?" 밖의 비서가 뭐라고 보고를 했다. "야야, 그거 다 취소해 뿌라." 그리고 열었던 방문을 닫았다.

그러고 난 후, 김영삼은 내게 불쑥 "인터뷰 한 번 더 합시다." 이번엔 정말 내가 당황했다. 실로 난감했다. 지금까지 적지 않은 인터뷰를 하였지만, 편집 좀 잘해 달라는 부탁은 더러 있었어도,

인터뷰를 통째로 다시 하자는 제안은 처음이기 때문이었다. 녹음기, 마이크 등등 방송기재를 정리하던 스태프들도 적이 놀라 내 얼굴을 쳐다보았다. 당시 라디오 코리아 한국지사장 자격으로 그 자리에 참여한 김석도 멍한 표정으로 나만 쳐다보고 있었다. 나는 "편집 잘하면 괜찮을 겁니다. 인터뷰를 또 한다는 것은 필요 없을 것 같습니다." 강한 어조로 말했다. 김영삼은 "보소, 이거 중요한 거 아이요. 더구나 미국에서 방송되는 거라면서요? 미국 교민들이 뭐라카게쏘? 다시 한 번 하입시다." 김영삼은 절대로 물러나지 않을 단호함을 보였다.

나는 그 자리에 있던 스태프 전원과 협의했다. 만장일치로 다시 하기로 했다. 방송장비를 다시 풀고 인터뷰를 시작했다. 나는 리드 멘트를 하고 첫 번째 질문을 했다. 내심 다시 하면 얼마나 잘할 수 있을까, 하는 궁금함도 없지 않았다. 이런 생각을 하는 아주 짧은 시간 사이에 김영삼은 또 나의 의표를 찌르고 들어왔다. "잠깐 그 녹음기 좀 끄소."라며. 어, 이건 또 뭐야? 하는 순간 김영삼은 "김선생, 내가 뭐라카면 좋겠노?" "네?" "내가 뭐라꼬 대답하면 좋겠소?" "김 총재님 생각을 그대로 말씀하시면 되지 않겠습니까?" "그야 물론 그렇지요. 내 생각은 많은데, 정리가 안 돼서 그러는 거 아니겠소." "……." "말 좀 해주소. 뭐라카면 좋겠능교?" 막무가내다. 하는 수 없다. 빨리 끝내려면. "뭐 이런 거 아니겠습니까." 나는 첫 질문에 대한 답변으로 이런 내용이면 적절할 것 같은데, 어떠시냐고 했다. 그랬더니 김영삼은 이렇게 말했다. "와 우째 그렇게 내 생각과 같소? 딱 그거요. 그런데 난 와 그런 말이 생각이 안 날까?"이 양반이 날 죽이는구만. "자, 그라믄 질문하소?" 다시 첫 질문을 했다. 그는 내가 한 말에 자기 생각을 좀 더 붙여서 답변을 했다. 본디 남의 글에 제 생각 좀 더 붙이면 한결 업그레이드된 문장이 나온다. 말의 경우도 다르지 않다. 좋아진 김영삼의 답변이 나온 건 당연지사. 바로 이런 식으로 인터뷰의 시작과 끝을 다 했다면 믿겠는가? 그랬는데 바로 그렇게 시작된 인터뷰는 모든 질문마다 그렇게 끝이 났다. 참으로 해괴한 인터뷰였지만, 김영삼에겐 절대로 손해가 없는 인터뷰였다. 그런데 어찌 생각하면 인터뷰어인 내가 사기당한 기분이 드는 것은 무슨 이유 때문일까? 내가 묻고 내가 대답한 꼴이라니. 이걸 그냥 웃어야 할까, 아니면 매우 쪽팔려 해야 할까. 나나 김영삼 모두에게.

이런 일도 있었다. 내 친구가 겪은 실화다. 김영삼이 대통령이 된 이후의 일이다. 교통부의 국장이 찾아왔더란다. 대통령의 심부름이었다. 교통부 주요부서의 장을 맡아달라는 명령을 전달하려고 온 것이었다. 내 친구는 성격이 지나치게 곧다 못해 욕지거리를 잘하는 사람인데, 그냥 거절을 하면 그만인데 "영감이 미쳤나. 내가 그런 걸 어떻게 안다고 시킵니까? 이런 심부름이나 하면서 월급 받지 말고 빨리 꺼지쇼." 원고이니 이렇게 쓰는 것이고, 사실은 말하는 사이사이 거칠게 욕설을 퍼부어댔다고 한다. 그러자 그 국장도 심사가 뒤틀려 욕하지 말라면서 자기가 나이도 윌 텐데 그러면 되냐고 따지더란다. 그도 그래서 미안하다고 하고 보냈는데, 얼마 뒤에 그 사람이 또 찾아왔더란다. 왜 또 왔냐니까 이번에는 지난 번 옆자리의 장을 맡으라고 해서 왔다는 것. 그래서 웃으면서 그런 거 죽어도 안 한다고 했단다. 결국 두 번 다 거절을 해서 다행이지 만, "이 양반 큰일이구먼!" 했다고 했다. 김영삼이 내 친구보고 하라고 한 자리는 아버지가 교통부 국장 출신이었다는 것과 관계가 있어서인 것 같다면서, 이런 식으로 인사를 하다가는 김영삼 정부가 산으로 갈 것 같더라는 것이다. 그 친구는 그 정권 내내 그 이후 정권에도 아무 일도 안 했다. 학교 교사 이외에는.

그렇게 말을 잘하지 못하는 김영삼도 대통령이 되었다. 물론 노태우 시절 삼당 합당으로 여권에 들어가 대통령 후보가 된 것이 주효했다는 것은 삼척동자도 다 아는 사실이다. 그는 집권 초기부터 전두환과 노태우를 감옥에 보내고, 하나회를 해체시켰으며, 금융실명제를 전격적으로 실시하는 등 개혁정치를 단행하였다. 그래서 초창기에는 대통령으로서 인기도 매우 좋았다. 하지만 인터뷰할 때의 희화적인 에피소드에서도 알 수 있듯이, 김영삼은 그의 생각보다 각료들의 의견을 많이 들어주는 귀를 가지고 있었던 듯싶다.

하나회의 해체를 통해 군의 정치화를 막고, 금융실명제를 과감하게 도입해 돈의 흐름을 정상화한 공로에도 불구하고 김영삼은 집권 말기에 국가 최대의 위기였던 IMF 구제금융 사태를 맞았다. 넘치는 자신감과 오만이 방만으로 이어져 경제를 챙기지 못했다. 때마침 차기 대통령으로 김대중이 당선되어, 취임도 하기 전 당선자의 자격으로 그는 금융 위기를 해결하기 위해 발 벗고 뛰었다.

결국 김영삼은 대한민국 국민에게 건국 이래 최대의 금융위기를 안겨주었다. 그 후 10여 년 간 많은 기업들이 도산하고, 중산층은 서민층으로 전락하였으며, 홈리스가 되어 길거리를 배회하는 신용불량자와 실업자를 양산하는 사태를 불러왔다.

정치 잘해야 한다. 잘하려고 노력해도 단 한순간 방만하면, 배가 산으로 가는 우를 범할 수 있다. 이 점에 있어 김영삼은 더 할 수 없는 반면교사인 셈이다.

군부가 가장 두려워했던 정치인

✿

'김대중' 하면 IMF에서 우리 한국을 구했으며, 한국인으로 처음 노벨평화상을 수상했으며, 호남 출신 최초의 대통령이었으며, 죽을 고비를 공식적으로만 두 번이나 겪은 사람이며, 사형선고를 받은 바도 적지 않으며, 정계 은퇴를 선언했던 적도 있으며, 우리 국회에서 최초의 필리버스터 기록을 수립하기도 했으며, 미국에서 정치적 망명생활도 여러 해 했으며, 마침내 대통령을 했던 사람이다. 그의 인생은 드라마틱하다. 좋은 명문가 출신도 아니다. 그 흔한 대학도 다니지 않았다. 않았다? 아니 못 다녔다. 결혼생활도 행복하지 않았다. 그의 첫 번째 결혼은 차용혜와 하였다. 12, 3년쯤 함께 살았다. 그 사이에서 홍일과 홍업 두 형제를 낳았다. 그리고 차용혜는 스스로 세상을 버렸다. 김대중이 일찍이 정치적 꿈을 이루지 못한 것은 가난이 심각했고 이와 같은 가정적 불행도 있었기 때문이다.

뒤늦게 강원도 인제에서 보궐선거를 통해 국회의원에 당선된 김대중은, 5·16이라는 정치적 복병을 만난다. 국회의원이 되자마자 쿠데타가 일어나고 그의 꿈은 워커 발에 무참히 짓밟히고 만 것이다. 김대중은 숙명적으로 워커 발에 짓밟히고 마는 팔자를 타고난 것일까. 그 이후 줄기차게 워커 발이 김대중의 삶을 짓밟는다. 그럼에도, 김대중은 불사조처럼 일어섰다. 1971년 김대중은 박정희와 대통령 선거에서 당당히 맞서게 된다. 40대 기수론을 외치며 야당의 황태자로 보였던 김영삼을 대중경제론의 김대중이 결선투표에서 업어치기로 이겨 대통령 후보가 된 것이다.

이 선거는 무리한 3선 개헌을 성공한 박정희와의 피 튀기는 한판 승부였다. 이때 김대중은 이번 선거에서 자신이 이기지 못하면 이 나라는 총통제로 바뀔 것이라고 강하게 주장했다. 그리고 그의 주장은 틀리지 않았다. 총통제 그대로는 아니지만, 유신체제가 들어섰으니 말이다. 그러나 박정희가 승리했다. 100만여 표 차이였다. 당선에 근접한 표 차이에, 박정희 쪽에서는 깜짝 놀라지 않을 수 없었다. 이 선거부터 김대중을 박정희 쪽에서는 위험인물로 확실하게 각인하게 되었다. 동시에 김영삼은 김대중의 라이벌로서의 위상이 한풀 꺾였다.

그러나 이런 것은 매우 무의미해졌다. 이듬해인 1972년 10월 17일 10월 유신은 이 나라의 모든 체제를 정지시켰고 일대변화를 가져왔다. 저 서울대 근처의 학림다방에는 이런 낙서가 있었다. '오늘 우리는 박모 씨에게 재차 강간당했다. 1961년 5월 16일 동일인으로부터 강간당한 바 있음.' 그렇다. 우리나라는 꼼짝달싹 못하고 박정희의 두 번째 쿠데타에 울어야 했다. 이때 김대중은 일본에 있었다. 김영삼은 상도동 자택에 있었다. 김영삼은 자택연금 형식으로 있었고, 김대중은 일본에서 곧바로 유신반대 투쟁에 들어갔다. 뿐만 아니라, 그는 일본과 미국을 왕래하며 최선을 다해 유신 반대 투쟁을 했다.

드디어 김대중은 한국민주회복통일촉진국민회의(약칭 한민통)을 결성하게 된다. 이는 박정희와 박정희 쪽 사람들에게는 도저히 용납될 수 없는 일이었다. 이를 계기로 박정희는 김대중을 일본에서 업어오기로 했다. 업어오다 여차직하면 물에 빠뜨려 수장시키려고 하였다. 그러나 미국 CIA 도움으로 김대중은 목숨을 구한다. 한 나라의 대통령이 그에 반대하는 정치인을 다른 나라에서 납치해 수장시키려는 일이 과연 흔한 일일까. 박정희 이전에도 이후에도 없을 일이 아닐까. 지독히 끔찍한 사람이 아니고서는 상상으로도 불가능한 일이 아닐까. 우린 이런 대통령과 동일한 시대를 살았다는 것을 기억해야 한다. 그리고 이런 자가 국립현충원에 누워 있음도 기억해야 한다. 가령 아버지가 살아생전에 사람도 여럿 죽였음은 물론 남의 재산을 강탈해 내 것으로 만들었다고 치자. 대신 자손들은 평안히 살도록 했다고 치자. 그 뒤로는 부분적으로는 남을 돕기도 하고 부분적으로는 남을 못살게도 했다고 치자. 그러면 그는 꽃가마 타고 명당을 골라 누울 자격이 충분한 걸까. 혜택을 받은 사람이 많아 억울함을 당한 사람의 소리가 거의 들리지 않으면 그걸로 그 잘못이 다 덮이는 것일까. 이런 세상을 좋은 세상이라고 할 수 있을까. 김대중의 죽음을 두려워하지 않은 투쟁이 여기서 끝나지 않은 것의 뜻이 크다 함은 바로 여기에 있다. 김대중은 박정희에 의해 불귀의 객이 될 뻔했다. 그러나 박정희의 운보다 김대중의 운이 세다고 할까. 그는 버젓이 살아 조국 땅에 돌아왔다.

이쯤 되면 박정희는 그의 패배를 인정하고, 그의 죄과를 고백하고 물러났어야 했다. 그러나 그는 이러한 짓을 저지른 자에 대한 엄벌로 그의 죄를 은폐했다. '후안무치는 정치의 기본?'이라고 해야 할까. 전체적으로 사기구조를 피할 수 없는 정치의 숙명이라기엔 너무도 무정하고 야박하다. 이 문제는 국제적으로 상당한 분쟁을 야기했다. 우선 일본이 조용할 수가 없다. 일본 땅에서 사람을, 그것도 한국의 유력 정치인을 보쌈을 해 현해탄에 수장하려던 사건이니 당연하다. 미국 CIA 역시 좌시할 수 없는 사건이다. 비행기를 띄워 시종일관 김대중 구하기에 나섰으니 어찌 가만히 있을 수 있으랴.

드디어 당시 총리인 김종필이 일본을 방문했다. 따져 보지 않더라도, 깊이 생각하지 않더라도, 김종필의 팔자는 기구하다. 진사사절이 뭔가. 똥은 딴 놈이 싸놓았는데, 사과를 하러 가는 사람의 심정이 어떨까. 이 역시 애국심일까. 말도 안 되는 짓을 저질러 놓은 자들이 버젓이 살아 있고, 그들이 어찌 생각해도 이쁜 놈들이 아닌데, 그놈들 대신 사과를 하러 갔다. 잘못을 사과하러 갈 때에는 예나 지금이나 개인이나 국가나 같다. 보따리를 가져가야 한다. 잘못이 클수록 보따리는 커질 수밖에 없다. 그 보따리를 일본에, 미국에 넘겨줄 때 김종필의 심정은 어땠을까. 유신정권의 행태가 가히 속속들이 드러났다고 할 현실 앞에서 그는 무슨 생각을 했을까. 얼마 남지 않았다. 드디어 나에게도 기회가 다가오고 있다고 쾌재라도 불렀을까. 아니면 절망적인 심정에서 아무 역할도 할 수 없는 자기 신세를 한탄했을까. 허울뿐인 국무총리 김종필은 설거지나 밑 닦는 일이나 해야 했으니. 문제는 김종필 손에 들려 보낸 그 큰 보따리가 국익에 얼마나 이익이 되고 얼마나 큰 손실일까. 철부지 실력자들의 한심한 작태로 잃어버린 국가의 손실에 대해서 물론 그들은 고백하지 않았다. 이런 점에서 박정희를 비롯한 철부지 실력자들은 한마디로 매국노라 하겠다. 이것은 한마디로 정치라고 할 수가 없다. 저 아프리카의 후진국에서도 보기 쉬운 일이 아니니까. 우리가 해외토픽에서나 볼 수 있는 쓰레기 같은 짓거리였다.

그럼에도, 국내에서는 통제된 언론의 열렬한 도움과 함께 김대중은 더욱 새빨간 빨갱이가 되어갔다. 미국에서는 매카시즘 이후 청소가 된 빨갱이, 유럽에서는 빨갱이 정권이 들어선 때에, 한국에서는 대통령 후보로서 물경 100만 표 차이로 낙선한 후보자가 점점 더 새빨간 빨갱이로 채색되고 있었다. 정부는 어떻게 해서든 김대중을 빨갱이로 엮으려고 애썼다. 아마도 김대중이 빨갱이가 아니라는 것을 가장 잘 아는 사람들이 단지 정치적 라이벌이라는 이유로 그렇게 몰아갔다. 그렇게 김대중이 빨갱이라고 확신했다면 자유당 때에 이승만이 조봉암을 처형하였듯 그렇게 하면 그 만이었을 것이다. 그러나 조봉암도 잘못된 일임을 온 국민이 안다고 할 때, 김대중은 더욱 불가한 일임을 그들이 몰랐을 리 없었을 것이다. 그렇다면 적어도 김대중을 빨갱이라는 사슬에선 벗겨줬어야 하는 게 아닐까. 그러기는커녕 그들은 계속 색깔론으로 그를 궁지로 몰아가기 일쑤였다. 과연 그는 빨갱이였을까. 아직도 그렇게 주장하는 사람들이 없지 않으니 정말 궁금하다. 참 웃기는 세상이다.

화무십일홍 권불십년이라더니 박정희가 김재규의 총탄에 쓰러졌다. 김재규가 유신의 심장을 쏘았다고 표현한 이들도 있었다. 이는 전부 결과에 대한 표현일지언정 김재규가 그렇게 얘기한 것 같진 않다. 그 이후의 전개가 그것을 증명한다고 생각하기 때문이다. 새로운 세상이 안전에 개하도다, 라고 할 새도 없이 박정희에 의해 키워진 도둑 일당이 등장했다. 도둑은 점잖은 표현이다. 강도들이 등장했다. 전두환 일당의 등장으로 대한민국의 미래는 다시 암흑의 세상으로 들어갔다. 김대중은 위험하고, 김종필은 부정축재를 했고, 김영삼은 유치하다고 했다. 정말 웃기는 데마고기 Demagogy다. 전두환과 노태우보다 유치하고 부정축재를 한 위험한 사람들이 어디에 또 있으랴. 그럼에도, 위험하다고 한 김대중은 감옥으로, 부정축재를 했다는 김종필은 전 재산을 몰수당했고, 유치하다는 김영삼은 가택에 연금되었다.

이들 신군부도 김대중이 가장 두려웠던 셈이다. 감옥으로 보냈으니 말이다. 김대중의 죄목은 국가변란음모죄였다. 나도 그때 알았는데, 국가변란음모죄가 성립하려면 내각을 구성해야 한다는 것이다. 그러니까 국가에 변란을 일으키기 위해서는 변란 이후 내각을 구성해야 한다는 논리가 있어야 한다는 것이다. 이때에 웃기지도 않는 에피소드 한 가지가 있다. 다는 기억을 못하겠는데, 이때 내각 명단이 신문에 발표되었는데, 아 글쎄 내가 아는 사람이 물경 10여 명이 넘었다. 장을병, 이효재, 박현채, 유인호 등등이었다. 전부 내가 경영하던 평민사의 저자들이었다. 그걸 보는 순간 나는 깔깔 웃었다. 그리고 이것은 무조건 조작이라고 생각했다.

여기에 등장한 이름들 가운데 송기원도 있었는데, 그는 우리가 숨겨줬었다. 그런데 송기원은 아기가 하도 보고 싶어서 술 한 잔 한 김에 집으로 가다가 전철에서 담당경찰에게 바로 잡혔다. 그런데 그의 지위는 홍보조정실 감찰관이었다. 나중에 그에게 물었더니, 계속 패는데, 암만 생각해도 모르겠는데, 곰곰이 생각해 보니 그 정도가 아닐까 싶어 그렇게 얘기했다고 했다. 고은에게 술 몇 잔 사면서 함께 마셨던 것이 공작금으로 둔갑했다고도 했다. 또 발표가 있고 며칠 내겐 전화가 없었다. 그러던 어느 날 문예출판사의 대표인 전병석이 아주 작은 목소리로 별일 없냐고 안부를 물었다. 그래서 내가 크게 웃으면서 국가변란음모가 성공했으면 내가 엄청난 빽을 가졌을 텐데 아쉽게 되었다고 했더니, 전화로 그런 얘기해도 되냐는 것이었다. 사람들은 그렇게 떨면서 살았다. 지금에서야 고백하지만 이해찬이 수배 중일 때 나를 찾아 왔다. 숨겨줄

곳이 필요하다는 것이었다. 그러나 그럴 만한 곳이 없었다. 이해찬이 돌아서 가는 뒷모습을 보며 가슴 아팠다. 그때는 그랬다. 아프고, 슬프고, 안타깝고, 괴롭고.

결국 전두환의 세상이 왔다. 정의사회 구현의 깃발이 펄럭였다. 부정의사회 구현이라고 했으면 걸맞았을 텐데, 이건 무슨 웃기지도 않는 코미디인가. 강도들이 모여 앉아 정의사회 구현을 얘기하다니, 이건 애당초 잘못된 일이 아닌가. 아니나 다를까. 최규하라는 바지사장을 잠깐 쓰더니 이내 전두환이란 강도의 수괴를 대통령에 세우는 것 아닌가. 이렇게 세월이 흘러가고 있을 때, 김영삼은 단식투쟁을 했다. 실로 초인적인 단식투쟁이었고 이로 해서드디어 정치를 재개하게 되고, 김대중을 대신한 김상현과 더불어민추협을 결성하여 투쟁을 더욱 가열차게 몰아쳤다. 이런 와중에그간 미국에서 민주화 투쟁을 한 김대중이 귀국하여 민주진영의새로운 국면이 열렸다. 그리고 6·10항쟁에서 비롯된 6·29선언, 그리고 꿈에 그리던 직선제 대통령제의 문을 열었다.

이젠 정권 교체밖에 남은 것이 없는 듯 보였다. 대부분 여기서문제가 끝났다고 생각했다. 그러나 그것은 끝이 아니라 시작일 뿐이었다. 김영삼과 김대중. 누가 먼저 대통령이 될 것이냐? 이것이문제였다. 이 문제는 우리 현대사의 민주화 과정에서 또 하나의 걸림돌이었고 치명적 상처가 되었다. 김영삼과 김대중, 김대중과 김영삼. 누가 먼저 대통령이 되느냐가 그렇게 중요한 문제였을까. 국민 한 사람마다에게 그것이 차지하는 영향력은 절대로 큰 문제가 아니었다. 다만 그 두 사람에겐 마치 필생의 과업처럼 느껴졌던 것 같다. 그 바람에 그들이 대통령이 되는 데에 한 사람은 5년 한 사람은 10년이 늦어졌는지도 모른다.

더욱이 대통령이 되기 위해서 김대중과 김영삼은 엄청난 역사적 과오를 범하게 된다. 첫째 그들의 다툼이 없었다면 노태우가 대통령이 되는 어리석음은 저지르지 않았을지도 모른다. 그렇다면 우리의 새로운 역사, 진정한 민주의 역사는 적어도 5년을 앞당겼을지 모른다. 민주주의를 5년 앞당겼다면 우리 현대사가 어떻게 변화했을까. 더욱이 김종필로 상징되는 아킬레스건을 10년 이상 끌고 오지 않을 수 있었을 것이다. 도대체 김영삼이 자행한 삼당통합, 아니 삼당 야합 따위는 없었을 것이다. 그리고 김대중이 주도한 DJP연합이라는 이상한 연합도 없었을 것이다. 김영삼의 문민정부는 그처럼 얼치기 문민정부가 되어 결국 IMF 체제를 불러오며 막을 내렸고, 김대중의 국민의 정부 또한 IMF체제를 핑계 삼아 얼치기 진보정치를 하지는 않았을 것이다.

이렇게 시작된 김대중의 국민의 정부는 IMF체제의 극복을 위해 '금 모으기'를 비롯해 묘한 노력을 하였다. 그러나 그리스의 최근 대응 모습에 견주어 IMF에 대해 얼마나 유약했나를 유감없이 보여준다. 우리는 그들의 요구에 1부터 10까지 순종적이었음을 부인할 수 없다. 우리는 그들과 맞서지 못했다. 아무리 빚을 졌다고 한들 그럴 수는 없는 것이었는데, 말 한 번 제대로 못한 채 "네, 네!"라고만 하고 따르는 동안 우리의 국부가 얼마나 줄었는지 생각도 못했다. 이것도 곰곰이 따져보아야 마땅하다. 다시 이런 경우가 왔을 때에 대비해서라도. 경제는 언제나 돌고 도는 것이니까. 그리스를 벤치마킹하는 것도 필요하고.

이와 동시에 김중권을 비서실장에 발탁한 문제에 대해서도 생각해 봐야 한다. 그렇게 인물이 없었을까. '20억 원+알파'라는 말이 횡행했음에도 그를 발탁해야 했던 까닭을 우리는 지금도 모른다. 국민의 정부라면서 말이다. 아무튼 그건 그렇다 하고, 별로 쓸모가 없는 비행장과 강원랜드는 꼭 필요했을까. 국민의 세금이 헛되이 탕진된 데 대한 설명도 없었다. 또 강원랜드가 그곳의 경제 활성화에 얼마나 도움이 되었을까. 그곳이 있음으로 해서 패가망신하고 목숨을 던진 사람들과 그곳의 경제 활성화 사이의 간극을 정확히, 그리고 정밀히 계산해 본 적이 있는가. 그때 청산한 우리 기업들에 대한 계산은 합당했는가?

우리는 김대중 가족들만은 절대로 비리 부정 축재가 없기를 얼마나 바랐던가. 이에 대한 구체적 규모와 이에 대해 진정 사과가 있었던가. 문제가 한둘이 아니다. 더욱이 김대중의 자제가 국회의원이 되는 게 합당한 일이었을까. 호남에선 막대기를 꽂아도 당선된다는 지역구조에 기댄 정치가 합당했던가. 따지고 싶은 게 한둘이 아니다. 그러나 따지지 않겠다. 그 모든 것이 우리 현대사의 파행이 가져온 불행이라고 생각하기 때문이다. 논리로 설명하기엔 너무도 비논리적인 우리 현대사의 모순이 어디 이뿐이랴?

그런 까닭에 김대중이 노무현으로 하여금 차기 대통령을 하게 한 것에 감사하며 국내 정치의 실정을 덮으려 한다. 그리고 무엇보다도 남북문제에의 관심에 손뼉을 친다. 비록 미완성인 채로 남겨놓았지만, 남과 북이 새로운 계기를 만들었음에 갈채를 보낸다. 6·15선언은 한반도에 분명히 통일의 단초를 만든 것이다. 지금 우리사회에 좌파니 종북이니 하는 얘기들이 없지 않으나 이 모든 시시비비를 포함해서 우리가 언젠가는 통일의 문을 열어야 한다는 전제와 통한다. 이것이 바로 6·15이다. 골수 호남 출신 대통령이 영남 출신 노무현을 대통령으로 만든 것과 같은 맥이다. 그는 남북문제와 지역감정을 극복하고자 하였다. 그래서 그는 우수한 대통령으로 기억해야 할 것이다.

잘하려고 하다가 못한 부분이 있는 것은 용서할 수 있지만, 애당초 그렇지 못한 사람은 용서받지 못할 자에 불과하다.

전직 대통령에게 명패를 집어던진 정치인

✿

나는 노무현을 원망한다. 애통해하면 할수록 그만큼 원망스럽다. 미친 듯이 친박이니 비박이니 탈박이니 또 친노니 비노니 반노니 DJ계니 반DJ계니 하고 편 가르기 좋아하는 이 땅의 정치 풍토를 생각하면, 이렇게 얘기하는 나를 친노라고 할지도 모르겠다. 우리 현대사에서 대통령을 지낸 사람 가운데 우수한 대통령의 반열에 놓고 싶은 사람이 노무현이라고 생각한다, 나는. 나는 친구들에게 말한다. 그는 우리 또래다. 물론 나보다는 조금 위지만, 비슷한 시기에 태어나 비슷한 시대를 살았다. 나는 서울 사람이니까 어떤 면에서도 그보다 나은 환경에서 자라났다. 외형적으로 그렇다는 얘기다. 논과 밭과 산과 들과 내가 있는 진영이 서울보다 월등히 나은 환경이라고 할 수도 있다. 자연을 벗삼아 자라난 그가 아직 성장하지 못한 서울보다 차라리 나았을지도 모른다.

나는 상상할 수 있다. 그와 나는 전후에 초등학교를 다녔다. 서울에서도 제대로 옷을 갖춰 입고 학교를 다닌 아이들이 많지 않았다. 그러니 진영의 초등학생이 어떤 모습이었을지는 짐작하고도 남음이 있다. 더욱이 그는 진영에서도 여유 있는 가정의 아이가 아니었다. 한마디로 전형적인 촌놈이었다. 게다가 맏이가 아니었다. 아무래도 맏이보다 둘째가, 둘째보다 셋째가 집 안에서의 대우(?)가 못하기 마련이다. 노무현은 장자가 아니다. 당연히 형보다 못한 대우를 받았을 것이다. 그런 까닭에 그는 어려서부터 고향을 떠나 금의환향하려는 의지가 굳세었을 것이다.

　잠깐 대구로 가자. 대구에 가보면 어렵지 않게 알 수 있다. 대개 장자는 고향에서 산다. 직업은 의사나 약사가 많다. 그들은 고향을 지키며 집안을 지키며 산다. 이들의 거개가 대구 유지의 자리를 굳건히 지키며 살고 있다. 한때, 지방자치단체장을 임명하던 시절의 얘기다. 대구 시장이든지 경북지사든지 발령을 받고 내려온 사람이 첫째로 해야 하는 일은 대구 의사협회 회장이나, 약사협회 회장, 그리고 원로의사와 약사에게 인사를 잘 챙기는 일이라고 했다. 물론 이 말씀은 정확히 통계에 의존하여 드리는 것은 아니다. 그러나 고향이 그쪽인 분들은 고개가 끄덕여질 얘기다. 왜 의사협회, 약사협회, 원로 의약사들에게 잘 보여야 했을까. 아주 간단하다. 그 양반들의 동생이 대부분 서울, 그러니까 중앙에서 한자리하는 사람이기 때문이다. 따라서 대구 유지인 이분들은 대체로 중앙에서 한자리하는 동생들이 있는 셈이다. 하여 이분들의 눈에 안 차면 이런 일이 생기기 다반사였다는 것이다. "아, 동생이가? 바쁘

쟤? 근데, 이번에 시장으로(또는 지사로) 온 아는 네가 아는 아가?" "와요?" "잘못 뽑아 보낸기라. 여론이 안 좋데이. 다시 생각해 보기라." 이런 식의 얘기가 형제간에 오가고 나면 여지없이 시장이나 지사의 인사이동이 있었다고 하는 말이 나올 정도였다는 것이다. 물론 과장된 이야기일 것이다. 그러나 그럴 정도로 대구의 장자들이 힘이 셌다는 것은 부인하기 어려웠던 것 같다. 왜냐하면, 대구 출신 출세자들이 중앙무대를 장악한 것이 터무니없지만도 않으니까. 그리고 그 출세자들은 그 집안의 둘째나 셋째아들이었던 것도 전혀 근거 없는 얘기가 아니니까.

이런 점에서 노무현도 크게 예외는 아니었을 것이다. 그는 부산상고를 나왔으니, 회사원이나 사업 쪽으로 나아가면 충분히 걸맞았을 것이다. 선린상업을 나올 때까지 쭈욱 1등을 했던 나의 아버지 역시 그랬으니까. 그런데 그는 감히 고졸 출신임에도 사법시험에 도전했다. 이것은 감히 도발적인 것이 아닐 수 없다. 이 시험을 요즈음의 사법시험으로 생각하면 안 된다. 한 10년 공부한 끝에 전국에서 불과 300명밖에 안 뽑던 시절에 뽑힌 것이니 실로 놀랍다. 인문고등학교 출신도 아닌 상고 출신이 말이다. 물론 그때 그의 노력이 한국 대통령이 되기 위함도 아니요, 민주주의의 발전을 위함도 아니었다. 그는 잘 먹고 잘 살기 위해서 사법시험을 보기로 결심했고, 결국 이에 성공하여 판사를 거쳐 돈 잘 버는 변호사가 되었다. 부산요트협회 회장을 할 만큼 돈을 벌었다. 잘 아시듯이 요트는 세계적으로 그 사회의 부유층이 향유하는 그야말로 호화로움의 상징이다. 그의 부인과 요트를 함께 타고 파티를 즐긴 부산 유한부인들을 만난 적이 있다. 그렇다고 이런 그를 비난할 수는 없다. 대한민국 국민은 누구라도 행복을 추구할 권리가 있다. 그가 이보다 더 호사를 하며 산들 어떠랴. 돈을 많이 벌어서 잘 사는 것을 비난해서는 안 된다. 돈 번 만큼 세금을 정확히 내었으면 그만이다. 이렇게 사는 와중에 기부도 더러 하면서 살면 더욱 금상첨화라 하겠다. 무슨 재단을 만들어 온 가족이 전부 임원으로 들어앉아 월급 톡톡히 챙기며 사실상의 상속세 면탈하는 짓보다 훨씬 낫다.

그런데 노무현의 현세적 복은 여기까지다. 그의 선배인 변호사 김광일은 그에게 현세적 행복에 빠져 살다가 저세상에 가는 것이 얼마나 헛되고, 헛되고, 헛된 것인지를 일깨운다. 그에게 새로운 경험을 하게 한다. 돈 버는 데에 몰두하던 변호사 노무현이 돈 버는 것과는 무관한 사건의 무료 변론을 맡게 된다. 그렇다. 영화 〈변호인〉의 그 변호인처럼. 이름하여 부림 사건. 민주주의를 외친 젊은 대학생을 포함한 직장인, 농민 등 22명을 빨갱이라 하여 법정에 세운 그 자리에서 무료 변론을 하면서 그는 변하기 시작한다. 이리하여 빨갱이가 될 뻔한 그들을 구해내고 나서 그는 새로운 세계로 걸어 들어갔다. 마침내 그는 김광일의 천거로 김영삼을 만나게 되고, 1988년 국회의원이 된다. 노무현의 변호사 시대는 이렇게 끝나고 정치인의 시대가 시작된 것이다.

국회의원 노무현은 왠지 그 자리에 어울리지 않았다. 촌놈 티가 물씬 풍겼다. 그래 보이던 그가 5공비리 청문회에서 시쳇말로 '떴다'. 일약 스타 의원으로. 전두환 청문회에서 그는 노무현이라고 적혀 있던 명패를 퇴장하는 전두환의 등짝을 향해 집어던지며 눈물을 흘렸다. TV를 보던 국민들에게 감동을 줬다. 사실 그날 그 청문회에서 전두환이 보여준 용렬함이란 우리 국민 대다수를 부끄럽게 하는 데 모자람이 없었다. 오만방자하던 독재자 전두환의 모습은 찾아볼 수가 없었다. 누가 작성해 준 것인지 알 수 없는 답안지를 들고 나와 읽어 내려가는 그의 모습은 한마디로 초등학생 수준이었다. 아마도 청문회 법에 어긋나지 않을 만큼 변호사의 자문 속에 작성된 답안지였을 것이다. 청문위원들의 눈도 제대로 바라보지 못하고 또 않으며 읽어 내려가는 그의 모습은 전두환이 어떤 인격인지 유감없이 보여주고 있었다. 노무현은 비열의 극치를 연출한 전두환에게 걸맞게 명패를 날린 것이고, 이것이 후일 그를 대통령으로 만든 동력이 되었는지도 모르겠다. 전두환을 향한 감정적인 대응이 먹힌 셈이다. 그러나 그것은 국회의원 '답지'는 않은 행위였다. 파격이었다. 그는 그런 사람이었다. 그러나 그의 대상이 전두환이었음에 이의를 단 사람이 거의 없었다.

그만큼 전두환은 국민의 공적인 셈이었다. 아니 아직도 그리고 영원히 공적일 것이다. 그는 정말 대통령으로 태어나지 말 것을 그랬다. 아직까지도 그가 꿀꺽한 돈을 토하지 않았으니 어처구니가 없다. 당시 꿀꺽한 돈이 오늘까지 불어 얼마가 되었을까를 생각하면 더욱 그렇다. 원전을 갚고도 그 이상이 남았을 것 같은데 29

만 원 운운한 그 남루함을 어떻게 표현해야 할까. 그와 아직도 우리가 같은 공기를 마시며 사는 것이 정말로 부끄럽다. 아, 그러나 부끄럽지 않은 이들도 더러 있을 것이다. 바로 그 더러운 청문회장에서 전두환을 옹호했던 자들이 있었으니 바로 그자들을 이름이다. 이왕 말이 나왔으니 저 부림 사건의 검사와 판사가 아직도 굳세게 변호사로 활약하고 있다. 아, 세상은 모순의 덩어리가 아니라고 할 수 없다. 참 짜증난다. 자라나는 어린 세대에게 어떻게 현세적 이득에 취하지 말라고 권할 수 있으랴. 악법도 법이란 말을 강조해야 하는 현실이 야속하다. 그렇다고 하더라도, 국회의원 자리가 불편해 보이던 촌놈 노무현이 대통령이 되기도 하니 세상은 살맛이 난다고 할 수 있다. 왜 이오네스코의 부조리극이 유효한지, 까뮈와 사르트르의 실존을 거부할 수 없는지 실감하게 된다. 전두환 같은 자가 대통령이 되는 세상과 노무현이 대통령이 되는 세상이 우리 대한민국에 모두 있다는 사실이.

노무현을 정치인으로 만든 김영삼은 노무현을 배신자라고 했다. 평가할 가치도 없다고 했다. 문득 박근혜가 유승민에게 '배신의 정치'라고 한 대목이 떠오른다. 이른바 삼당 야합이라는 표현이 더 적절한 삼당통합 때, 노무현은 김영삼을 따라가지 않았다. 김영삼은 이것을 노무현의 배신이라고 표현한 것이다. 원칙에 순종하는 것이 배신이라면, 원칙에 배신하는 것이 순종이란 말일까. 정직하고 엄격하게 말하자면, 3김시대까지의 우리 정서는 원칙보다 사람에 대한 순종 여부가 배신 여부의 경계가 되었다. 그런 점에서 김영삼은 자신의 무지를 드러내면서 거침없이 노무현을 배신자라고 일갈할 수 있는 것이다. 이런 점에서 얼마나 많은 사람들이 "이건 배신이야 배신"이라는 말에 세뇌되어 잘못된 길로 갔을까를 생각한다. 당시를 정치하는 일로 살아온 사람들에겐 매우 실례가 되는 표현이다. 마치 조폭과도 닮은 듯한, 그래서 조폭정치시대라고 하면 지나칠까. 그리고 그런 시대는 완전히 끝났을까, 과연. 이런 의미에서 노무현은 그런 식 정치에 매몰되지 않고 새로운 패러다임 속으로 감히 외톨이가 되어 걸어간 것이다.

외롭지만, 그래서 고통스러웠겠지만 그는 스스로 터미네이터가 되었다. 그의 능력 안에서든 밖에서든 해보고 싶었으므로 그는 그렇게 되었다. 영화였다면 주인공은 승리하지만, 현실은 반드시 승리를 보장하지 않는다. 대통령이 되기까지 그가 겪어야 했던 우여곡절은 대통령 선거 전날 밤부터 자정을 넘겨서까지 계속되었다. 그를 지지했던 정몽준이 그에 대한 지지를 철회했다. 정대철과 함께 정몽준의 집 앞에서 그가 나오길 기대하며 기다렸지만, 그는 나오지 않았다. 그런데 세상일은 정말 알 수가 없다고 할까. 이 일로 노무현은 오히려 지지자를 더욱 결집시키는 결과를 얻어 당선한다.

대통령의 자살은 용서될 수 없다

대통령이 되기 전까지도 노무현은 험로를 걸었다. 김영삼의 배신자가 된 이후 그는 정치생명이 끝났다고 보여지는 위기의 순간도 여러 번이었다. 지역에 의지해 성공하는 정치를 혐오한 그는 스스로 지역구도 타파를 위해 자신을 희생의 도구로 삼기를 주저하지 않았다. 이리하여, 서울 종로와 부산을 오르내리면서 국회의원과 시장 등 합쳐서 여러 차례 낙선하였다. 그러던 끝에 대통령에 도전하여 이긴 것이다. 정계에 발을 내디딘 14년 만에 이룬 쾌거라면 쾌거다. 놀라운 일이지만, 그는 사실 대통령이 된 것에 큰 의미를 부여하지는 않았다고 나는 생각한다. 그는 진정한 민주주의가 이 땅에서 꽃피기를 원했으며, 그것에 대통령이 된 의미와 가치를 두고 있었다고 확신한다. 이 때문에 그는 우수한 대통령이 될 수는 있었지만 결코 성공한 대통령은 아니었다. 오죽했으면, 당시의 야당 총재에게 연정까지 제안을 했겠는가. 물론 당시의 야당 총재인 박근혜는 노무현의 진정성을 의심했고 따라서 이루어지지 않았다. 역사에 가정은 통하지 않는 부질없는 짓이지만, 만약 그때 박근혜가 노무현의 연정 제의를 받아들였다면 어떻게 되었을까. 적어도 이명박이 대통령이 되는 일은 없었을 것 같다는 생각을 문득문득 한다.

사실 우리 정치사에서 현직 대통령이 야당 총재에게 연정 제의를 한 것은 결코 폄훼되어서는 안 되는 일이 아닐까 한다. 당시 열린우리당 당원인 대통령이 열린우리당이 선거에서 잘되었으면 좋겠다는 말을 한 것이 선거법 위반이라고 해서 국회에서 탄핵을 당하기도 했다. 다행히 헌법재판소에서 그를 구한 셈이 되었지만, 당시 야당이 세긴 엄청 셌다. 선거에선 그러나 열린우리당이 승리했다. 노무현은 강한 야당을 만나 어려움을 심히 겪었지만, 그것 때문에 야당을 겁박하지 않았다. 그런 점에서 지금 대통령은 행복한 대통령이라고 하겠다. 야당이 그때에 견주어 약하기 짝이 없으니까.

어떤 사람은 이렇게 생각할지도 모른다. 노무현은 문제가 많았으니까 야당이 그럴 수밖에 없었다고. 박근혜는 너무도 훌륭하니까 야당이 그럴 수밖에 없다고. 이렇게 분석 기사를 쓰면 안 된다. 그러면 쓴 기자는 출세의 길이 열릴지 모르나 이 나라와 대통령은 망할지도 모르니까. 어느 나라든 어느 때든 문제가 없는 경우란 없다. 그래서 대통령은 대통령'다워야' 하고 야당은 야당'다워야' 한다. 이런 점에서, 소통과 약속이행을 원하는 국민의 소리가 높다는 것을, 강한 야당을 했던 대통령은, 강한 야당과 함께 정치를 했던 대통령에게서 벤치마킹해야 하지 않을까. 노무현은 누가 뭐라고 해도 대통령으로서 스스로 대통령을 낮추려고 애쓴 사람이다. 권력을 남용하지 않으려는 절제심을 가진 사람이었다. 그러다 보니 국회의원 때 전두환을 향해 명패를 집어던진 것과 같은 감정적 행동이나 언어에 있어 대통령의 품격을 떨어뜨리는 과오도 적지 않게 범했다. 대통령의 행동과 언어는 매우 중요하다. 대통령의 행동과 품위는 높을수록 좋다. 이런 점에서 노무현은 자랑스럽지 않다.

취임 초, 비리나 뇌물, 청탁 따위를 근절하기 위해 단호한 의지를 표명하였다. 그의 형 노건평과 관련된 것이었다. 그에 앞선 김대중, 김영삼은 아들로 해서 곤욕을 치러야 했다. 노태우나 전두환은 이루 말할 수도 없었다. 이 때문에 그는 이러한 일들이 자신의 임기 중에는 일어나지 않아야 한다는 결연한 자세를 가졌다. 그래서일 것이다. 그러나 오버를 하였다. 이 세상 누구라도 이런 오버를 해서는 안 된다. 그의 연설에 충격을 받은 모 기업의 한 사장이 스스로 목숨을 끊었다. 이런 결과가 나오도록 해서는 안 되었다. 그가 좀 더 세련되고 인권존중의식이 조금만 있었더라도 그렇게 얘기하면 안 되었을 것이다.

지금도 기억이 생생하다. 그의 그 연설이. "이른바 명문학교를 나와 출세를 했다는 분이 시골의 촌로를 찾아가 머리를 조아리고 자신의 거취를 부탁하는…"이라는 대목이. 여기서 명문학교를 나와 출세했다는 아무개라는 분의 이름을 덜컥 공개한 것은 잘못된 것이었다. 변명의 여지가 없다. 그분이 자살했기 때문이 아니라, 그런 일이 없었더라도 잘못한 것이다. 판사에 변호사 그리고 이른바 인권변호사를 한 대통령이 그렇게 말해야 했는지 모르겠다. 또 이런 말도 하여 구설수가 있었다. '이놈의 대통령 못 해먹겠다.' 대통령을 하기가 너무도 힘들다는 뜻으로 한 말이지만, 이놈의 대통령이라니, 또 못 해먹겠다니, 절대로 해서는 안 될 말이었다.

대통령은 무심결에라도 하지 말아야 할 말이 있는 법이다. 이런 식으로 작정을 하고 한 말 중에도, 불쑥불쑥 내뱉는 말 속에도 문제적 발언이 적지 않았다. 첫째, 연설에 자신감이 없지 않은데다가 규격화된 연설문은 왠지 답답하고, 전달력도 약하다고 느꼈던 것일까. 그는 애드리브 곧 즉흥적으로 작성된 연설문을 접고, 자기의 생각을 전하고자 했다. 이럴 때 사고의 가능성은 높아진다. 그러다 보니 후임 대통령 중에는 지나치게 원고에 충실하려는 폐해도 있지만. 그러다 느닷없이 즉흥적으로 하다가 말이 꼬여 통역이 필요하다는 소리도 듣지만 말이다. 이것이 꼭 노무현 때문은 아니지만 말이다. 둘째, 평소의 언어습관이 문제라고 할 수 있다. 평소 말끝마다 욕을 붙이는 사람들이 있다. 예전에 MBC-TV에 드라마 피디 한 사람은 거의 모든 말을 욕으로 이어갔다. 하도 욕을 많이 한다는 원성에 당시 사장이 욕을 하려면 회사를 그만두라고 했다. 그랬더니 이 사람 회사에서 거의 말을 안 하고 지내는데, 한 석 달 지냈나? 체중이 현저히 주는 모습이 나타나더란다. 이를 보다

못해 주위 사람들이 사장에게 강청해 좀 봐주시라고 했단다. 사장
도 그가 악의로 그러는 것도 아니고, 그 욕을 듣는 사람들이 강청
을 하기도 해 욕을 특별히 허락했단다. 그 순간부터 그 사람 희색
이 만면해서 행복하게 지냈다고 하는 얘기다. 그 사람 집에서는 아
예 입을 닫고 사는데, 그 이유는 자녀들에게 나쁜 영향을 줄 수 없
어서라고 했다. 바로 그 사람이 대통령이 되었다면, 그 사람은 어
떻게 되었을까. 매일매일 야위어 가는 침묵의 대통령? 글쎄, 노무
현이 그런 사람이란 얘기는 아니다. 분명한 것은 언어정화가 썩 잘
된 사람은 아니었다고 생각한다. 언어습관은 하루아침에 고쳐지지
않기 때문이다. 그렇더라도 대통령이 된 그 순간부터 대통령은 말
에 대해 품격을 지키기 위해 애써야 하며 행동거지도 조심해야 한
다. 아니, 비단 대통령만이 아니다. 누구라도 그렇다. 적어도 정치
를 하려는 사람이라면 그 순간부터 행동과 언어에 관한 학습과 훈
련이 필요하다. 정치는 말로 하는 것이기 때문이다. 지금의 대통령
인 박근혜의 말을 두고 이런저런 말이 많은 것도 정치와 말의 관
계가 얼마나 중요한지를 다시 확인하게 한다. 특히 대통령의 말은
온 국민 중에도 어린이들에게 주는 영향이 크다는 데에 늘 관심을
둬야 한다. 이런 점에서 노무현은 좋은 모범을 보이지 못했다고 할
수 있다. 그러나 대통령의 뜻을 국민들에게 비교적 쉽게 전했다는
것마저도 폄하해서는 안 된다.

　자칫 모순된 말로 들릴 수도 있다. 노무현이 보다 품격 있는
말로도 그의 생각을 충분히 전할 수 있었다면 얼마나 좋았을까. 이

러한 안타깝고 아쉬운 점을 지적한 것일 뿐이다. 따라서 이런 지적이 그가 소통의 등신이었다는 말이 아니다. 소통의 등신이라니? 그와는 정반대다. 오히려 그는 소통의 귀재였다. 어느 정도의 귀재였을까? 노무현 이전의 대통령은 대체로 이른바 기득권층과의 소통에 일가를 이루었다고 하면, 노무현은 그 반대쪽에 서 있었다고 할 수 있다. 그를 가리켜 서민의 대통령이라고 하는 것도 이에 기인한다. 서민은 기득권층에 의해 이끌려오는 사람들이니, 그들과 소통이 원활하면 만사가 형통하리라 확신한 것이 노무현 이전의 대통령들이었다. 그러나 노무현은 달랐다. 그는 서민들이 편해야 한다는 소신을 가지고 있었다. 그들을 소중히 여겼으며, 그들과 함께할 때 가장 편안해했다.

그는 대외정책에 있어서도 그랬다. 그간의 우리나라 대통령들은 친미적인 입장과 태도에 익숙하였다. 그러나 노무현은 그렇지 않았다. 때때로 미국과 불편한 관계를 가졌던 적도 적지 않았다. 우리 사회에서 그것을 심히 걱정하는 사람들도 적지 않을 만큼 대미외교의 이른바 관행을 깬 적도 있었다. 대북관계 역시 마찬가지였다. 이른바 수구파가 보기에 노무현은 여지없이 빨갱이에 가깝다고 여겨질 정도인 경우도 있었다. 곧, 보수적 태도를 가진 사람들에게 노무현은 인기가 없었다. 그러나 그런 이유를 곰곰이 생각해 보면, 노무현이 보수적인 분들과 대화하고 소통하기보다 그렇지 않은 분들과 대화하고 소통했기 때문이었다.

그리고 그는 비교적 논쟁적인 대통령이었다. 대체로 대통령들이란, 논쟁적이지 않다. 그들은 논쟁을 필요로 하지 않는다. 그냥 무시하고 자기 식으로 결정을 하면 그만이다. 법의 이름으로, 제도의 이름으로, 관행의 이름으로, 등등의 방법으로 쓸 카드가 많다. 대통령이 쥐고 사용할 수 있는 패가 얼마나 많은지는 그 사례를 거론한다고 해도 부지기수로 많다. 김무성이 유승민 사태의 맺음말로 한 것이 "대통령을 이길 수는 없지 않은가."였다. 그렇다. 대통령을 이길 수는 없다고 할 만큼 대통령이 가진 패는 많다. 그 가운데는 '괘씸하기 때문에'도 있다. 이른바 괘씸죄. 왕정시대가 아닌 민주주의 시대에도 듣는 괘씸죄라는 말 아닌 말. 그럼에도 노무현은 대통령이기 때문에 가지고 마구 흔들 수 있는 패를 쓰는 일에 절제심을 발휘했다. 그러다 보니 논쟁적이었다.

사실 논쟁이란 민주주의 사회에서만 통용되는 말이다. 독재사회일수록 논쟁은 필요 없다. 그러고 보면, 말이 많으면 빨갱이라고 했던 말은 엄청 잘못된 말이다. 노무현은 나름 민주주의를 바로 세우기 위해 많은 노력을 기울였다. 오죽하면, 당시 보건복지부장관이었던 김근태가 계급장 떼고 붙자는 얘기를 해도 괜찮았겠는가. 사실 그는 언제라도 누구든지 계급장 떼고 붙을 수 있다고 생각했다. 그러나 나는 생각한다. 어쩌면 그는 대통령이 되어서 '운동권 학생시대'를 보낸 것은 아니었을까. 그래서 대통령으로서 마땅히 견지했어야 할 덕목마저 잃어버린 것은 아니었을까. 지나치게 네티즌을 통해 세상을 보고 듣고 세상에 대해 생각한 것은 아니었을까. 분명 그것이 전부가 아니었음에도 그것이 전부라고 착각한 것은 아니었을까. 대통령은 자연인이면서 자연인이 아니고, 대통령은 국민의 공복이지만 공복만은 아니며, 대통령은 국민의 한 사람이면서 그 이상이다. 그러므로 대통령에게는 대통령만이 가지는 특별한 권리와 의무를 지게 하는 것이다.

노무현은 특별한 권리와 의무에 대해 어떤 부분은 지나치게 절제했고 또 어떤 부분에 대해서는 지나치게 과했다. 적절한 균형 감각을 갖지 못했다는 말이다. 이는 몇 가지의 이상한 결과물을 낳았다. 미국에게서 되도록이면 독립적이고자 했지만, 결과는 친미적이었다. 재벌경제를 드잡아보고자 했지만, 결과는 재벌이 더욱 커졌다. 강남의 집값을 잡고자 했지만, 결과는 강남의 집값을 올려놓았다. 남북관계를 원활히 만들고자 했지만, 결과는 기대에 미치지 못했다. 이렇게 되자, 노무현은 일종의 샌드위치가 되었다. 이쪽저쪽에서 고루 욕을 먹었다. 아무리 국민은 대통령을 욕할 수 있다고 스스로 말했지만, 그는 아마추어리즘을 벗어나진 못했다. 뜻은 좋았으나, 영글지 못한 결과는 그 뜻을 퇴색시켰다. 마치 희나리 같았다. 완벽히 타서 새까만 숯이 되어야 유용했을 텐데, 타다 만 희나리가 되어 난감해진 것이라고나 할까. 그러나 그것이 아마추어리즘이든, 운동권 학생 수준이든, 지나친 의욕과잉이든, 민주주의를 향한 열정이든, 네티즌과의 소통 과잉과 동시에 그 반대쪽과는 먹통이었든 모든 면에서 2%가 부족했던 게 사실이지만, 이런 노력을 한 대통령이 현재까지는 전무후무하단 점에서 노무현은 분명 우수하다.

노무현이 대통령으로서 우수했음에도, 그가 부엉이 바위에서 뛰어내린 것은 그가 원망을 듣기에 모자람이 없다는 데에 우리 사회의 슬픔과 아픔이 고스란히 드러난다. 분명히 말하거니와 그는 그날 그곳에서 그러지 않았어야 한다. 그것은 잘못이기 때문이다. 어떤 일이 있었더라도 그는 그러지 말았어야 한다. 오죽했으면 그랬겠냐고 하는 사람들이 많지만, 어떤 이유에서도 그래서는 안 되었다. 그가 평생을 감옥에서 보낼 죄를 졌다고 하더라도 그는 그래서는 안 되었다. 어느 누구도 생명을 존중하는 인간으로서 권리를 가지지는 못했다. 대통령을 지낸 사람은 더욱 그렇다. 무엇 때문에 그가 스스로 목숨을 버렸는지 모르나, 그 어떤 이유로도 그의 자살을 용서할 수는 없다. 그는 그를 사랑했고 그가 사랑했던 국민들을 버린 것이다. 만약 그가 어떤 고난, 모욕, 고통, 음해, 중상모략, 억울함, 범법행위 등등의 상황에 놓였다면, 그에 합당한 처분을 받으면 된다. 억울하면 억울한 대로, 아니면 아닌 대로, 응분의 처분을 받아야 했다. 예수가 위대한 것은 그가 그에게 온 잔을 피하지 않은 데에 있다. 이순신 역시 그러하다.

노무현이 목숨을 스스로 버림으로 해서 우리 역사가 얼마나 후퇴했는지 아는가. 물론 전진한 부분도 없지 않지만, 명백히 후퇴했다. 전진한 부분을 굳이 말하자면 후임 대통령과 전임 대통령 사이에 되도록 신중해야 하는 문제가 무엇인가에 대한 것 정도가 아닐까. 후퇴한 부분은 참 많다. 당사자의 갑작스런 죽음으로 인해 당사자가 한 중요한 일에 대한 해석을 두고 벌인 국력 소모가 얼마인가. 이를테면 NLL과 관련한 시시비비와 설왕설래를 생각해 보라. 노무현이 살아 있었다면 얼마나 명쾌하게 설명이 되었을까. 물론 오해하고 왜곡하고 싶은 사람들은 계속 떠들었겠지만. 이는 그 반대의 입장에 서 있는 경우에도 마찬가지이다. 이것이 바로 우리 사회의 가장 심각한 문제이다. 그렇더라도 노무현이 살아 있었다면 얼마나 많은 부질없는 시간 낭비와 국력 낭비를 줄일 수 있었을까. 뿐만 아니라, 그의 죽음은 죽음 자체로도 충격이었다. 그는 대통령을 지낸 사람이었다. 그런 그가 선택한 죽음의 방식은 많은 사람들에게 나쁜 영향을 주었다. 더욱이 그가 그러한 죽음의 방식을 선택한 까닭이 많은 이들을 실망시켰다. 자신의 가족 문제라는 생각이 들 때, 더욱 안타깝고 괴롭다. 물론 이렇게까지 된 데에는 여러 정황이 있지만, 그럼에도 불구하고 그래서는 안 되었다. 왜? 그는 대통령이었기 때문이다. 그의 죽음을 안타까워하며 괴로워하는 까닭에 애통해하는 사람들이 적지 않다. 그것은 그들의 몫이다. 냉정히 말해서 그것은 그와 같은 대통령에 대한 그리움, 아쉬움, 애통함 등의 감성적 발현이다. 그것에 대한 너무 많은 의미 부여 또한 일종의 우상화다.

참다운 의미에서, 노무현 정신과 가치를 존중하는 것은, 우리가 이 사회 이 나라를 그렇게 만들려는 노력으로 환치되어야 한다. 그것이 이른바 친노나 노빠만의 것이 아닌, 이 나라의 시대정신으로 꽃피게 해야 할 것이다. 그럼에도, 노무현과 정치를 함께했던 이름하여 야당에서도 이를 바르게 못하는 까닭은 무엇일까. 그들에게 구호는 언제나 요란하나 여전히 빈손이 되어버리는 까닭은 무엇일까. 애당초 그들에게 노무현의 정신이나 가치 그리고 저 DJ의 정신이나 가치를, 외치고 버리는 장식물 아니 이용가치 여부 정도로 셈하는 것 때문이 아닐까. 그들에게 진정성이나 순결성이 없다면 그들의 외침이 무슨 소용일까. 오직 시끄러운 소음에 지나지 않는다. 어느 국민도 소음에 유혹받고 열광하지 않는다. 우리 국민을 더 이상 그런 수준으로 폄하하지 말라. 진정 노무현을 사랑하고 그리워한다면, 밤낮없이 노무현 사진을 들고 통곡하는 것이 아니고, 노무현이 못 이룬 꿈을 이루어 가는 노력을 하는 것이다. 결국 미완성일 수밖에 없는 노무현, 그리고 노무현의 꿈을 이어 나가는 노력이 중요한 것이다. 유승민의 몇 연설에서 오히려 노무현을, 그리고 노무현의 꿈을 보았다. 유승민이 친노이고 노빠인가? 이렇게 언제 어디서든 여든 야든 그의 진정한 정신과 가치를 보게 하는 것이 바로 그에 대한 바른 애도이다. 이미 세상을 떠난 노무현을 더 이상 괴롭히지 말고 그를 편하게 하자. 그가 친노라는 울타리에 별도로 놓여 있지 않도록, 온 국민 속에 널리 퍼져서 함께 살 수 있도록 해야 한다.

노무현은 여러 과오에도 불구하고, 여러 비난과 비판에도 불구하고, 거의 적대감으로 무장한 듯이 비하하는 목소리에도 불구하고, 우리나라 대통령 중에서 매우 우수한 대통령이었다. 다만 그의 죽음은 옳지 않았다. 그런 까닭에 그의 정신과 가치를 이 나라 방방곡곡에 스며들어 자양분이 되게 하는 것이 우리의 과제.

국가는 기업이 아니고, 정치는 사업이 아니다

✦

    어느 날 어떤 선배가 내게 얘기했다. 이명박의 '절친'인 장로한 사람을 만나보면 좋겠다고. 만났다. 그 사람은 이명박과 고향이 같았다. 이명박이 현대에 몸담고 있을 때 이명박의 장인과 함께 현대의 납품업체를 운영한 사람이었다. 그러니까 이명박의 둘도 없는 고향의 불알친구였다. 만나자고 한 이유는 이러했다. 친구몇 사람이 이명박을 도우려고 '애플 명사랑'이란 사이트를 열었는데, 근 2년 가까이 되었는데도 회원이 2천 명도 채 안 된다는 것이었다. 그러니 이걸 맡아서 좀 도와줄 수 없겠냐는 것이었다. 나는알겠다고 하고 헤어졌다. 그리고는 후배를 만났다. 며칠 뒤 그 장로를 만났다. 앞으로 서너 달 안에 3~4만 회원을 만들어드리겠다. 돈은 얼마나 쓰시겠는가? 그랬더니 선거법 관계로 돈은 드릴 수가없다고 했다. 그러면 우리가 이 일을 왜 해야 하는가, 물었다. 나중에 대통령이 되면 좋은 일이 많이 있지 않겠느냐는 것이었다. 나는 그때 프로는 그런 방식으론 일하지 않는다며 거절하였다. 그 장로는 매우 서운해했다.

내 후배 작가가 정계에 입문 전후해서 이명박의 자서전을 대필한 적이 있다. 돈은 제법 잘 받고 하냐고 물었다. 그런데 흥미로운 얘길 들었다. 이명박이 가끔 찾아와 저녁을 먹는데, 자기는 설렁탕을 좋아한다며 꼭 설렁탕을 사면서 사람은 셋인데 삼겹살 2인분을 시켜 먹고 간단다. 재미있는 사람이라고 생각했다. 아니, 웃긴다고 생각했다. 대접은 자기 좋아하는 걸 사는 게 아니라 대접받는 사람 좋아하는 걸 사는 것인 까닭에서이다.

정주영이 정치를 한다고 했을 때, 이명박은 반대했다고 한다. 끝내 이명박은 현대를 퇴사했고, 정주영은 국민당을 창당했다. 그런데 이명박은 신한국당에 입당했고 국회의원이 되었다. 나는 그때 처음 그가 6·3동지회 회원인 줄도 알았다. 정주영도 알고 이명박도 아는 한 작가가 이명박과 긴 얘기를 하고 돌아와 하는 얘기를 들었다. 그는 그의 길을 갈 거예요. 박근혜 식으로 얘기하면 이명박은 자기 정치를 하기 위해 배신의 정치를 시작한 셈이다. 그를 말할 때, 정주영과 현대를 떼어놓고는 할 말이 없기 때문이다. 솔직히 나는 그가 뛰어난 경영자라고 생각하지 않았다. 사실 그가 살아온 시대는 정상적인 시대가 아니었다. 말할 수 없이 왜곡된 시대였다. 우리 사회의 모든 부분이 왜곡된 시대였다. 까불면 언제든 어떻게든 쥐도 새도 모르게 사라지게 할 수도 있었던 시대였다고 극단적으로 말할 수 있었던 시대였다. 김성곤쯤 되는 사람도 어디론가 끌려가 콧수염 다 뽑혀 나오던 시대였으니까 더 말해 무엇하랴. 바로 그런 시대에 유능했다는 것이 무엇을 의미할까.

가령 이렇게 말하면 지나칠까. 그때 대한민국은 회장 박정희, 사장 정주영, 이사 이명박의 시대였다고. 이명박의 유능함은 이 기묘한 시대에 줄타기를 잘한 어릿광대로 비유하면 심할까. 누구보다도 시대의 부패를 잘 꿰뚫은 사람 아니었을까. 그러므로 그와 연결된 빼도 박도 못할 사람이 많지는 않았을까. 그는 국회의원을 잠깐 하다가 그만두게 된다. 선거법 위반으로. 그리고 우리에게 있는 좋은 제도(?) '사면 복권'으로 그는 시장에 출마하고 서울특별시장이 된다.

누가 뭐라고 해도 그의 서울특별시장 성적은 우수했다. 서울시민 모두가 박수를 쳤다. 지하철과 서울시내버스의 환승시스템 실시는 발군의 것이다. 뿐만 아니라 덮었던 청계천을 연 것은 잘한 일이다. 이와 관련하여 저 가든파이브의 문제는 아직도 해결되지 않은 과제지만. 작은 문제는 결코 아니다. 아무튼 청계천을 열어놓자, 전국의 많은 국민들이 관광버스를 들이대고 구경하러 몰려왔다. 그래서 이명박을 가리켜 '청계천 대통령'이라고 하기도 했다.

청계천으로 재미를 봐서일까, 그는 5백만 표라는 압도적인 표차로 대통령이 되었다.

그러나 대통령이 된 기쁨도 잠시, 그는 인왕산에 올라 〈아침이슬〉을 홀로 불러야 했다. 광화문 광장에 국민들이 모여들어 촛불시위를 하는 바람에 이명박의 고뇌는 깊어갔다. FTA에서 소고기

문제가 당면한 문제였다. 이것은 이미 노무현 정권에서 다 했던 것으로 이명박은 사인만 했을 뿐이라고 했지만, 국민을 설득하기엔 역부족이었다. 압도적인 표 차이로 당당히 당선된 대통령이 불과 몇 달 사이에 이렇게 밀릴 줄은 몰랐다. 인심이 조변석이라더니 기막힌 현실 앞에서 쩔쩔맸다.

또 하나 만사형통이라는 좋은 말이 이렇게 해석되기 시작했다. '만사는 형으로 통한다.' 그의 형 이상득이 공공의 적으로 부상하기 시작했다. 이명박이 대통령이 되었을 때, 사람들은 이상득의 정계 은퇴를 권했다. 그러나 형제는 용감하였다. 그러더니 결국 사사건건 이상득이 문제가 되기 일쑤였다. 그런가 하면 형의 친구이며 이명박의 정치적 스승이라는 최시중의 힘이 하늘을 찌를 듯하였다. 거기에 이상득의 비서 출신인 박영준. 지식산업부차관인 그를 가리켜 '왕차관'이라 부르기 시작했다. 어지간한 일에는 어김없이 이들의 이름이 거론되기 일쑤였다. 본인들과 전혀 관계없는 일들에 그 이름이 등장했을 수도 있었을지 모른다. 아무튼 공교롭다고 할까. 세 사람은 모두 감옥을 다녀왔다.

이명박의 대통령으로서의 최대 업적은 4대강 개발과 자원개발이다. 내 얘기가 아니라 자기들이 한 얘기다. 이명박은 이 두 가지에 대해 한결같이 주장하고 있다. 시간이 가면 이것이 정말 잘한 일이라는 것을 알게 될 것이다. 그 시간이 얼마나 걸릴지는 알 수 없으나, 제발 그렇게 되었으면 좋겠다. 다만, 일견 전문가들은 4대강 개발은 돈 먹는 하마이고, 자원개발이란 미명의 자원개발은 거의 사기당한 것이다, 라고 주장하기도 한다. 두고 보면 알 일이다.

현재 이명박은 대통령이 될 때에 견주어 국민 지지율이 바닥인 셈이다. 왜일까? 이명박은 국민에게 너무도 큰 실망을 안겨주었기 때문이다. 물론 우리 국민의 기대가 너무 컸기 때문일 수도 있다. 이는 기대를 지나치게 크게 주는 것도 일종의 사기라 할 수 있다는 것이다. 어차피 정치란 그런 것 아니냐고 한다면 말이다.

국가가 기업이 아니고 정치가 사업이 아닐진대, 아무튼 사업하던 사람은 사업을 하는 게 좋겠다. 영포라인은 싫어할 말일지 모르지만.

충견도 주인을 배신하나?

☙

박근혜는 복이 많다.

비록 20대에 부모를 모두 잃었지만, 박근혜는 복이 많다. 첫째 의식주 복이다. 적어도 지금까지 그는 눈물 젖은 빵을 먹지 않아도 되었다. 이는 여간한 복이 아니다. 어지간한 사람이 그의 나이쯤을 살아오려면 눈물 젖은 빵을 먹은 경험이 있다. 서울 또는 지방이라고 하더라도 부잣집이 아니었으면 그러지 않기란 불가능한 일이다. 그가 태어나서 어린 시절과 청년기에로의 성장기인 50년대와 60년대 한국의 현실은 그랬다. 그러나 그의 아버지는 그 시절에 대한민국 국군이었으며, 그것도 고급 장교에 장성이었다. 월급을 꼬박꼬박 탔을 것이며 혹시 부대에 공급된 물품 가운데 일부를 집으로 옮긴 생계형 부정을 했다면 더욱 배불리 먹었을 것이다. 사실 생계형 부정은 본인의 의지와 무관하게 저질러진 경우도 많았다. 나도 모르게 부하들이 저지른 경우가 없지 않았으니까. 그땐 그랬다. 그의 아버지는 어땠는지 모르지만. 아마도 가담하지 않았겠지. 대통령이 되기 전, 쿠데타할 때에 살던 신당동 집이 대궐 같진 않았으니까. 그러나 당시 신당동은 서울에서도 퍽 괜찮은 동네였고, 그의 동창생이 정몽준과 김승연인 것만 봐도 그 동네가 어느 수준이었는지 알 수 있다. 정몽준과 김승연의 아버지가 그때 재벌은 아니었지만 꽤 괜찮은 사업가였다. 그가 열 살이 된 때, 생계형 부정에 결단코 가담했을 리 없었으리라 짐작되는 그의 아버지는 정권을 탈취했다. 쿠데타를 일으켰다. 무혈 쿠데타의 성공으로 그는 '불행한 군인의 길'을 가게 된다. 스스로 그 길을 선택한 것이다. 그는 눈물을 지으며 말했다. "나같이 불행한 군인이 두 번 다시 나오지 않기를 바란다."라고. 그리고 그는 군복을 벗고 정치인의 옷을 입었다. 그러나 그의 말은 틀렸다. 사실 그의 불행은 군복을 벗고 정치인의 옷을 입은 데에 있었으니까. 후일의 일이지만.

따라서 10대의 박근혜가 마냥 즐거운 것에는 아무 이상이 없었다. 그는 대통령의 딸로 자라날 수밖에 없었다. 그의 아버지가 무려 18년 동안 대한민국의 집권자였으니 그의 의지와는 무관했다. 그에게 공주라는 별명이 붙은 것 역시 매우 자연스러운 일이었다. 그에게는 그의 의지와 무관하게 명예복이 있는 셈이다. 사실 복이란 게 자신과 무관할 때 더 복다운 것 아니랴. 20대에 접어들었을 때, 그의 아버지는 놀라운 결단을 내린다. 그의 아버지는 그것을 '유신'이라고 했다. 그가 매우 특별한 교과서로 공부한 것이 아니라면, 그의 교사들이 매우 특별한 수업을 한 것이 아니라면,

이 유신이라는 것이 민주주의의 명백한 후퇴라는 것쯤은 그도 알 았을 것이다. 그렇다고 그가 유신 철폐를 외치며 반유신의 선봉에 서리라고는 기대하지 않았다. 그런 일은 소설이나 드라마 또는 영화 속에나 등장하는 것 아니겠나. 그런데 사실 궁금하긴 하다. 삼선개헌에 반대하는 데모를 했고, 교련반대 데모를 했으며, 유신체제에 도전하는 스텐스를 취했던 동시대인으로서 그때 그가 어떤 자세였는지 궁금하긴 하다. 그의 서강대 절친 중에 이른바 운동권이 있었던 것을 아는 나로서는 그것이 알고 싶다.

그러던 중 그의 나이 22세 때 그는 그의 어머니를 잃는다. 어디가 편찮으시다가 돌아가셔도 가슴이 터질 듯한 아픔이 있을 22세 젊은 나이에 어머니를 잃는다. 교통사고라도 그 슬픔을 비교할 데가 없을 22세 젊은 나이에 어머니를 잃는다. 사실 22세의 나이는 어머니를 잃기엔 너무도 젊은 아니 아직 어린 나이다. 그것도 전쟁이 난 것도 아닌데, 총에 맞아 어머니는 돌아가셨다. 정말 가엾기 그지없다. 그의 슬픔과 아픔은 계량할 수 없다. 그 현장을 상당수의 국민이 보았다. TV로 전국에 중계되는 8·15경축 행사장에서 비통한 일이 생겼기 때문이다. 행사장에 언제나처럼 단아하게 앉아 있던 그의 어머니가 총에 맞아 고개를 떨구는 장면을 잊을 수는 없다. 국민들에게 그의 어머니는 아버지보다 훨씬 인기가 높았다. 그의 어머니의 이름은 육영수인데, 그를 만났던 사람들에게 그에 관해 물으면 이런 대답을 했다. "금방 개숫물 통에서 설거지를 하다가 행주치마에 손을 닦으며 뛰어나오는 것 같은 모습이었죠." 많은 이들이 공통적으로 한 대답이다. 이때 박근혜의 심정을 나로서는 알 수 없다. 그래서 계량할 수 없는 슬픔과 아픔 이상이었을 것으로밖에는 달리 표현할 길이 없다. 그는 딸이니. 그렇다, 그는 딸이니 어머니를 잃은 비통함이 더했으리라. 그러나 딸이었으므로, 그것도 큰딸이었으므로, 아버지에게 어머니의 빈 구석을 다소나마 채워드려야 했을 것이다. 갑작스런 어머니의 죽음이 자신을 성숙하게 했으리라. 대부분의 사람이 다 그러하듯 그도 그랬을 것이다. 남보다 일찍 슬픔을 털고 일어나야 했을 것이다. 동생 근령과 지만을 챙기기도 해야 했으리라. 자신은 물론 동생들에게도 슬픈 얼굴을 하지 않도록 다독여야 했을 것이다.

하느님은 그가 질 만큼의 짐을 주신다고 했던가. 박근혜는 자신이 짊어져야 할 짐의 무게를 충분히 감당했다. 그것이 자신에게 주어진 운명이라고 깨닫고 있었다. 그에게 운명처럼 다가온 퍼스트레이디라는 자리를 거부할 수 없었다. 어차피 짊어져야 할 짐이라면 기꺼이 지리라. 이때 그는 자기가 가야 할 길이 어디인지를 알았을까. 아버지는 아직 젊다. 유신체제는 아직도 오랫동안 아버지가 대통령을 한다는 뜻이다. 70까지 하신다면 자기 나이 근 40세까지는 퍼스트레이디를 하게 될 것이다. 결혼? 어려울 것이다. 나는 국가와 결혼해야 하는 몸이다. 그때 이미 결심했을 수도 있다. 의식주 복에 명예 복까지 있지만, 결혼 복은 없다. 그러나 여성이 국가와 결혼하는 복이 쉬운 복도 아니고, 반드시 나쁜 복도 아니다. 류관순 열사, 잔 다르크 같은 분들을 보라. 국가와 민족과 결혼한 끝에 한 남자의 아내로, 몇 자녀의 어머니로 살지는 못했으나 그들이 남긴 공적은 얼마나 거룩한가. 이런 점에서 그는 실로 엄청난 행로에 들어선 것이다.

그러던 1979년 10월 26일, 그는 전혀 예기치 못한 돌발사태에 직면하게 된다. 이것은 어머니의 죽음보다도 훨씬 큰 무게의 비극이었다. 글자 그대로 엄중한 사태에 직면하였다. 그의 아버지, 적어도 10년 아니 20년 어쩌면 영원히(?) 살 것 같았던, 박정희가 김재규의 총에 쓰러진 것이다. 이는 하늘이 무너지고 땅이 꺼지는 일이었다. 그러나 그는 매우 침착했다고 한다. 이렇게 엄청난 비극 앞에서도 공인으로서의 자세를 잃지 않았을 뿐 아니라 퍼스트레이디다운 품격 또한 잃지 않았다. "휴전선은요?"라는 이 한마디는 그가 우리나라의 퍼스트레이디임을 각인시키는 말이 아닐 수 없다. 그는 이미 나라 걱정의 선봉에 선 우리의 퍼스트레이디였던 것이다. 사람에 따라 다르겠지만, 스물여덟의 나이는 '과년한 처녀' '음전한 처녀'라고 불리거나, 아직은 '철없을 나이'이거나, 조금은 '수줍은 나이'다. 그렇게 냉철한 이성으로 품격을 유지하며, 아버지의 주검 앞에서 대성통곡하며 혼절하는 대신, "휴전선은요?"라는 나라의 안전 여부를 묻기에는 너무 젊은 나이, 아니 어린 나이가 아닐까. 실로 놀라운 일이다. 중국이 극심한 가뭄에 시달리던 중, 비가 쏟아지기 시작하자, 책을 읽던 모택동은 밖으로 뛰어나와, 두 손을 벌려 쏟아지는 비를 맞으며 만세를 외쳤단다. "온 중국 대지를 적시는 비가 쏟아지니, 우리 국민이 얼마나 기뻐하겠는가!" 이것이 모택동 나이 열다섯 때의 일이란다. 더 우스운 얘기는 김일성 나이 불과 다섯 살 때는 이런 일이 있었다고도 한다. 어린 시절부터 책읽기를 좋아하던 김일성은, 책을 읽기에도 열심이었지만, 책을 너무도 깨끗한 채로 읽었다고 한다. 왜냐하면 여러 동무들이 돌려 읽어야 하니 깨끗이 읽어야 한다는 것이었다. 놀라운 일이 아니냐. 다섯 살 어린 아이가 그런 생각을 하며 책을 읽었다니. 사실 놀라운 일이 아니라, 웃기는 얘기다. 일종의 우상화 작업의 하나인 셈이다.

박근혜의 "휴전선은요?"라는 얘기를 들으면서 문득 그런 생각이 들었지만, 박근혜의 경우는 아닐 거라고 확신했다. 왜냐하면, 그는 이미 스물여덟이었고, 퍼스트레이디였고, 박정희의 딸이었기 때문이다. 무슨 얘기냐? 아마도 그는 고도의 훈련을 받았을 것이 분명하다. 이런 훈련이 없었다면 이 나라는 그야말로 수준 이하의 국가였다고밖에는 말할 수 없기 때문이다. 나처럼 별로 존재 없는 집안의 자식 역시도, 스물서넛 나이에 경제전문지의 편집장을 했었고, 스물 대여섯에 도하 일간지를 장식한 연극의 연출자로 이름을 날렸고, 박근혜 나이에 이미 박완서의 〈꼴찌에게 보내는 갈채〉 등을 출판한 출판사의 사장이었으니까. 그는 충분히 "휴전선은요?"라고 말할 수 있었을 것이다. 그가 유세 중 칼에 맞았을 때, "대전은요?"라고 했던 것을 볼 때, 어김없이 그렇다고 확신한다.

그러나 이렇게 충일한 애국심의 퍼스트레이디 박근혜는 우리의 정치무대에서 사라졌다. 그는 그의 아버지 박정희의 죽음과 동시에 한국 정치무대에서 사라졌다. 이때에 그는 무엇을 했을까? 박근혜의 신비주의라고 하지만, 정치란 그런 것이다. 과거는 늘 시비의 대상이 되고, 미래는 늘 비전이란 이름으로 팔고 사는 것, 그리고 현재는 과거와 미래의 비빔밥이거나 섞어찌개가 되는 것이다. 그러한 까닭에 무대에서 사라지면 그의 존재는 잊혀지기 일쑤다. 마치 무대에서 사라진 배우가 잊혀지듯이. 더욱이 박근혜처럼 그 자체가 발광체가 아닌 경우, 빛은 빛의 속도로 사라지고 만다. 아버지의 빛 속에서 빛을 발한 박근혜가 그 자신의 실체를 비로소 알게 되는 시간 속으로 그는 들어간 것이다. 그것은 그가 흑암의 세계에 놓이게 되었음을 의미한다. 모든 이들이 집중적으로 향하던 시선을 약속이라도 한 듯 일거에 거두어들인 것이다.

모든 것이 사라졌다. 그는 아무도 경험할 수 없는 시간 속에 갇힌 것이다. 그런가 하면 그 시간은 그에게는 신이었던 아버지 박정희, 아버지의 표현대로라면 일부 몰지각한 일부 국민을 제외한 대부분의 국민이 존경하고 감사했던 박정희에 대한 마음이 변하기 시작한 시간이기도 했다. 아버지는 영원하리라고 굳게 믿었다. 설령 육신은 떠나더라도 아버지가 쌓아놓은 공든 탑은 결코 무너지지 않을 줄 알았다. 불모의 땅에 심어놓은 조국근대화의 물결은 영원히 빛을 발할 줄로 믿었다. 그런데 18년 독재 앞에 모든 것이 물거품이 되고 있었다.

이때에 박근혜는 무엇을 했을까? 아무도 그를 바라보지 않던 바로 그 시간에 그는 무엇을 했을까? 그는 인생무상을 실감했을 것이다. 그의 아버지에게는 물론이거니와 그에게도 오로지 "네"라고밖에는 하지 않았던 사람들이 표변하는 모습을 보았을 것이다. 차라리 그에게 "아닙니다."라고 했었다면 좋았을 것이다. "아닙니다."란 말을 모르던 사람들이 밀린 숙제하듯이 "아닙니다."를 토한다. 어쩌면 저럴 수가 있을까? 사람의 탈을 쓰고 저럴 수는 없다. 주저 없는 '배신자'들 같으니라고. 가만두지 않을 거야. 반드시 복수하고 말 거야. 물론 처음부터 그랬으리라고는 생각하지 않는다. 짐작도 하지 않는다. 그러나, 배신하리라고 도저히 생각할 수 없는 인간의 배신을 바라보면서 그의 생각이 바뀌고 그의 결단이 심화되었으리라. 자신이 엘리베이터에서 우연히 만난 아버지의 충견임은 물론 자기에게도 충복처럼 행동하던 자가 자기를 모른 척 외면하는 순간 그는 결심했을 것이다. 그날이 오면 너부터 처단하리라. 정말 개보다도 못한 놈이 바로 너다. 세상이 이대로 존재하게 두면 이 세상에는 사회정의도 공정사회도 없어진다. 이래서야 될 일인가. 아버지가 이런 세상을 만들기 위해 일부 몰지각한 사람들에게 그렇게 심한 욕을 먹으며 사신 것인가. 이런 세상은 안 된다. 안 된다. 안 된다.

희미한 옛사랑의 그림자

🔱

마침내 박근혜는 자신의 결심을 행동으로 옮긴다. 기회가 온 것이다. 정치무대에서 사라진 뒤 20년 만이다. 과연 그는 '돌아온 장고'처럼 돌아온 것일까. 나는 그렇게 생각하지 않는다. 절치부심하고 와신상담한 끝에 복수의 칼을 꽂기 위해서 돌아온 것은 아닐 것이다. "왔노라, 보았노라, 이겼노라."는 대통령이 되기 위해 무대에 오른 최강의 리턴스인 것만은 분명했다. 그가 아버지와 자신을 배신한 배신자에게 응징을 가하기 위해 왔다면, 20년의 침묵 끝에 겨우 막장드라마 한 편을 쓰기 위해 왔다는 것일까. 설마. 그러기엔 20년이란 시간과 그 시간이 쌓았을 그의 내공이 아깝다는 생각이었다.

면벽 10년이면 도를 통한다고 했다. 그런데 그 두 배인 20년이란 시간 동안 면벽이 가져온 결실이 고작 그것, 배신과 복수라면 너무 한심하지 않겠나. 적어도 20년 만의 외출이라면 그것은 아니리라고 확신했다. 이러한 나의 확신은 명중했다. 아버지의 조국근대화는 우리 사회에 절실한 것이었고 모든 사람들의 소망과도 일치했다. 그러나 아버지는 심각한 권력 독점과 이에 따른 극심한 분열과 갈등, 패배주의, 분노와 증오 등을 우리나라 곳곳에 심어놓았다. 사회적 다양성과 창조의 에너지를 파괴하였다. 나는 준비된 여성대통령이 될 것이며, 아버지가 저질러놓은 적폐를 해소하겠다. 경제민주화를 이룰 것이며, 증세 없는 복지를 약속하며, 남북통일의 기반을 더욱 공고히 할 것이며 등등 그대로만 되면 더없이 좋은 대한민국이 눈앞에 다가온 듯하였다. 우파는 물론이거니와 좌파도 할 말을 잊게 되었다. 국민도 마찬가지였다. 저 80년대 초반으로 넘어갈 무렵 정수라가 부른 노래 〈아! 대한민국〉의 대한민국이 마침내 구현되리라고 가슴이 터질 듯하였다. 남자를 여자로 바꾸고, 노인을 청년으로 바꾸는 일 말고는 안 될 일이 없을 것 같았다.

아, 또 고령 박씨의 신세를 지는구나. 그런데, 대통령 후보 TV 토론에 나온 그의 말은 왠지 실망스러웠다. 과연 그는 준비된 여성대통령이 될 수 있을까. 상대 후보가 어떻게 그런 세상을 만들 것인가, 라고 묻는 질문에 그의 답변은 너무도 간단명료했기 때문이다. '잘'이었다. 잘이라니. 이게 무슨 TV의 코미디 프로그램도 아니고, 한 나라의 대통령 후보 토론회인데, '잘'이다. 그러나 그때는 이미 이를 따질 시간이 없을 때였다. 선문답도 아니고, 무슨 토론이 이래? 하는 때에 이미 투표가 시작되었다. 결과는 약 52대 48.

박근혜 승이었다.

마침내 그는 대통령이 되었다. 상대 후보인 문재인은 늦으면 지각생이 될까 두려워선지 자신의 패배를 시인하며 박근혜의 승리를 축하했다. 이제 나랏일은 박근혜의 인수위원회에 달려 있게 되었다. 다수의 국민들은 그때 생각했었다. 아마도 인수위원장은 김종인이 맡게 될 것이라고. 그러나 김용준이 인수위원장에 발탁되었다. 헌법재판소 소장을 지낸 김용준은 정치적인 인물이 아니었다. 비정치적 인물을 발탁한 것으로 보아 박근혜는 화합의 정치를 할 것으로 생각했다.

나는 김용준을 보봐르 원작의 〈위기의 여자〉 공연장에서 본 적이 있다. 당시 김용준은 헌법재판소장이었다. 부부 동반으로 서교동 산울림 소극장을 찾은 그를 보니 참 감동적이었다. 헌법재판소 소장은 국가서열이 상당히 높은 사람인데 이렇게 연극 구경을 위해 소극장을 부부 동반으로 온 것은 흔한 일이 아니었다. 요즈음도 마찬가지지만. 요즈음은 국회의원들이 떼를 지어 영화감상 나들이하는 모습을 더러 보는데, 이것은 정치행위에 불과한 까닭에 감동이 없는 게 사실이다. 적어도 부부동반으로 산울림 소극장에 손님으로 온 김용준 부부는 멋졌다. 그래서 그가 인수위원장이 되었을 때, 나는 안정감 같은 것을 느꼈다. 박근혜가 배신과 복수의 막장드라마를 쓰지 않을 것이란 확신이 있었다.

그런데 왜 김종인의 역할이 없을까? 본 게임에서 보도를 꺼내려고 아끼는 것일까? 자꾸 그런 생각이 들어 뒷골이 아팠다. 이럴 때마다 사실 인수위원회의 역할이 그리 큰 것은 아닐지 몰라, 라는 생각을 했다. 그런데, 인수위원회에서 날이 갈수록 이상한 소리가 들려왔다. 사실 인수위원회가 할 일이 그리 복잡할 것도 없지 않겠는가? 선거운동기간에 박근혜가 국민에게 공개적으로 약속했던 바로 그것들을 박근혜의 말대로 '잘'하기 위해 이렇게저렇게 하겠다고, 그 '잘'을 구체화하면 되는 것 아니겠나?

그런데 서서히 변해 갔다. 시작도 하기 전에 변해 갔다. 초미의 관심사들이 변하는데, 유권자인 국민에게 설명도 없었고 이해를 구하지도 않았다. 대표적으로 경제민주화가 경제활성화로 변했다. 경제민주화를 통해서 경제활성화를 시킬 것이니 무슨 걱정이냐는 식이었다. 어떻게 이럴 수 있을까. 선거 끝난 지 며칠이나 지났다고 이러나. 후보시절, 지하경제를 양성화시키겠다는 말을 지하경제를 활성화시키겠다고 해서, 구설에 오른 적이 있었다. 그게 실언이 아니었나, 라는 끔찍한 생각이 머리를 스쳤다. 경제민주화는 어디로 가고 경제활성화가 날개를 단 듯이 훨훨 날고 있는가? 이런 분위기 속에서 김종인은 어느덧 희미한 옛사랑의 그림자가 되어가고 있었다. 기자들이 김종인을 가만둘 리 만무. 그때만 해도 김종인은 이렇게 말했다. 아직 시작한 것도 아닌데 뭘 그러느냐고. 그렇다. 지금은 인수위원회일 뿐이다.

그런데 참으로 알 수 없는 것은 준비된 여성대통령을 캐치프레이즈로 내세운 박근혜가 인수위원회 구성에 엄청난 시간을 흘려보내고 있는 것이었다. 무엇이 준비되었다는 것일까. 캐치프레이즈는 캐치프레이즈일 뿐이란 말인가? '침대는 가구가 아닙니다, 과학입니다.' 문득 홍보전문가로 선거캠프에서 활약한 그 사람이 떠올랐다. 홍보 따로 실체 따로인가? 사람에 따라서 홍보에 대해 이해가 매우 부족한 경우가 있다. 내용은 아무것도 없는데, 홍보는 멋지게 해달라는 사람이 그런 사람이다. 홍보전문가 입장에서는 정말 난감한 경우다. 왜냐? 잠시 사람들의 눈을 속인다 하더라도 금방 탄로 날 것이 분명한데, 어떻게 해야 한담? 홍보전문가는 사기꾼이 아니다. 자기 자신이 납득하지 못하면 남을 설득하지 못한다. 그런 까닭에 '준비된 여성대통령'이 단순히 '준비된 대통령'이라고 캐치프레이즈를 써서 대통령 된 사람이 있었으니 그냥 따라가자고 한 것이 아니라면 이게 무슨 일일까. 매우 당황스러웠다. 속이 빈 강정? 아닐 것이다. 그는 면벽 10년도 아니고 20년이다. 그런데 속이 빈 강정이라니, 무슨 망발인가? 게다가 근 20년 가까운 시간 속에서 말 많고 탈 많은 정당을 이끌어왔다. 야당 그것도 힘이 센 야당의 수뇌였다. 때로 여의치 않아 군소정당이 되는 위험마저 불사하며 신당을 창당하여 이끌기도 하였다. 그런 결과 군소정당의 리더가 아닌 위화도 회군과도 같은 위업(?)을 이루어냈다. 화려한 복귀였다.

이러한 과정 속에서 박근혜는 정당에서 가장 중요한 선거의 여왕이 되어 있었다. 그는 이명박과의 당내 경선에서 패배한 것을 제외하고는 진 적이 없다. 그는 마치 이기기 위해서 태어난 것 같았다. 그리고 마침내 대통령에 당선되었다. 그런 그가 왜 이렇게 잉태에 성공하였으나 출산이 더딘가? 준비에 준비를 하고, 그러면서도 또 무엇을 재기에 이렇게 더딜까. 그리고 몇 차례의 인수위원 임명이 왜 여의치 않았던 것일까. 처음부터 '뜻 같지 않네'가 되었다. 자신의 생각과 세상의 생각이 달랐다. 이때부터 그의 자尺와 세상의 자가 다른 경우가 점점 많아졌다. 여당은 조바심 속에서 지켜보았고, 야당은 즐기며 비판을 가했다. 그는 예의 묵묵부답이었다. 침묵은 금이라는 격언은 오늘에 이르러 결코 금이 아니라는 것을 그가 모르는 것 같았다. 침묵은 금, 그것은 옛말이 된 지 오래다. 오늘의 침묵은 할 말이 없다와 같은 뜻이다. 아무튼 시간은 흘러갔고, 인수위원회도 죽 쑤다 밥이 된 것인지, 밥하려다 죽이 된 것인지 모르게 끝났다.

드디어 메인게임이 시작되었다. 2013년 2월 25일 대통령 박근혜의 임기가 시작되었다. '준비된 여성대통령'의 보따리를 푸는 그날이 왔다. 일부 몰지각한 국민—그의 아버지 박정희가 자신에게 반대했던 국민을 습관처럼 지칭했던—을 제외한 모든 국민의 기대 속에서 그는 '박근혜 정부'를 시작했다. 인사가 만사라고 했으니, 인수위원회 때처럼 되지 않기를 간구했다. 그런데, 그런데 말입니다—〈그것이 알고 싶다〉의 김상중 말투 좀 흉내 내보자—이게 어찌 된 일입니까. 도대체 이게 뭡니까—김동길의 말투로—처음부터 일이 꼬이기 시작했다.

국무총리 얘기다. 윤창중 에피소드가 없지 않으나 그것은 나중에 큰일이 터지니 그때 얘기하기로 한다. 김용준이 국무총리 후보가 되었다. 어차피 대통령 책임제 나라에서 국무총리의 역할을 대수롭다고 생각한 적이 없는 나는 괜찮다고 생각했다. 흔히 말하는 무난한 인사라고. 그런데 부동산 투기를 비롯한 몇 가지 문제가 불거지자 김용준은 국무총리 후보직을 물러났다. 최초의 여성대통령의 국무총리 지명은 실패작이었다. 사실 김용준은 사법시험의 수석합격자였고, 최초의 장애인 국무총리가 될 수 있었다. 그러나 되지 못했다. 자기 자신에게도 상처지만, 박근혜에게도 상처가 아닐 수 없었다. 당내 경선에서 이명박에게 패배했던 것 외에는 패배를 기록한 적이 없는 박근혜였다. 선거의 여왕 박근혜가 대통령으로서 생각과 생각 끝에 국무총리를 임명했는데, 국회의 인사청문회에 가기도 전에 물러선 것이다. 김대중 때 김종필은 국무총리 서리로서 국무총리가 되었다. 바로 이 인사청문회를 통과하지 못해서. 이른바 DJP연합정권이었으니 고육지책으로 출발한 것이었다.

저는 이렇게 생각합니다

침묵하는 대통령, 침묵하는 비서실장

✿

바둑에 이런 말이 있다. 장고 끝에 악수. 오랜 생각 끝에 놓은 수가 나쁜 수였다는 뜻. 또 장고 끝에 패착. 오랜 생각 끝에 놓은 수가 지는 수라는 뜻. 박근혜의 인사는 김용준 이전에도 문제 제기가 있었지만, 김용준의 총리 인선 이후 크게 문제가 된 경우가 더욱 많았다. 준비된 여성대통령의 준비는 안타깝게도 충분하지 못했다는 사실이 증명되는 것 같았다. 그러더니 말 많고 탈 많던 대변인이 마침내 탈을 내고 말았다. 윤창중이 대통령의 첫 번째 방미길을 수행하던 도중 매우 불미스러운 짓을 저질렀다. 입에 담기도 싫은 성범죄를 저질렀다. 정부의 고위 공직자가 성범죄를 저질렀다니 이것만으로도 엄청난 일이다. 이럴 때 꼭 따라오는 말이 있다. 미국의 대통령이었던 빌 클린턴은 대통령의 신분으로 인턴사원과 부적절한 관계를 맺었었다. 그래도 잘 넘어가 대통령의 임기를 마쳤다. 그러니 별것은 아니지 않는가, 라는 얘기다. 이에 대해 한마디로 윽박지르자면, 당신은 클린턴이 아니지 않는가, 라는 말이다.

일정한 시기 전에 이런 일이 있었다면 문제가 되지 않을 수도 있었을 것이다. 여성의 인권이 무시되던 시대가 있었다. 이것이 얼마나 옳지 않은 일이었는지에 대한 각성이 일어난 지 오래이고, 이제는 이런 짓에 대한 관용이 응징밖에는 없게 되었다. 따라서 윤창중이 저지른 짓에 대한 여론의 심판 역시 불관용의 원칙이 적용될 뿐이었다. 더욱이 발전한 SNS시대는 그의 행위가 거의 실시간으로 국내에도 알려졌다. 그가 저지른 짓과 아울러 대통령 수행원 그것도 대변인이 어떻게 그런 짓을 할 수 있는가에 관심이 모였다. 한마디로 이는 대통령을 능멸하는 짓이 아닐 수 없다. 그럼에도, 그는 헐레벌떡 홀로 귀국하여 기자회견을 하였다. 침묵이 금이라는 금언은 이를 두고 하는 말이 아니었을까. 유구무언이라는 말도 있다. 입이 있어도 할 말이 없다. 죄인이 무슨 말을 하오리까, 라고 했으면 그래도 낫지 않았을까. 그는 조금은 초췌한 모습으로 국민 앞에 섰다고 할 수 있는 기자회견을 통하여 감히 변명을 시도하였다. 정말 감히 그런 기자회견을 어떻게 하려 하였으며 실제로 하였을까. 국민들 속에는 분개함과 조소와 자괴감이 혼재되어 있었다. 자기 혼자 갔던 방미길이었으면 그나마 나았을 것이다. 그러나 대통령을 수행한 대변인이 아니었던가.

사람들은 생각했다. 도대체 이 정권의 무엇이 윤창중을 저토록 오만방자하며 방약무인하게 만들었을까. 과거 같으면 보고 즉시 파면이 옳았을 것인데, 귀국 이후 기자회견이라니. 윤창중이 뭐길래. 국민들은 더럽게 우울했다. 그야말로 더럽게. 아무튼 그는 떠났다. 우여곡절 끝에. 그러나 국민이 입은 상처는 참으로 오래 갔다. 이때, 박근혜는 국민이 입은 상처를 알아야 했다. 국민이 입은 상처의 의미를. 대통령을 지지하거나 반대하거나 국민이 얼마나 대통령을 사랑하는지. 대통령을 수행하는 자가 이런 짓을 저지른 게 아니었다면 이렇게까지 격분하지는 않았을 것이라는 사실을 대통령은 알았어야 한다. 그러나, 윤창중을 처리하는 과정에서 대통령이 보여준 행동은 국민의 마음을 깊게 헤아린 것은 아니었다. 좀 더 빨리, 좀 더 엄중하게 처리했어야 한다. 이것이 매우 아쉬웠다. 만약 대통령의 사람이 잘못을 저질렀을 때, 매우 신속하게 매우 엄하게 벌하는 것이 곧 대통령이 밀리는 것이 되는 것이라고 조언한 자가 있다면, 이는 대통령을 망치는 일이다. 그런데 과연 어땠을까, 나는 궁금했다.

대통령은 청와대 비서실을 개편하였다. 비서실장에 획기적(?)이랄 수 있는 인물이 뽑혔다. 김기춘이었다. 김기춘. 이미 우리 기억에서 사라졌던 사람이 나타난 것이다. 나이는 아마도 70대 중반. 너무 빠른 명퇴 때문에 고통과 좌절에 빠진 사람들에게 희망을 주는 인사를 하기 위해서였을까. 사람들은 왕실장 운운했다. 힘이 센 비서실장이 등장했다는 뜻이었다. 과연 그가 왕실장이었는지 아닌지를 나로서는 알 수 없다. 다만, 그때 김기춘을 멋쩍게 만드는 몇 가지 일이 있었다. 먼저 채동욱 사건이다. 검찰총장인 채동욱에게 숨겨놓은 혼외자가 있다는 것이다. 결국 채동욱은 검찰총장 직에서 물러났다. 사실 이런 일은 채동욱을 검찰총장에 임명하기 전에 걸러졌어야 하는 일이다. 그런데 그때는 왜 거르지 못했을까. 거르지 못했다면, 그때 마땅히 거르는 일을 하던 사람을 문책해야 한다. 그런 일이 있었는지는 모르겠다. 만약, 그때는 그런 것이 문제가 안 되었는데, 국정원 대선 관련 사건 수사와 관련된 것이라는 소문이 사실이면, 이는 분명 잘못된 일이다. 이때 김기춘은 침묵했다.

다음은 세월호 사고이다. 일반인과 나이 어린 학생들을 가득 태운 세월호가 진주 팽목항에서 좌초하여 침몰했다. 그 배에 타고 있던 일반인은 물론이고, 수학여행을 가던 경기도 안산고등학교 학생 다수가 목숨을 잃었다. 더욱 아이러니컬한 것은 세월호의 침몰과 함께 목숨을 잃은 학생들은 말을 잘 들은 학생들이었다. 선생님 말을 무시하고 뛰어나온 학생들은 배를 탈출해 살 수 있었지만, 선생님 말을 착실하게 지킨 학생들은 배의 침몰과 동시에 목숨을 잃고 말았다. 실로 가슴 아픈 사고였다. 바로 그날 대통령의 7시간 동안의 동선을 알 수 없었다. 김기춘은 대통령의 동선은 기밀이기 때문에 밝힐 수 없다고 했다. 대통령은 그 7시간 동안에도 상황을 잘 알고 있었다고 했다. 그러나 대통령은 상황을 잘 알고 있었다고는 도저히 말할 수 없는 말을 했다. 어이없게도.

이와 함께 사고 배인 세월호에 대한 수사가 시작되자 유병언의 구원파들은 김기춘을 비난하는 플래카드를 내걸었다. 마치 이 배와 구원파와 김기춘이 관계라도 있다는 것처럼. 이에 대해서도 김기춘은 침묵했다. 그리고 이에 대한 침묵은 지금까지도 계속되고 있으며, 아마도 영원히 그럴지도 모른다. 또 김기춘이 국가 보안사항이라고 했던 대통령의 7시간 동선과 관련하여 유언비어가 심각히 돌았다. 그때도 김기춘은 물론 침묵으로 일관했다. 그러더니 느닷없이 정윤회니 박지만이니 문고리 3인방이니 십상시니 하는 말들이 시중에 떠돌고, 신문지상과 '종편'을 도배하기 시작했다. 이때도 김기춘은 침묵했다.

수사는 시작되었다. 결과는 정윤회와 문고리 3인방, 십상시의 완전한 승리였다. 박지만 혼자만이 승리도 패배도 아닌 어정쩡한 입장이었다. 다만, 이들에 대한 업무를 맡았던 사람 한 명이 자살했고, 나머지는 기소되었다. 이때도 김기춘은 침묵했다. 이러면서 박근혜의 임기 5년 중 2년이 달아났다. 아까운 시간이 낭비된 셈이다. 그리고 김기춘이 비서실장 자리를 떠났다. 그러고 보면 김기춘은 침묵의 실장이었던 셈이다. 이 덕분에 박근혜는 소통이 먹통인 대통령이 되었다. 침묵의 보좌는 반드시 필요했을까. 오히려 대통령에게 마이너스는 아니었을까. 그리고 우리나라에도. 과거의 사람이 과거 기준의 충성심으로 침묵의 보좌를 함으로써 대통령에게도 또 나라에도 도움이 되지 않았다면 그 책임은 누구에게 있을까. 혹시 먼 후일 역사가 스스로 평가하게 되겠지만 내일이면 늦으리가 되지 않을까.

이런 숙제를 풀지 않은 채, 이번엔 이병기가 비서실장이 되었다. 비록 70대 초반이지만, 과거의 인물이 아니라고 할 수는 없다.

노태우 때 이름이 알려진 사람인데, 오늘날 국정원장으로, 비서실장으로 놀라운 변신을 거듭하고 있다. 그런데 정말 놀라운 것은 김기춘을 롤모델로 삼은 것인지 이병기 역시 침묵주의자라는 것이다. 유승민 찍어내기를 하는 동안 그가 한 일이 무엇인지 나는 모른다. 하기사 침묵은 금이라고 했으니, 대통령과 나라에 도움이 되었기를 바란다. 그들 사이에는 말 없이도 이심전심의 소통이 가능한지도 알 수 없다.

세상에서 뭐라고들 입방아를 찧더라도 나는 분명한 나의 길을 가련다. 그런 점도 대통령에게는 필요하다. 너무 흐물흐물하여 이런들 어떠하고 저런들 어떠하리가 되면 정말 큰일이다. 그렇다고 나처럼 하지 않는 것은 모두 애국애족하는 것이 아니라고 하면 이보다 더 큰일도 없다. 나 아니면 안 된다고 함으로써 매우 불행한 길을 갔고, 그리하여 1남2녀의 삶을 매우 불행하게 한 장본인을 가장 가까이에서 볼 수 있었던 복까지도 갖지 않았는가. 아버지가 자식에게 절제와 자기 억지의 미덕을 그토록 치열하게 가르칠 수는 없다. 아버지 박정희가 딸인 박근혜에게 준 가장 아름다운 선물은 바로 그것이 아니랴.

이제 대통령이 된 박근혜가 철저히 지켜야 할 것은 절제, 바로 그것이다. 거듭 말하거니와 아직도 임기의 절반이 남았으니 일할 시간은 충분하다. 솔직히 박근혜를 대통령이 되게 한 최고의 공로자는 박정희다. 그런 까닭에 대통령을 잘하는 것이 진정한 효도인 셈이다. 아버지가 원하는 것이 무엇일까. 딸 박근혜가 자기처럼 두고두고 국민의 가슴속에서 살아 움직이는 대통령이 되는 것 아닐까. 아버지의 단점으로써가 아니라 장점의 합으로 말이다. 배부르고 등 따습게 해준 것이 박정희의 공로다. 무시무시한 독재공포정치를 그리워하는 사람은 없다.

여기서 박근혜가 가야 할 길은 분명해진다. 누가 뭐라고 달콤한 얘기를 하더라도 귀 기울이지 말고 속지 말기 바란다. 그리하여 이 나라에서 보릿고개란 말을 몰아낸 아버지 박정희처럼 편안하게 살게 해준 딸 박근혜를 기억하게 해야 한다. 할 수 있다. 아직 늦지 않았다. 아직 임기의 절반이 남아 있으니까. 국민에게 약속한 것을 샅샅이 톺아보고 이제부터 다시 운동화끈을 조여매기 바란다. 이것은 이 나라를 위한 나의 간절한 소망이다.

임기 절반 남긴 '박근혜 정부'가 해야 할 일

'빨간 마후라는 하늘의 사나이/하늘의 사나이는 빨간 마후라/
빨간 마후라를 목에 두르고…'

신영균이 주연한 〈빨간 마후라〉는 공군을 주제로 한 영화다.
공군 조종사들이 빨간 머플러를 목에 두른 것에서 착상하여 한운
사가 시나리오를 쓴 영화로 히트를 친 작품이다. 그때, 빨간 머플
러를 보는 어떤 사람도 그들을 가리켜 빨갱이라고 생각도 얘기도
하지 않았다. 그런데 어느 날부터 우리는 빨간색에 대해 특별한 생
각을 갖기 시작했다. 그것은 빨갱이들이 좋아하는 색이고, 따라서
빨간색을 좋아하는 사람은 빨갱이라고.

사실 나는 모른다. 정말로 빨갱이들이 빨간색을 좋아하는지를.
그래서 붉은 악마가 등장했을 때, 나는 놀랐다. 붉은 악마라고? 붉
은 천사도 아니고 붉은 악마가 우리 축구팀을 응원하는 대표 응원
단의 이름이라고? 남녀노소를 가리지 않고 붉은 티셔츠를 입고 이

상한 뿔을 머리 위에 꽂고 대한민국을 외치는 그 모습은 매우 신기했다. 60을 넘어 70을 넘어 80, 90, 100의 나이에 다다른 사람들에게 붉은 악마는 매우 특별한 경험이었다. 그들은 빨간색을 드러내고 좋아할 수 없는 기억에 갇혀 살았기 때문이다.

빨간색은 우리 사회를 알게 모르게 억누른 색깔이었다. 빨갱이라고 하면 무조건 잡아가고 잡혀가던 시대를 오래 살았다. 그 빨간색을 온통 몸에 감은 응원단 붉은 악마는 우리를 빨간색에서 해방시켰다. 어찌 보면 우리 사회에서 금기시되던 붉은색의 부활이라고 하겠다. 그럼에도 정치권에서는 붉은색의 이상한 압박감에서 완전히 벗어나지 못했다. 야당에서 더러 붉은색을 대표색이나 상징적인 색으로 사용하면, 매우 못마땅해하며 야당의 정체성에 시비를 걸기도 했다.

그랬는데, 이 문제의 붉은색을 박근혜의 새누리당이 덥석 손에 넣었다. 마치 붉은 악마처럼 새누리당이 붉은색을 독점하기 시작했다. 실로 충격적인 반전이었다. 그들이 얼마나 싫어하던 붉은색이던가. 기회를 만들어서라도 그들은 색깔 논쟁을 벌여오지 않았던가. 그러던 그들이 이른바 좌파의 색깔을 그들의 상징적인 색으로 쓴다니? 이른바 진보의 색깔을 그들이 쓰기로 했다니? 정말 깜짝 놀랐다. 이른바 좌파와 이른바 진보 쪽에서 사용하던 용어도 그들이 과감히 쓰기 시작한 것이다. 내가 좌파와 진보 앞에 '이른바'라는 말을 사용한 까닭은, 이 나라의 좌파나 진보 쪽이 진정 좌파이고 진정 진보 쪽이라고 보기에는 과장된 부분이 많기 때문이다.

좌파나 진보에 대한 정확한 진단 문제는 다른 기회에 말하기로 하고, 일단 여기선 박근혜의 새누리당이 깜짝 놀라게 한 변화에 대해서만 얘기하기로 하자. 대표적인 것이 '경제민주화'다. 그들은 경제민주화란 말만 들어도 펄쩍 뛰던 사람들이었다. 그들은 경제라는 말 뒤에는 개발이니 성장이니 활성화니 하는 말 이상은 붙일 줄 모르는 사람들이었다. 그런데 그들이 기억상실증 환자라도 된 양, 아주 오래전부터 경제민주화를 부르짖었던 사람들이었던 것처럼 경제민주화의 신봉자들이 되었다. 참으로 놀라운 변신을 보여주었다.

그다음이 복지라는 말이었다. 더욱 감동적인 것은 복지라는 말 앞에 '증세 없는'이라는 말까지 붙었다. 이름하여 증세 없는 복지. 복지의 수혜자 입장에서는 이처럼 반가운 말이 어디 있으랴. 복지가 확충되려면 세금도 늘어날 것이라고 생각하는 게 일반적이다. 그런데 이들은 세금을 늘리지 않은 채, 복지를 자신하니 이 얼마나 반가운 일이냐.

이뿐이 아니다. 노인들, 65세 이상의 노인들에게는 무조건 20만 원씩을 주겠다고 했다. 예전 같으면 이런 소리가 귓등으로 들렸겠지만, 65세가 지난 노인 입장이 된 오늘 얼마나 솔깃한지 모른다. 한 달에 20만 원이면 얼마나 쓰임새가 많은지 예전엔 미처 몰랐다. 노인의 기밀비 내역을 묻지 마라. 젊은 너희들 머리 아플 테니. 나도 이제 다달이 쓸 수 있는 20만 원이 생긴다. 신난다. 노인들이 벌써부터 그것 나올 날을 얼마나 기다렸던지. 선거도 아직 여러 날 남았는데 말이다.

이뿐이랴. 애 엄마들은 그들대로, 근로자들은 그들대로, 유식한 말로 연령별, 계층별, 직종별, 들뜨고 들떴었다. 이렇게 되면 좋으면 좋았지 나쁜 일일 것은 없다. 그런데, 과연 증세 없이 가능할까, 그런 복지가? 그래도 믿었다. 명색이 대통령 후보자 이야기 아니냐. 우리 국민들이 미심쩍어하면서도 마구 좋아할 때, 야당은 어떠했나? 그들이 하고 싶던 얘기를 박근혜와 새누리당이 주저 없이 거침없이 오리지널 레퍼토리처럼 마구 불러젖히니 '아연실색'이 야당의 처지였다고나 할까. 그들은 난감하여, 박근혜와 새누리당의 공약 검증단 같은 입장에서 고작 그것을 어떻게 하겠다는 것이냐 구체적인 방안을 제시하라는 것이었다. 박근혜와 새누리당이 터뜨리면 그것을 좇아 검증하기 바빴다. 가능하다, 불가능하다. 황당한 수치이다, 실현 가능성이 낮다. 야당의 소리가 잘 들리지 않게 된 것은 자연의 이치라고나 할까. 박근혜와 새누리당의 이슈 선점과 선제적 문제 제기에 쩔쩔매며 땀 닦기 바쁜 그들의 목소리는 이미 기선을 제압당한 셈이니 잘 들리지 않을 수밖에 없었다.

그런데 이상한 것은, 정말로 이상한 것은 야당이 이런 주장을 했다면 머플러 색깔부터 시뻘건 것들이 황당한 소리를 하는 게 오로지 당선만 하고 보자는 것이구먼, 이라는 소리를 듣기 십상이다. 그런데 박근혜와 새누리당에 대해서는 "잘한다, 잘해!" 소리를 하며 궁짝이 아주 잘 맞는다. 이른바 우파와 보수 쪽 사람들이 말이다. 자기네 편이니까 당연하지, 라고 할 수 있겠지만 이렇게 확 뒤

집힐 수가 있을까. 만약 야당이 이런 주장을 했다면 별 소리에 별 짓을 다할 사람들인데 말이다. 그렇다면 우리나라에는 진정한 우파도 좌파도, 보수도 진보도 없다고 생각한 내가 과히 틀린 것이 아니란 확신을 갖게 되었다.

어떤 사람이 자신은 평생 선거에서 이긴 사람 이긴 정당 편이라고 말했다는데, 그 말이 맞다는 생각에 자괴감을 느꼈다. 심지어 여론조사를 할 때도 그런 건 왜 묻냐, 나는 묻는 당신과 같다고 대답했다는 얘기도 들었다. 실로 어이없는 혼란의 와중은 오늘도 계속되고 있다는 슬픔이 복받쳐 올랐다. 언제나 우리나라도 분명하고도 또렷하게 자기의 생각을 입장을 펼칠 수 있게 될까, 하는 생각에 매우 마음이 아팠다.

그래서 박근혜 정부가 들어서서 방송에 출연했을 때, 나는 문재인을 찍었지만 박근혜 정부의 성공을 기원한다고 했다. 그랬더니 같이 출연한 패널리스트가 그런 얘기하셔도 괜찮을까요, 라고 했다. 또 채동욱 찍어내기(유승민 사태를 보면서 채동욱 역시 찍어내기가 확실하단 생각을 갖게 되었다.)와 관련해서 조선일보를 비판했더니 앞으로 조선일보에서 '따'당하시겠네요, 라고 했다. 그때 난 속으로 생각했다. 아직도 대한민국은 이 정도로구나, 라고. 또 정세균이 자기 당 지도부의 대여 투쟁 강도가 낮다고 비판한 데 대해 자기는 이명박 때 뭐 그리 대단하게 투쟁했느냐고 말했더니, 그렇게 교장선생님처럼 방송하시면 안 된다고도 했다. 배울 만큼 배운 방송 패널리스트들이 이러니 일반인은 어떨까. 오히려 일반 시민의 수준이 더 낮다는 생각도 문득 했다.

얘기가 또 주제에서 많이 벗어났다. 왜 이럴까. 나는 좀 모자라는 것인지 모른다. 아무튼 박근혜와 새누리당은 이른바 좌파 진보당처럼 분장을 한 보람을 유감없이 거두며 승리의 팡파르를 울렸다. 52대 48. 낙승은 하지 못했지만, 둘 중에 하나를 고르는 싸움에서는 나쁘지 않은 성적이다. 이명박이 정동영을 이기듯이 이기지 못한 것에 아쉬워할 것은 없다. 이런 정도의 차이가 정상적이라고 생각하는 까닭이다.

운동시합을 보자. 연장전 끝에 한 타 차이로 승부가 결정 나는 골프 시합이 얼마나 많으냐. 야구는 또 어떠냐. 12회전에서 끝이 나는 시합도 적지 않다. 이런 예는 얼마든지 많다. 두 사람 가운데 한 사람을 골라야 하는 시합이다. 우리의 대통령 선거는. 열 명 중에 다섯 뽑고, 그 다섯 가운데 둘을 뽑아 최종적으로 한 명을 뽑는다면 혹시 모르겠다. 둘 중에 한 명 뽑는 우리의 경우 압도적 승리는 쉽지 않다. 그러니 선거 끝나면 부정선거 얘기도 나오고 하는 것도 피할 수 없다.

그러나 박근혜와 문재인의 싸움은 문재인이 박근혜의 승리를 인정하고 축하한 것으로 모든 게 끝난 셈이다. 선거부정, 부정선거 얘기가 나오고 그 후유증과 관련하여 여러 현상이 없지 않으나 그것이 근본을 바꿀 수 있는 것은 아니다. 대통령 박근혜의 탄생은 부인할 수 없는 엄연한 사실이다. 문제는 박근혜가 그의 약속들을 지키느냐 지키지 않느냐에 우리의 관심을 모아야 한다. 그가 우리의 가슴을 설레게 한 약속들, 그가 우리의 투표권을 흔들리게 했던 약속들, 굳게 믿었던 약속들, 깜빡 믿을 뻔했지만 결코 믿지는 않았던 그 많은 약속들을 제대로, 바르게, 분명하게, 어김없이 지키는지 그 여부에 우리의 관심을 집중해야 한다. 지킨다면, 비록 그를 반대한 사람도 그에게 손뼉을 쳐주어야 하고, 지키지 않는다면 설사 그를 지지한 사람도 그를 손가락질하여야 한다. 우리는 국민이니까. 국민에겐 당연히 그럴 권리가 있으니까. 유승민이 아니라도 그 정도는 우리도 아니까.

그런데 어떠할까. 과연 박근혜는 박수를 받을까, 손가락질을 받을까. 만약 손가락질을 받게 된다면 그 역시 정치가 사기라는 사실을 뛰어넘지 못한 정치 사기꾼이 되는 셈이고, 이는 또 우리나라의 비극이 한 켜 더 쌓이는 것이 된다. 이는 전혀 박근혜에게 달려 있다. 아직도 그의 임기는 반이나 남아 있고, 이는 그가 정치가 사기라는 함정을 벗어날 수 있는 충분한 시간이다. 아직도 그의 임기는 절반이나 남아 있으니까. 마라톤의 신기록은 반환점 이후를 어떻게 달리느냐에 달려 있음을 명심하기 바란다.

아, 박근혜와 새누리당은 이것이 그들에게 이익일지 손해일지는 알 수 없으나, 빨간색을 우리 정치공간에서 살려놓은 것만은 좋은 일을 했다고 하겠다.

'거부권'은 대통령의 '갑질'인가?

✿

　　유승민 찍어내기를 보면서 확실하게 알았다. 우리가 아직 후진국이라는 것을. 대통령부터 여야 국회의원 모두가 우리나라는 아직 후진국이라고 생각하며 살고 있다는 것을. 언론도 다르지 않다. 여전히 대통령이 헌법적 위치 이상에 존재하고 있음을, 대통령을 포함해 여야 국회의원과 언론들이 대동소이하게 확인시켜 주었다. 대통령이 '자기정치'니 '배신의 정치'니 하며 흥분할 때, "그러시면 아니 되옵니다."라고 간언하는 사람이 대통령 주변에 없다는 것을 알게 되었다. 비박이든 친박이든 거기서 거기였다. 비박들은 나름대로 몸부림을 쳤지만 고작 그게 전부였고, 결국 줄서기에서 빠지지는 않았다. 친박들은 시간이 경과하면서 대통령을 적극적으로 옹호하기도 하였지만, 심히 노골화하지는 못했다. 심지어 여당 대표이며 차기 대통령을 노린다는 김무성은, "대통령을 이길 수는 없는 게 아니냐."라는 말로, 유승민 찍어내기에 합류했다. 비박도 친박도 당대표도 웅성대다가 결국 대통령에게 항복한 모양새다.

　나는 대통령의 거부권 행사에 대해서는 법이 보장하는 대통령의 권리 행사라고 생각한다. 그러나 유승민을 향한 격노함과 결과적으로 원내대표에서 찍어낸 것은 엄청난 품격 손상을 수반한 월권이라고 생각한다. 그러나 그에 못지않은 것이 여당과 야당의 무능과 무책임, 그리고 무소신이라고 생각한다. 정두언 한 사람을 빼놓고 여당 의원들은 도대체 무슨 존재일까. 새누리당이 사당화되는 위기의 순간에도 자기 살 구멍만 찾는 국회의원을 참다운 국회의원이라고 할 수 있을까. 개개인이 입법기관이라는 국회의원들 아닌가. 그들의 존재가 송두리째 부인당하는 순간임에도, 그들은 침묵했다. 왜? 행여 내년에 공천을 받지 못해 국회의원 배지를 잃게 될까 두려워서.

　뭐니 뭐니 해도 정말 딱한 것은 야당의원들의 처신이다. 야당의원들이 고작 한 생각이란 강 건너 불구경? 그럴지도 모르고, 설마 그렇진 않을지도 모르겠지만, 왜 조용했을까. 물론 아주 조용하진 않았다. 그러나 그렇게 지나갈 일이 아니었다. 삼권이 엄연히 분리된 나라에서, 대통령이 국회의원을, 그것도 국회 운영위원장을 베어버리려는 명백한 진행과정을 보면서 그 정도에 머문다면, 이게 뭘하는 것일까. 한국의 야당은 최소한의 이상도 저버리고 현실에 매몰된 듯하다. 이는 야당이 야당성을 팽개치고 딴 생각에 전념한다는 것이다. 당권 곧 공천권에만 관심이 쏠려 있는 것이다.

그러니까 내년의 총선, 그것도 호남과 서울과 수도권의 일부에 한정해서 다투는 매우 저열한 셈법일 뿐이다.

야당이 언제까지 이렇게 흘러갈 것인가. 아까운 시간 다 버리고 야당다운 야당을 포기한 듯 집안싸움에만 천착하니 쯧, 쯧, 쯧이다. 대통령은 노골적으로 과오를 범하고 국회의원들은 눈앞의 이해득실만 따진다면, 이게 과연 무슨 정치인가. 만약 상인이라면 어떤 경우에든 이해득실만 따져도 기실 할 말은 없다. 그러나 상인에게도 상도덕이라는 게 있다. 이를 어기면 벌 떼처럼 달려들어 갑질, 갑질을 한다고 난리가 난다. 그리하여 엄청난 손해를 입게 한다. 이게 세상의 법이다. 그런데 국가와 민족을 위해 신명을 다하겠다고 선언한 정치인들이 이럴 때, 우리는 마구 비웃음을 줄 수밖에 없다. 어떻게 할 도리가 없다. 다음 선거에서 떨어뜨리는 수밖에는. 그럼에도 국회의원들은 우리 국민 앞에 줄을 서는 게 아니라 그들에게 공천을 주는 사람 앞에 줄을 선다. 따지고 보면 바보들인데, 결과는 그게 아닌 경우가 많다.

결국 우리들 국민이 바보가 되는 경우가 많다는 사실은 우리 모두를 어이없게 한다. 이런 것을 악순환이라고 말해도 될까. 아무튼 우리가 국회의원들의 갑질에 당장 응징을 가할 수 있는 제도가 없어 무척 안타깝고 목이 마르다. 그래서 국회의원들은 마음 놓고 갑질을 저지르는지 모른다. 자기들이 뜰 기회가 왔음에도 못 본 척, 못 들은 척하는 것이다. 바로 이번 같은 때이다. 무슨 말이냐? 절호의 기회였다는 말이다. 이러한 대통령의 횡포는 민주주의에 대한 도발이라고 씩씩하게 말할 수 있는 기회였다. 이에 우리 국회의원들은 총사퇴하겠다고 말할 수 있는 기회였다. 그야말로 말도 못하냐는 것이다. 말이라도 해봐야 하는 것 아니냐.

그리고 김무성은 여당 대표로서 "대통령을 이길 수는 없지 않느냐."라는 말을, 그렇게 뻔뻔스럽게 내놓고 할 수 있는가. 이해는 한다. 대통령은 하고 싶은데, 박근혜 눈 밖에 나면 곤란하고, 친박의원도 비박의원도 모두 필요하고, 그러면서도 손 번쩍 치켜들면서 대통령에게 백기항복하기도 그러하고, 쪽팔릴 수밖에 없는 처지에 쪽팔리는 것으로 보이기는 싫고, 얼마나 복잡하였겠나. 그래도, 그래서는 안 되는 것 아닌가? 결국 유승민의 사퇴의 변에서 김무성은 물을 먹은 셈이다. 할 말 다하는 유승민의 모습을 보면서 김무성은 무슨 생각을 했을까. 드디어 전국적인 이름을 얻은 유승민을 보면서 김무성은 어땠을까. 혹시 이런 것은 아니었을까. 이른바 '세금과 정부규모를 줄이고, 규제를 풀고, 법을 세우자'는 뜻으로 내건 슬로건인 '줄푸세'를 박근혜의 트레이드마크로 만들었던 유승민과 박근혜가 김무성 물먹이기를 한 것은 아니었을까. 이로써 유일한 차기 대선후보로 비친 김무성이란 존재를 격하시킨 것은 아닐까. 아무리 정 각각 셈 각각이라고 했지만, 박근혜 정부에서 처음으로 대통령과 대척점에 섰던 유승민. 그는 하루아침에 차기 대권주자 대열에 섰다. 김무성이 혼자 걷던 대권도전의 길에 맞설 사람이 등장한 셈이다.

이제 어려워진 사람은 대통령이 아닌 김무성이다. 김무성은

"대통령을 이길 수는 없지 않은가."라고 했지만, 유승민은 대통령을 이길 수 있었다. 그리고 유승민은 드디어 무소의 뿔처럼 혼자서 갈 수 있는 동력을 얻었다. 김무성만 차기 대통령을 꿈꿨을까. 몇 사람 있지 아니한가. 여기에 가장 강력한 유승민이 등판한 것이다.

그런데 박근혜가 누구인가. 선거의 여왕이라고 새누리당 사람들이 별명을 지어주지 않았던가. 분명 그는 차기 대통령 선거에서도 지고 싶지 않을 것이다. 박근혜 그가 누구인가? 그는 이른바 좌파와 이른바 진보진영의 상징과 용어까지도 휘어감아 대통령에 당선한 사람이다. 누가 그럴 줄 알았으랴. 박근혜와 유승민 사이에 둘만이 아는 얘기는 없었을까. 왜냐하면 그날, 유승민을 찍어내던 날의 대통령 말씀은 전혀 박근혜답지 않았다. 그는 쉽게 흥분하지 않는다. 오히려 얼음처럼 차가울 정도로 냉정하다. 그는 이 세상에서 흥분할 일이 별로 없을지도 모른다. 총알이 어머니와 아버지를 관통한 그 두 번의 사건 이후 그는 이 세상에서 어떤 일에도 흥분하지 않게 되었을지도 모른다. 그는 세월호와 관련하여 눈물을 흘리며 성명을 읽어 내려갔다. 그리고 이내 냉정을 회복했다. 마치 그 눈물이 연기가 아니었음에도 연기처럼 보여질 만큼 그 이후의 처리과정이 냉정하다. 그런 그가 유승민을 찍어내는 방법이 고작 그것일 리 없다. 그는 대통령이란 자리가 사람들을 쥐락펴락하는 모습을 오래 보았고, 그 방법 또한 누구보다도 잘 알고 있다.

두고 지켜보면 알겠지만, 유승민이 읽은 사퇴의 변은 매우 자신만만했다. 그것은 대통령 출마를 준비하는 사람의 각오 같았다.

누구나 알 수 있다. 세종시를 두고 벌인 이명박과 박근혜의 대결을. 이런 점에서 이번 유승민 사건은 완전무결한 시나리오의 냄새도 난다. 아니어도 상관은 없다. 하도 한심해서 풀어본 생각의 일단이다. 적어도 이번 일로 대통령과 행정부, 입법부, 사법부 전부가 우리 헌법의 정신과 가치에 대해 깊은 명상, 그리고 그것을 수호하기 위한 비상한 마음을 다시 다져야 하겠다. 그것이 이번 일을 치른 우리들 앞에 놓인 숙제일 것이다. 그래야 우리가 후진국의 너울을 벗고 진정한 탈후진국으로 나아갈 수 있지 않겠는가.

저는 이렇게 생각합니다

제4장

정치인은 '갑질' 아닌 '국민 충복'

유령을 끌어안고 애쓰는 정치

문재인은 카리스마가 없다고 말한다. 그것이 그렇게 큰 문제일까. 어느 곳에서든 리더십을 가지려면 카리스마가 있고 없고가 중요할까. 나는 그렇지 않다고 생각한다. 사실 카리스마의 본래적 뜻에 충실하게 카리스마란 단어가 쓰인다면 나는 두말없이 동의한다. 그러나 요즈음 쓰이는 카리스마란 말은 민주적 리더십의 반대말로 쓰이는 까닭에 이 카리스마에 대해 동의하지 않는 것이다. 나는 리더십이 카리스마의 문제가 아니고 얼마나 민주적인가가 중요하다고 생각하기 때문이다.

가령 3김시대에 김씨들이 가지고 있던 카리스마는 그 시대에만 통용될 수 있는 것이었다. 그러나 그 시대에도 세 김씨 마음대로 좌지우지되던 세상은 아니었다. 박정희라는 강력한 독재자와 이어 전두환이라는 이상한 독재자에 대항하는 두 김씨 역시 민주적 리더십은 아니었다. 민주화를 부르짖었지만, 그들 역시 독재적 리더십이었다고 단호히 말할 수 있다. 그들은 이른바 가신 그룹을 가지고 있었다. 그리고 그들이 대통령으로 등장할 때도 그들은 정석 플레이가 아닌 묘수풀이로 등장했다고 할 수 있다. 김영삼은 삼당 합당이라는 기괴한 묘수를 썼다. 김영삼은 이를 가리켜 호랑이를 잡으려고 호랑이굴로 들어간 것이라고 했지만, 기괴한 것 이상이 아니었다. 이것은 오로지 대통령이 되기 위한 원칙도 소신도 이념도 내팽개친 막장 드라마 이상이 아니었다. 또 이때에 노태우를 따라, 김영삼을 따라, 김종필을 따라 삼당 합당에 따른 사람들 역시 어쨌든 국회의원만 해먹으면 그만이라고 생각한 사람들이다. 경상북도와 경상남도 그리고 충청도가 하나로 합치면 대통령 되기 쉽다는 김영삼의 계산에 동의한 사람이 적지 않았던 것뿐이다. 당시 어쩌고저쩌고했지만, 어차피 초록이 동색이라 지역 구도를 무기로 합당한 것에 불과했다. 아주 분명하게 동서 대결 구도로 정치판을 양분한 것이다.

결국 김영삼 대 김대중 대 정주영의 구도로 대선이 치러졌고, 김영삼이 대통령에 뽑혔다. 5년 뒤, 대권 구도는 어떻게 되었을까. 잘 아시듯이 이회창 대 김대중 대 이인제의 대결이었다. 이때 김대중은 DJP연합이라는, 김영삼이 썼던 것과 같은 기괴한 묘수를 세웠다. 이번엔 김대중이 김종필과 손을 잡은 것이다. 전라도와 충청도가 손을 잡은 셈이다. 서울 유권자의 절반이 자신의 표라 하고 전라도와 충청도 유권자들을 합치면 당선한다는 계산이었다. 그리고 이 계산은 적중하였고 김대중은 무난히 당선되었다. 고맙게도 이인제가 중도포기를 하지 않았다. 김영삼 역시 이인제를 적극 만류하지 않았다.

이회창은 이미 당선되었다는 자아도취에 빠져 이인제 측에 브레이크를 걸지 않았다. 김대중에게 대운이 열렸다고 할 수 있다. 어쩌면 긴 세월 동안 애증관계였던 김영삼이 김대중의 대통령 행을 막을 수는 없었던 것이 아니었을까, 하는 생각도 든다. 김영삼이나 김대중이나 선거의 달인까지는 아니더라도, 거의 그런 수준에 가까이 갔다고 판단이 되기에 하는 말이다. 또 양쪽의 이른바 가신끼리는 서로 '통'하는 사이였다는 것도 무시할 수 없다. 어차피 해야 할 사람 둘이 앞서거니 뒤서거니 하며 대통령을 하였지만, 그 둘이 기괴한 묘수에 의존했다는 것은 우리 현대사에 결코 바람직한 일이 아니었다고 하겠다. 그럼에도 김영삼과 김대중의 시대에는 두 사람의 카리스마가 있었다고들 한다.

과연 그럴까. 그들 역시도 야당의 이합집산에 직간접으로 관여한 중심인물이었다. 필요에 따라 그랬다. 그리고 그것은 언제나 경상도의 김영삼과 전라도의 김대중을 따른 것이다. 결국 경상도와 전라도의 이합집산 이상이 아니었다. 다만 경상도가 김영삼을 따른 것이나 전라도가 김대중을 따른 것은 놀랍다. 적어도 그 둘은 국회의원 몇 십 명의 당락을 쥐락펴락했다. 그 둘에게 밉보이면 국회의원에서 미끄러진 게 사실이다. 때때로 그 둘에게 반기를 들고 독립한 의원들이 없지 않았다. 그러나 그런 의원들은 다음 선거에서 국회로 살아 돌아오지 못했다. 어김없이 그랬다. 그러니 그 둘의 견해에 반하는 생각을 가졌다손 치더라도, 꼼짝달싹 못하고 그 둘을 따랐다. 이런 걸 카리스마라고 한다면, 맞다, 그들은 카리스마가 있었다고 할 수 있다.

카리스마는 강압적인 것이 아니다. 지도자가 너무도 옳고 그래서 따를 수밖에 없는 것이다. 이런 점에서 국회의원을 하려면 그의 막대기가 되는 수밖에, 라며 따르는 것을 카리스마 있는 지도력에 근거한 것이라고 할 수는 없다. 그것은 오직 지역구도에 매달려 끌려간 것이라는 게 바른 말이다. 심지어 이런 현실 때문에 공천과 돈이 직결되는 불쾌하고 불행한 일들을 비일비재하게 일어나게 하기도 하였다.

사실 당의 움직임이 돈 없이 가능하지 않다. 그러니 어떻게든 돈을 만들어야 한다. 이름하여 민주성금이라든가 공천헌금이라든가 당비헌납이라든가 제각각이지만, 돈을 무시할 수 없다. 그러다 보니 돈을 많이 배팅하느냐 적게 배팅하느냐에 따라 공천이 되느냐 안 되느냐가 결정되는 경우도 왕왕 있어 말썽이 나기도 했다. 밤새 안녕이라고, 밤새 약속되었던 공천자가 뒤집힌 경우 낸 돈 내놔라 못 내준다, 하는 경우도 있었다. 가령 한 10억 원의 공천헌금을 낸다고 할 때, 준비해야 하는 액수는 11억 원이어야 한다. 가신을 거쳐야 하기 때문에, 가신에게 1억 원쯤 건네고, 총재에게 10억 원을 낸다. 그런데, 밤새 어떤 이가 20억 원의 공천헌금을 가져와 똑같은 방식으로 2억 원을 가신에게 건네고, 총재에게 20억 원을 낸다. 그러면 공천자 발표시에 어김없이 20억 원 낸 사람이 공천자가 된다. 이렇게 되면 10억 원 낸 사람은 돈 돌려달라고 할 것 아닌가. 그런데 문제는 통행료로 낸 1억 원이다. 1억 원을 받았던 가신이 오리발을 내밀면 문제가 되어 시끄러워지곤 했던 것이다.

한편 어떤 기업가는 비례대표 국회의원을 지냈는데, 한 번 더 해볼 요량으로 총재에게 30억 원을 싸가지고 가서 부탁을 했단다. 그러니까 그 총재 양반이 "글쎄 30억 원 가지고 될랑가 모르겠네." 그러면서 받더란다. 한 50억 원 할걸 그랬나 하고 돌아왔는데, 아니나 다를까, 낙천되었단다. 문제를 삼을까도 했지만, 돈 받은 놈은 물론 준 놈도 걸리게 되어 있으니 억울해도 입을 다물고 말았다고 했다. 돈 30억 원 떡 사 먹은 셈 쳤다는 그 양반은 어떤 식으로든 본전 건지는 '작업'을 했으리라 짐작했다. 이 일 때문에 정치에로의 꿈을 아예 접은 사람도 있다. 온갖 고난 고생 함께한 처진데, 공천 받으려면 헌금을 내야 한다고 해서 정치 안 하기로 했다는 거였다. 그동안 고생하며 뒷바라지하고 고난을 함께했는데, 이럴 수가 있는가 하는 괘씸한 마음을 지울 수 없었다고 했다. 그러나 안 하기로 결정한 게 오늘에 이르러 생각하니 잘한 결정이었다고 했다. 그 뒤로 사업에 전념하여 돈 많이 벌었다는 거였다.

그러면서 돈만 있어 정치를 꿈꾸었던 그 기업가의 말이 대한민국 정치권의 정곡을 찔렀다.

"정치요? 그거 사기예요. 돈 없으면 몸으로 때워야 하고 돈 있으면 돈으로 때워야 하죠. 그럼요. 그러니 되고 나면 본전 생각 안 나겠어요. 돈이든 몸이든 때운 만큼 받고 싶고, 가능한 한 본전보다는 좀 남아야 하지 않겠어요. 정치가 장사도 아닌데 말이오. 안중근 의사가 이토 히로부미 쏠 때, 본전 생각 했겠소? 정치하는 마음 이래야 하는데, 그렇지 못하니 사기랄 수밖에요. 돈벌이 하는 장사가 정직하달 수 있죠."

이쯤 되면 30억 원이란 수업료 지불하고, 그래도 그런 지혜(?)를 얻은 게 불행 중 다행이라고나 해야 할까?

아무튼 이런 게 정치의 전부였던 시절은 이제 갔을까. 예전보다는 한결 나아졌다고 할 수 있다. '한결'이 무게를 재는 눈금자의 어느 정도에 위치한 것인지는 몰라도. 분명 돈 버는 것이 아니면서 돈 쓸 구멍은 적지 아니하니 견디기 어렵다. 털면 털리지 않을 수 없는 정치하는 사람의 비애를 모르지 않으나, 김대중 때에도 노무현 때에도 돈 때문에 감옥살이한 정대철을 보면 더욱 그러하다. 한때 대통령이 될지도 모른다던 정대철이다. 그러나 지금 그가 대통령이 될 가능성은 0%이다. 다른 이유도 있겠지만, 그 두 번의 옥살이는 오로지 돈 때문이니 그럴 수밖에 없다. 그의 선친인 정일형은 정치를 그렇게 오래 했어도 늘 저녁 8시 전에 귀가했단다. 하도 만취해 밤늦게 귀가하는 정대철을 보면서 그가 이렇게 말했단다. 요즈음 정치는 꼭 술을 마시며 이렇게 한밤중까지 뭘 해야 하는가 본데 나아지는 건 왜 없는지 모르겠구나, 라고. 저 선산 땅에서 밭 갈이하는 전직 대통령의 모습을 이 땅의 젊은이들이 바라보게 될 때라고 웅변을 하고 정계를 물러난 그의 아버지 정일형 덕에 '젊은 상록수'라는 선거 구호를 외치며 국회의원이 된 정대철의 실패를 바라보면, 한국정치의 현주소를 알 수 있지 않을까?

그래도 요즘은 달라졌다고? 뭐가 달라졌을까. 야당은 늘 분열을 꿈꾼다. 경상도 사람들은 문재인을 김영삼처럼 끌어안진 않지만 고 노무현을 함께 부르면서, 또 전라도 사람들은 이미 이 세상 사람이 아닌 김대중을 부르짖으면서 서로 제 갈 길을 가려 한다. 이게 무슨 짓일까. 하기야 아직까지 고 박정희를 노래하는 사람들도 있다. 그러고 보면 한국 정치현실은 너무도 기이하고 너무도 처연하다. 무덤을 끌어안고 있다. 왜 이럴 수밖에 없을까. 무덤의 정치학. 유령을 안고 애를 쓴다. 그러면서 서로가 서로를 흉보고 욕한다. 이 와중에 놓여 있는 사람이 문재인이다. 문재인은 노무현이 아니다. 전라도 쪽에는 아직 문재인 같은 사람도 없다. 박정희 쪽에는 그의 딸 박근혜가 대통령 자리에 있다. 희한한 퍼즐이다. 사실 문재인은 정치권에 발을 디딘 것이 애당초 어설펐다. 그 어설픔이 오늘까지 해결되지 못해 고생을 하는 것이다.

노무현이 부엉이 바위에서 뛰어내린 바로 그날 그 시간부터, 문재인은 정치를 시작했어야 한다. 시작이 반이라고, 아주 흔한 말이지만, 문재인은 시작이 잘못되었다. 노무현의 참혹한 죽음 앞에서 그가 보여준 태도는 박정희 죽음 앞에서 전두환이 기민하게 움직인 그것에 견주어 볼 때 아무것도 하지 않은 것과 다름없다. 정치학에서 말하는 '시체를 차지한 자가 다음 정권을 차지한다.'는 기본학습도 안 되어 있는 모습이었다. 그러므로 계속해서 스텐스가 꼬이는 것이다. 그는 대통령 후보가 되기 싫은데 된 듯이 움직였다. 느닷없이 등장한 안철수와의 협상 역시도 그렇다. 그 협상을 반드시 자기에게 유리하게 이끌어 반드시 자신이 대통령 후보가 되고 마침내 대통령이 되겠다는 의지가 없어 보였다. 어설펐다. 아니면 안철수에게 양보를 하든지, 아니면 같이 대통령에 나서든지 뭔가 분명했어야 한다. 마지못해 등 떠밀려 가는 사람과도 같았다. 누가 그런 사람을 따르겠는가. 자기 갈 길을 자기가 정하지 아니하고 남에게 맡기는 것처럼 보이는 사람을 누가 따르겠는가. 합리적인 것도 좋지만, 그리도 많은 여당의 과오에 대차게 도발하지 못하는 지도자에게서 지도력을 느낄 사람이 누구일까. 이는 야당의 대표로 등장했던 몇이 저지른 과오와 다르지 않다. 그러니 문재인은 야당을 하나 되게 할 카리스마가 없다는 말이 나오는 것이다.

문재인 이전의 당대표와 꼭 같은 모습을 보이는 무능함에 누가 친노니 비노니 하는 말을 하지 않으랴. 저 정동영의 방황을 보라. 야당의 대통령 후보였던 그가 지금 어떤 모습인가. 나는 단언한다. 그가 어떤 뜻이 있어 그랬는지 모르나 고향 덕진으로 내려가 국회의원이 된 때부터 그의 정치생명은 끝났다고 생각한다. 저 안철수를 보라. 그는 노회찬의 빈자리를 차지한 데에서 정치적 매력이 사라졌다. 이렇듯 매력적인 정치인일수록 다만 한 가지의 과오로 전부를 잃는 법이다.

고생이 되더라도 내려놓을 때 완전히 내려놓으면 기회가 오고 그때는 가득 채워진다. 늪에 빠졌을 때 발버둥을 치면 칠수록 더욱 빠져나오지 못한다. 그래서 늪이라고 하는 것이다. 손학규를 보

라. 지난번 은거에서 너무 빨리 나온 까닭에 그는 큰 것을 놓쳤다고 생각지 않는가. 이번에 또 지난번과 같은 어리석음을 반복하지 않기 바란다. 죽으라면 죽으리라는 각오로 정말 죽음을 향해 뚜벅뚜벅 걸어가면 살 길이 열릴 것이다. 역사적 상상력을 충분히 발휘할 수 있을 때, 역사는 그 자신을 향해 걸어올 것이다.

문재인에게 이르노니, 무엇을 하든 사즉생死卽生, 생즉사生卽死의 정신으로 나아가라. 그래야 문재인에 대한 카리스마 논란도 사라질 것이다. 결국 지역구도 속에 빠지고 말, 계속 과거로 향해 떠나야 할 야당이라면 버리고 떠나라. 정녕 그들이 과거로 갈 것인지, 지역구도로 회귀할 것인지 궁금하다. 마지막 심판은 국민이 할 것이다. 국민은 끝내 현명하며, 어리석어 보여도 늘 세상을 바로잡는 견인차 역할을 해왔다. 문재인의 자신감과 문재인의 진정성, 그리고 역사적 상상력이 문재인의 미래를 정할 수밖에 없다. 국민이 느낄 수 있을 때까지 하면 된다.

두 아버지의 자식(?)이 된 국회의원

❀

일구이언一口二言은 이부지자二父之子라는 말이 있다. 한 입을 가지고 두 가지 말을 하면 두 아버지의 자식이라는 말이다. 세상에나, 두 아버지의 자식이라니 이보다 심한 모욕적인 말도 드물다. "너는 나에게 모욕감을 줬어." 영화 〈달콤한 인생〉에서 김영철이 이병헌에게 한 말이다. 모욕은 사람이 사람을 죽일 수도 있다는 것을 그 영화는 보여줬다. 그러니 공공연하게 두 아버지의 자식이 된 국회의원이라고 떠벌이는 내가 죽임을 당할 날도 머지않은 것은 아닐까.

언젠가 평민당 시절 총재였던 김대중을 맹폭한 적이 있었다. 그랬더니 "그러다가 김대중 지지자들에게 몰매 맞아요."라고 한 사람이 있었다. 나는 웃으면서 "그럼 좋죠."라고 말했다. "그가 비록 아직 대통령은 아니지만, 언젠가는 어쩌면 곧 대통령이 될지도 모르니, 내가 대통령급으로 격상하는 거니까요?"라고 했다. 한

참 까불던 젊은 시절이었으니 그랬다는 생각이다. 지금처럼 나이가 제법 들었으면 그랬을 리 없다. 그러나, 여당이면 모를까 야당이 테러를 한 과거는 흔치 않다. 오히려 테러를 당한 과거가 흔하다. 김대중은 그로 해서 죽을 고비를 넘긴 적이 한두 번이 아니다. 사실 목숨을 건 정치를 한 것을 부인할 수 없다. 김영삼도 황산세례를 용케 피해 큰 피해를 입지 않은 적도 있었고, 유명한 용팔이 사건도 있었다. 이런 까닭에 지적인 정치인으로 대통령을 꿈꾸는 김대중이 그런 짓을 할 것이라고는 상상도 하지 않았다. 또 얘기가 엉뚱한 데로 샜다.

오늘(2015년 7월 6일) 여당의원 다수가 두 아버지의 자식이 되었다. 불과 얼마 전에 통과시킨 국회법 개정안을 7월 6일에는 투표 불참이라는 방식으로 무효화시켰기 때문이다. 국회의원 한 사람 한 사람 제각기 모두 입법기관이라는 국회의원들이 장난하는 것도 아니고 무슨 꼴인지 모르겠다. 세비가 한두 푼인가. 정말 꼴에 대한 값을 해야 하는데, 이게 무슨 짓인지 모르겠다. 이럴 바에는 지난번 의결에서 부표를 던졌어야지, 이게 무슨 짓인가. 여당의 원내대표인 유승민이 '자기 정치'를 한 것이어서 안 된다는 대통령의 말 한마디에 꼬리를 내린 여당의원들이 많아 생긴 남루한 국회의 모습이다.

한마디로 가관이다. 나는 투표에 불참한 여당의원들이 무슨 낯을 들고 집에 갔을까 생각한다. 사랑하는 아내와 자식들을 무슨 낯으로 쳐다보았을까, 궁금하다. 애들 말로 정말 쪽도 안 팔렸을까. 며칠 전까지는 옳다고 생각했던 국회법 개정안이, 불과 며칠 사이에 투표 불참을 할 정도로 잘못된 것이었는지를 어떻게 설명했을까. 존경하는 대통령님의 말씀을 듣고 곰곰이 생각해 보니 내 생각이 너무도 모자랐다고 얘기했을까. 게다가 원내대표 유승민에게 나도 모르게 끌려갔다고 얘기했을까. 아니면, 부부가 침실에서 목소리 낮추어 "잘했군, 잘했어!"를 불렀을지도 모른다. 다음 공천은 안정권에 든 것 아니냐며, 이제 오로지 청와대 쪽만 바라보면서 신중에 신중을 기하며 행동하라고 했을지도 모른다. 어차피 대통령 될 것 아니면 국회의원에 목매달아야지. 내년에 공천만 받으면 적어도 4년은 확실하지 않느냐며, 난 국회의원 사모님 소리 들으면 그걸로 만족이야. 당신도 의원님, 의원님 소리면 그만 아냐. 우린 참 소박하고 정직한 사람 아니냐고. 이렇게 정리를 한 것이 아닐까. 이런 진상의원이 아니고서야 어떻게 며칠 사이에 이런 코미디를 연출할 수 있을까. 하다못해 김무성과 유승민만이라도 참가했어야 할 텐데, 그 둘마저 불참이라는 것은 이 코미디를 더욱 경멸하게 만든다.

정두언과 국회의장인 정의화 둘은 참가했다. 이것만도 매우 다행스러운 일이다. 왜? 여당에서도 불참하지 않은 의원이 있었고, 이는 후일 대통령의 거부권 행사에 대해서 깊은 생각 끝에 그들이 마음을 바꾸었다고 주장할 수 있는 근거가 된다. 곧 대통령의 강압에 의한 것이 아니었음을 증명하는 증거이며, 따라서 매우 자발적인 행동이었다고 할 수 있는 근거가 된다. 대한민국은 이 시간까지 민주주의가 살아 있다고 강변할 수 있는 것이다. 그런데, 정말 그럴까? 갈릴레오가 말했던 "지금 이 순간에도 지구는 돌고 있다."는 것과 같은 의미는 아닐까. 자기 자신이 야당 할 때는 강력히 주장했던 것을 대통령이 되자 거부하는 대통령과, 그에 오로지 순종으로 답하는 의원들. 더욱이 며칠 전에는 찬성했다가, 며칠 후에는 배신자 운운하는 분노한 목소리에 기겁을 해 투표 불참이라는 비열한 방법으로 기꺼이 대통령에게 충성을 표시하고, 주저 없이 국민에게는 배신자가 되는 작태라니. 우리는 언제까지 이렇게 살아야 할까.

그래서 선거 잘하는 게 중요하다. 우리 눈앞에서 '정치는 사기'임을 태연히 증명하는데, 우리가 보지 못할 때는 어떠하겠는가? '정치라는 게 다 그런 거지 뭐'라며 넘어갈 일이 아니다. 유권자의 어리석음이 곧바로 어리석은 정치인을 낳는다. 이 짓을 우리는 70년 동안 반복한 것이다. 대통령으로 뽑아놓고 손가락질하며 우리는 후회한다. 후회만 하는 것이 아니다. 그것을 행동으로 노골화한다. 시청 앞에, 광화문 앞에, 덕수궁 앞에, 굴뚝 위로, 4대강에, 팽목항에, 메르스 퍼진 병원에서 운다. 이명박은 인왕산에 올라 〈아침이슬〉을 부르고(박정희는 〈아침이슬〉을 금지곡으로 부를 수 없게 했는데, 이것만도 발전인가?), 국민은 물대포 산성에서 쏘아대는 물폭탄에 아프다. 촛불시위, 삼보일배는 또 어떠하며, 불과 일곱 시간의 행적을 밝히지 못하는 대통령 때문에도 답답한 국민과 아무리 먹통 소리를 들어도 끄떡 않는 대통령의 소신(?) 사이의 간격은 어떠하냐. 대통령 후보자 시절엔 '다' 해준다 했지만, 후보자가 당선자로 바뀌자마자 그 결심도 함께 바뀌는 모습을 생생히 보았다.

이래서 선거를 '잘'해야 한다. 장사하는 사람 말을 들으면 흥한 적이 없다. 그래도 그 사람 집 사고 땅 사고 잘산다. 정치하는 사람 말 들으면 우린 너무도 행복해질 것이 분명하다. 그러나 과연 그런가? 70년이다. 어쩔 수 없다. 장사하는 사람 밑지고 판다는 말과 정치하는 사람 잘살게 해준다는 말은 그들의 숙명인지도 모른다. '정치는 사기다.' 돈을 벌기 위해서 장사하는 사람이 거짓말하듯 표를 얻기 위해서 정치하는 사람이 거짓말을 한다. 그래서 다시 '정치는 사기다'라는 말을 강조한다. 속고 속지 않고는 국민에게 달려 있다. 이젠 우리 모두 속지 말기로. 이제 더 이상 속으면 속는 우리가 바보다. 이 나라의 국회의원을 더 이상 일구이언하는 이부지자로 만들지 말기로 약속하자.

달면 삼키고 쓰면 뱉는 정치인

사람은 변한다. 세상의 모든 것은 변한다. 그럼에도 사람들은 특히 사람이 변하지 않기를 소망한다. 사랑하는 사람의 마음이 변하면 어쩌나 하고 염려하기 일쑤다. 그러나 사람도 세상의 모든 것에 속하는 까닭이어서일까, 더러 사람의 마음도 변한다. 사랑한다고, 그대 없이는 못 산다고 사랑가를 부르던 사람이 다른 사람을 사랑하게 되었다고 고백할 때가 있다. 우린 죽을 때까지 함께할 것이라던 의리의 돌쇠 같던 친구에게 뒤통수를 맞게 되는 경우도 있다. 이럴 때, 당한 사람은 어떻게 그럴 수가 있냐며 울고불고 난리를 친다. 너무도 분해서 심각하게 가슴앓이를 한다. 세월이 약이라고 시간은 그 모든 아픔을 견뎌내게 하고 마침내는 씻어준다. 하느님에게서 망각이라는 지혜를 받은 사람인지라, 그렇게 살아가게 된다. 그 당시로 돌아가면 죽이고 싶던 사람인데도, 막상 마주치면 그냥 웃고 돌아선다. 특별한 경우가 아니면 이렇게 산다.

그래서일까. 이것을 교묘하게 이용하는 사람이 있기도 하다. 정치하는 사람이나 사업하는 사람이 그 가운데서도 대표적이다. 절대 오해하지 말기 바란다. 정치하는 사람이나 사업하는 사람 대부분이 그렇다는 것은 아니다. 그 가운데에서 몇몇일 수도 있다. 아니, 내가 본 매우 제한적인 사람이 그렇다는 얘기다. 그리고 다른 직업군에도 이런 사람이 없지 않다. 혹시 나에게 동의하는 사람들이 제법 많을 수도 있겠지만, 그것은 동의하는 사람끼리 이심전심으로 그렇다고 해두자. 요즘은 하릴없이 소송하는 사람들도 적지 않으니 그걸 피하자는 뜻이다.

내가 아는 정치하는 사람 가운데에는 긴 인생으로 치면 매우 짧은 인연이라고 할 수 있는데도, 그 인연을 소중히 여기는 사람이 있는가 하면, 제법 돈독한 인연이었건만, 그 인연을 헌신짝처럼 여기는 자가 있어서 하는 말이다.

인연이 짧아도 소중히 여기는 사람의 대표는 단연코 이해찬이다. 내가 이렇게 얘기를 하면 놀라는 사람이 많다. 마치 못 믿겠다는 듯이 놀란다. 그러나 사실이다. 그는 어떤 자리에 있어도 전화를 씹는 경우가 없었고, 없다. 가끔 띨띨한 비서의 전달과정에 문제가 있을 때를 제외하곤 반드시 콜백을 한다. 그와 나의 인연은 1976년부터 1년 동안이었다고 할 수 있다. 나는 한 출판사 대표였고, 그는 이 출판사의 편집부 차장이었다. 나는 그때나 이제나 경제적으로 여유가 없어, 그에게 좋은 대우를 하지 못했다. 그리고 이것이 나와 그의 인연의 전부다. 그는 나에게 그랬다. 누가 돈을 대주고 실컷 놀라고 하면 좋겠다고. 한마디로 한량 같다는 말인 셈이다.

사실 나는 그런 사람이다. 특히 돈과는 좋은 인연이 없는 셈이다. 부자 아버지는 애당초 없었다. 6·25 때 억울하게 세상을 뜨셨으니. 그래도 여유 있는 할아버지 덕분에 동네에선 돈 많은 집 외동이 손자쯤으로 자랐다. 할아버지가 돌아가신 뒤에는 할머니와 어머니가 집안 땅을 팔아 살았다. 그땐 땅값이 오늘처럼 비싸지 않았다. 그래도 가난하단 말은 듣지 않고 살았다. 그럭저럭 한국 평균치 이상의 삶을 살 수 있었으니.

아무튼 이해찬과 나의 인연은 이 정도였는데, 이해찬은 그 인연을 소중히 여겼다. 내 어머니 장례를 치를 때는 새벽에 이해찬 부부가 함께 왔다. 내가 잠깐 목욕하는 사이여서 그들을 보지 못해 미안했다. 역시 나는 그의 말대로 한량이 분명하다. 장례식 치르는 중간에 목욕을 하는 놈이니 말이다. 그때 이미 그는 국회의원이었다. 나중에 그는 장관도 되고, 국무총리도 되었다. 그럴 때에도 그는 전화를 씹는 일이 없었다. 다만, 국무총리일 때에는 내가 전화를 피했다. 내가 그에게 전화할 일이 없었기 때문이다.

나와 그의 통화는 개인적인 것은 전혀 없었다. 개인적 이득을 위한 즉, 협잡질을 위한 것은 전혀 없었다는 말이다. 다만 한번, 그가 교육부장관을 할 때의 일이다. 나는 건국대학교에서 공부를 했다. 그가 교육부장관을 할 때에, 건국대학교 총장에 건국대학교 출신이 뽑혔다. 총장 비서실장이 김택호였는데, 그는 나와 자별한 사

이였다. 그가 새로 뽑힌 총장과 교육부장관이 저녁을 한번 하게 해
달라고 내게 부탁했다. 그래서 내가 김홍신이니 김한길이니 국회
의원에게 부탁하면 될 일을 왜 내게 하냐고 했다. 그랬더니 정치적
이 아닌 개인적인 만남이기를 원해서라는 것이었다. 그래서 그 만
남을 주선했다.

　이해찬은 시간이 매우 바쁜데, 비서를 통해 연락을 하겠다고
했다. 얼마 뒤 연락이 왔고, 둘은 만났다. 아니 정확히 셋이 만났
다. 나까지. 돈은 장관이 내는 거라며 이해찬이 냈다. 나중에 들으
니 교육부장관과 대학교 총장이 저녁을 먹는 것은 무척 어려운 거
란 얘길 들었다. 그도 그럴 것이 전국의 대학교 총장이 몇 명인지
따져보니, 적지 않다. 그러니 말 안 해도 알 수 있는 일이다. 미안
했다. 이 일을 빼놓으면 그에게 나는 사적인 부탁을 위해 전화를
한 일도 없긴 하지만, 그는 언제고 내 전화를 씹지 않았다. 나는 그
가 이런 사람임에도, 그의 외모가 까칠하게 생겨서 늘 손해를 본다
는 생각을 하는데, 이 역시 팔자소관이라고 할 수밖에. 그는 분명
의리가 있는 사람이다. 그리고 공과 사가 분명한 사람이다. 아, 나
는 그에게 후원금을 단 10원도 준 적이 없다.

　그런가 하면 이런 사람도 있다. 어느 날 아침 7시 전화를 받았
다. 나에겐 이른 시간이다. 사실 어지간히 가깝지 않으면 전화하기
이른 시간이다. 받아보니, 국회의원이 되고 나서 전화 한 통화 없
던 사람이다. 국회의원이다. 중진이다. 무조건 내게, 오늘 10시에
여의도에서 만나자는 거였다. 그에게 형이란 소릴 들은 지 너무 오

래여서 참 생소했다. 매우 화급한 일이 생겼다고 생각해 이유를 묻지 않고 나가마고 했다. 이것이 형 된 사람의 도리? 아무튼 무조건 나갔다. 그는 원내대표에 나섰다고 했다. "그래서?"라고 물었더니, 나더러 내가 아는 자기 당 의원들에게 전화 좀 걸어달라는 것이었다. 선거운동 부탁이다. 상대가 누구냐고 물었다. 아무개라고 했다. 나는 깜짝 놀랐다. 이게 정치판인가? 내가 아는 한 가지 사실만으로도 그는 원내대표 자격이 없다. 사실 국회의원 자격도 없는 사람이다. 왜? 돈과 관련하여 옳지 않은 짓을 한 것으로 나는 알고 있다. 거듭 말하지만, 그는 다시는 국회 언저리를 배회해도 안 될 사람으로 여겼던 차다. 비록 국회의원 된 이후 전화 한 번 없고, 전화한 일도 없이 멀어진 관계였지만, 사회정의 차원에서라도 김한길을 도와줄 일이란 생각이 들었다.

그래서 몇 군데 전화를 했다. 분위기가 좋았다. 역시 결과도 좋았다. 압도적으로 당선됐다. 고맙다고 했다. 나는 한 일이 없었다고 했다. 다만 네게 도움이 될 사람을 추천할 테니 기용하라고 했다. 매우 능력 있는 사람으로 분명 힘이 될 거라고 했다. 그리고 여러 의원들에게서 내게 전화가 오니 인사라도 해달라고 했다. 나는 몰랐는데, 원내대표에게는 의원들의 상임위원회 배정에 힘을 쓸 수 있는 그 힘이 있는 모양이었다. 알았다고 했다. 그러나 돌아온 답은 우스웠다. 내가 기용하면 도움이 될 거라고 한 사람은 그 학교 출신 임○○ 의원에게 물어보니 잘 모르겠다더라는 것이다. 사실 그 학교 출신 임○○ 의원은 내가 '강추'한 사람의 직계 후배로 내 후배 신세를 많이 진 사람이었다. 내 후배가 아니면 이 친구 후배인 임○○ 의원이 거짓말한 것이 분명하다. 그렇더라도, 몇 년 동안 대화나 전화가 없다가도 아침 일찍 무조건 도와달라고 한 형이 '강추'한 사람을 만나보지도 않고 거절한 그 동생을 어떻게 생각해야 할까. 그는 지금도 국회의원이다. 또 이 사람은 내가 도와달라고 전화한 의원들에게 제대로 인사를 했는지도 매우 궁금하다.

그 이후에 내 전화를 씹기 시작했으니까. 그래서 나는 그에게 전해 달라며 이렇게 말했다. "미안하지만, 의원님께 내 말을 그대로 좀 전해 주세요. 나 김종찬인데요, 아주 나쁜 놈이라고, 다시는 내게 전화하지 말고, 또 누구에게도 내가 형이라고 말하지 말라고, 우린 전혀 모르는 사이로 살자고 그러더라고 꼭 전해 주세요."라고. 그런 뒤로 지금까지 그와 나는 통화한 적이 없다. 여기서 중요한 대목은 원내대표를 한 사람이나 내 후배의 후배가 되는 의원이 바른생활 사나이라면 적어도 그들의 행위에 대해 설명했어야 한다는 것이다. 아니 바른생활 사나이가 아니라, 사람이라면 말이다. 혹시 이런 사람들이 국회의원으로 살아갈 가망성이 높으면 어쩌나, 하는 걱정이 들어서다. 이런 사람들이 국회의사당을 채울까 정말 걱정이 앞선다. 그래도 이해찬처럼 인연을 존중하는 사람이 더 많겠지. 아는 사람을 모르는 척하는 것은 어쨌든 슬픈 일이니까. 필요할 때만 아는 척하는 것은 더욱 슬픈 일이니까. 사람에서 시작해서 사람으로 살다가 죽는 게 사람의 일생일진대, 우리는 그렇게 소망해야 하지 않을까.

기업인 정주영과 정치인 정주영의 다른 얼굴

정주영을 만난 것은 매우 우연한 일이었다. 어느 날 우리나라 TV 드라마 작가 가운데 단언컨대 최고의 작가라 할 김수현이 롯데호텔까지 태워다 달라고 했다. 거절할 일이 있더라도 그러겠노라 했을 일인데, 할 일도 약속도 없는 처지였던지라 얼른 그러겠다고 했다. 목적지는 요즈음 한참 말이 많은 롯데호텔 정문이었다. 몇몇 작가와 현대그룹 회장인 정주영과의 저녁 약속이 잡혀 있다고 했다. 무사히 목적지인 롯데호텔 정문에 도착했고 인사를 나누고 헤어졌다. 그리고 마악 롯데호텔을 돌아 신세계 백화점을 향해 가려는 순간, 전화가 울렸다. 카폰이다. 카폰이 나오자마자 전화를 설치했던 까닭에 때로 유용했다. 전화에 뜬 이름이 김수현이었다. 이런 경우는 유용하다고 해야 할 것이다. 전화를 받아 무얼 두고 가셨냐고 물었다. 그랬더니 다짜고짜 지금 차를 돌려서 롯데호텔 정문으로 오라는 거였다. 나는 괜찮다고 했다. 작가들 모임에 제가

끼는 건 이상하지 않겠냐고 하며. 고사에 고사를 했다. 그랬더니
마침내 지금 정 회장님이 정문 앞으로 나가서서 내 차를 기다리신
다는 거였다. 난감했다. 노인을 기다리시게 하는 건 예의가 아니란
생각 때문이었다. 하는 수 없이 차를 돌려 롯데 정문 앞으로 달려
갔다. 그랬더니 어김없이 그 앞에 그 노인이 서 계셨다. 차에서 내
려 인사를 드리자마자 도어맨에게 내 키를 받으라며 챙기셨다. 이
렇게 묘한 장면을 연출하며 나는 정주영이라는 대한민국 제일가
는 부자를 만났다.

　　평소에 이 호텔의 주인인 신격호가 가장 좋아하는 식당이어서
신경을 특별히 많이 쓴다는 한식당 무궁화였다. 사실 대한민국의
호텔에는 한식당다운 한식당이 예나 지금이나 없다. 참 이상한 현
상(?)이다. 이런저런 잡담이 오고갔다. 그러나 질문하는 걸로 밥을
먹는 나는 그런 것보다 만나기 어려운 정주영에게 질문하고 싶은
욕구를 참을 수 없었다.

　　드디어 참을성의 한계에 달했다. "질문 좀 드려도 될까요?"
"하세요." 막힘없이 하라고 하니 뭐부터 할까 망설여지는 건 나였
다. 사람들도 여럿이고 해서 흥미가 있을 질문이 좋을 것 같았다.
"저 H양이 그렇게 이쁘셨어요?" 그 자리에서는 H양이라고 하지
않았고, 그 여성의 이름을 직선적으로 댔다. "이쁘더라고요. 아빠
아빠 하는데, 싫지 않더라고요." "그래서 현대아파트를 몇 동이나
주셨다는 소문이 있던데요?" "그건 거짓말이에요. 그렇게 많이 줬
으면 내가 이렇게 부자가 되었겠어요? 몇 채요. 몇 채." 그 자리에

있던 사람들이 모두 재밌는 듯 웃었다.

그래서 내가 진도를 조금 더 나가기로 작정했다. "저 정수라 씨 하곤 어떻게 되신 거예요?" 그러자 즉각적으로 "그건 참 미안한 소문이에요. 솔직히 나야 이 나이에 그런 여성과 뭐라더라 하고 소문이 나면 어떻겠어요? 좀 숭하긴 하겠지만. 그런데 그 여성은 무슨 죄예요. 시집도 안 간 처녀시라는데. 정말, 그분껜 정말 미안해요. 난 그분 만난 적도 없어요. 만나면 사과하고 싶어요." 그러면서 정주영은 이렇게 말했다. 자신은 자기와 관련 있는 사람들을 자기 호적에 전부 입적시켰다. 그러다 보니 자기 자식이 아닌 사람을 입적시키기도 했다고 했다. 이와 관련해 자세한 얘기를 그는 하지 않았지만, 굳이 알릴 필요도 까닭도 없어 여기서는 삼간다. 그는 자식을 여럿 두었고, 그 자식들의 어머니가 여럿이긴 해도 굳이 숨기지도 않았다. 그런 점은 당당하다. 몇몇 대통령들이 자신의 자식임에도 공공연히 밝히지 못한 데에 견주어 비록 대통령을 하진 못했지만 아버지답다고 하겠다.

밥 먹는 자리고, 어쩌다 불청객으로 그 자리에 참여하게 된 처지에 너무 많은 질문은 결례가 아닐 수 없어 질문을 줄였다. 그러나 이 질문만은 했다. "정 회장께서 우리나라 재벌을 꼽으신다면?" "말할 것 없이 이병철 선생이죠. 저하곤 여러 가지로 다르지만, 그분 훌륭한 사업가시죠. 참 사업 잘하시는 분이에요" "그리고 또 꼽으신다면요?" "이 집 주인이요." "이 집 주인이라니요?" "여기 롯데의 신격호 씨요." "그건 왜 그렇죠?" "아, 나야 건물이다 자동차다 큼직큼직한 걸 만들었지만, 신격호 씨는 손가락만 한 껌을 만들어서 이렇게 큰 건물을 지었으니 대단하죠." 그러고는 더는 말을 하지 않았다.

그때는 IMF가 오기 훨씬 전이었다. 그러니 대우가 당연히 나올 줄 알았다. 그런데 아무 언급이 없었다. 그래서 내친걸음으로 물었다. "대우의 김우중 씨는요?" 그러자 잠시의 쉼도 없이 "김우중 씨는 사업가 아네요. 브로카에요, 브로카. 그 사람은 자기가 만든 게 없어요. 남들이 하던 거 돈까지 주면서 하라고 해서 한 사람이죠." 여기서 나는 정주영의 기업가에 대한 뚜렷한 생각과 기업에 대한 철학을 확실하게 알 수 있었다. 이 부분은 각자 생각해 볼 일이다.

그러나 그렇게 뚜렷한 자기의 기업철학을 가지고 있던 정주영도 더 나이를 먹어 대통령에 출마했다. 그와 가깝던 사람들은 그가 당선될 거라고 했다. 나는 그때 말했다. 3등할 거라고. 그들은 나를 한심하게 생각했다. 하기야 정주영처럼 자기가 1등할 거라 생각하니 출마를 하겠지만, 이보다 더 어리석은 짓도 없다.

지금도 내가 잘했다고 생각하는 것은 두 가지다. 정주영이 대통령에 출마하기 수년 전에 넌지시 그러면 어떻겠냐고 내게 물었을 때, 미국의 록펠러도 대통령 안 되었다고 말한 것과 출마했을 때 그의 측근들이 도와달라고 해서 "모자와 오버코트를 입게 해 건강이나 지켜주라."고 한 것이다.

정치에 발을 들여놓으면 왜 어리석어질까?

70년 속은 선거, 이젠 사기당하지 말자

❀

속지 마라. 선거 때 약속에 속지 마라. 연애할 때, 이장희의 〈나 그대에게 모두 드리리〉라는 노래에 속은 사람이 많으리라. 별을 따다가 어쩌고저쩌고…. 속지 마라. 하늘의 별을 어떻게 따냐? 그러니 그대 가슴에 모두 드릴 수 없는 것은 더 말할 나위가 없다. 조금만 생각해 보면 단박에 알 수 있는 일 아니더냐. 그런데 왜 연애할 때는 그 노랫말을 믿고 싶은 것이냐.

선거도 이와 꼭 같다. 선거 때 후보자가 유권자에게 드리는 약속에 속지 마라. 점잖게 말해서 현혹되지 마라. 그럼에도 불구하고 선거 때 유권자를 현혹시키는 약속을 하지 않으면 낙선하고, 유권자에게 황당무계한 약속을 하면 당선되는 까닭은 무엇일까. 물론 나는 안다. 저 허경영같이 약속하면 유권자의 표를 얻지 못한다는 것을. 그러나 얼마나 많은 유권자들이 헛 약속에 현혹되어 자신의 손가락을 자르고 싶어했던가. 그것뿐이랴. 눈앞의 이득에 눈이 어두워 조금 먼 큰 이득을 놓친 경우는 또 얼마나 많았느냐. 이런 점에서 허경영은 차라리 좋은 사람이다. 그가 선거공약으로 내거는 것은 어지간한 사람이라면 대부분 믿을 수 없어 하는 것이다. 이루어질 수 없는 것이라고 생각하는 것들이다. 그래서 재미있어 하고 그래서 또 웃어버리는 것이다. 그러니 그는 정치인이 아니라 차라리 개그맨이라고 해야 옳다. 사실 그는 선거가 끝나고 사법 심판을 받아 감옥을 다녀온 뒤, 방송에 나와 활동한 적도 있다. 시청률이 낮았는지 얼마 뒤 TV에서도 그를 볼 수 없게 되었다.

문제는 허경영과 같은 사람이 아니다. 누가 들어도 그럴듯한 감언이설을 푸는 사람이다. 아주 노골적으로 말도 안 되는 것을 만병통치의 약이라며 약장수 행세를 하는 사람이면 간단하다. 그런 사람은 현행범으로 붙잡아 가면 그만이다. 변명의 여지가 없으니까. 문제는 사회적으로 허락된 모든 자격을 득한 자의 사기행위다. 집안 좋다.(사실 나는 우리 사회에서 말하는 집안 좋다는 말의 뜻을 정확히 알 수가 없다.) 돈이 많으면 집안이 좋은 것인가? 학덕이 높으면? 품성이 좋으면? 학덕도 높고 품성도 좋은데 가난하다면 과연 집안이 좋다고 말할 수 있을까? 학덕도, 품성도, 게다가 돈도 많으며, 벼슬도 높다면 집안이 좋은 것 분명한가? 그런데 과연 그런 집안이 있을까? 이런 집안은 틀림없이 위장전입, 부동산 투기, 병역면제, 전관예우, 탈세 및 뇌물 따위에 관련이 있을 텐데 집안이 좋다고 할 수 있을까? 그러니 여기서도 복잡하게, 그러나 올곧게 따지지 말자. 국회에서 인사청문회를 할 때도 그렇듯, 여기서도 우물

우물 슬쩍 넘어가는 기준 정도로 쳐서 얘기하자.

아무튼 그렇게 집안 좋다, 학벌도 좋다, 돈도 꽤 있다, 인물도 좋다, 친가와 처가도 모두 좋다. 꽃을 달지 않아도 좋으련만, 꽃보다 뭐라는 말이 유행이어서인지, 금상첨화란 말이 있어서인지, 우리에겐 놀고먹고, 적당히 싸우는 척하며 먹고사는 게 일처럼 보이는 국회의원에 나선 그 사람에 대해 얘기해 보자. 무엇보다도 먼저 출마의 변을 보자. 아, 출마의 변의 '변'은 변호사 할 때의 '변'이다. 구구절절 감동적이다. 사실이 진실이기만 하면 더 이상 바랄 게 뭐랴. 지금까지 자신의 삶은 국가와 민족에게서 은혜를 크게 입은 것이었다. 이제는 마침내 갚아야 할 때가 왔다. 오래전부터 이런 각성이 없었던 바 아니었으나, 자기 자신이 이대로 산다는 것은 조국에 대한 배신이라는 뉘우침과 깨달음이 벅차 분연히 떨쳐 일어서기로 했다. 미력하나마 현장정치에 몸을 바치기로 했다. 국민 여러분께서 적극적으로 성원해 주실 줄 믿는다는 식의 얘기다.

그냥 조용히 지금까지의 삶대로 살아도 좋으련만, 굳이 이런 생각을 한 까닭을 우리는 어렴풋이나마 알 것 같다. 왜냐? 그가 놀만큼 놀았다는 것을 우리는 알고 있기 때문이다. 그것이 조국에 대한 배신이라는 뉘우침과 깨달음이 벅차 떨쳐 일어서기로 했다면, 국회의원 말고도 할 일이 많으련만 왜 하필 국회의원일까. 국회의원의 세비가 얼마인지 셈해 보라. 아니, 셈할 필요도 없다. 우리가 얼핏 생각해도, 그들이 누리는 혜택(혜택이라고 하면 결례? 그럼 뭐라고 해야 할까?)은 상상을 초월한다. 군대사회에서 대령하다가 준장이 되면, 즉 장군의 반열에 오르면 변하는 게 몇 가지라고 하나. 그보다 더한 것을 국회의원이 누린다고 알면 된다. 일일이 밝히면 배 아프다가 병난다. 혹시 그게 미안해서 노숙도 하고 단식도 하고 거리에서 시위도 하는 국회의원이 있는 것은 아니겠지. 설마 그럴 리가. 이렇게 얘기하면, 여당 의원은 미안한 줄도 모르는 셈이 되니까, 그건 아닐 것이다. 결단코.

아무튼 그는 할 일도 많으련만, 하필 국회의원을 하겠다고 나섰다. 이제 공약사항을 대충 살펴보자. 30년 숙원사업 해결이 눈에 띈다. 이 사람 국회의원과 지방자치단체장을 헷갈리는 것 아닌가? 30년 숙원사업이란, 지방자치단체장이 할 일이 분명하다. 예전에는 그랬다. 지방자치제도가 확립되기 전에는 지역 국회의원들이 해야 할 지역사업이 많았다. 그러나 지금은 달라졌다. 물론 지방자치단체장을 측면에서 도울 수는 있다. 그렇다손 치더라도 선거공약에 30년 숙원사업 해결 운운은 번지수를 잘못 찾았어도 한참(?) 잘못 찾았다.

국회는 입법기관이다. 그래서 국회의원들이 이런 얘길 곧잘 하지 않던가. 국회의원 한 사람 한 사람이 곧 입법기관이라고. 틀린 말이 아니다. 어김없이 맞는 말이다. 그런데 왜 가끔 조금 웃기네, 하는 생각이 드는 것일까. 내가 방자해서인지도 모른다. 그러나 그것만은 아니다. 국회의원 스스로가 입법기관 같지 않은 경우를 적지 않게 보여줬고, 또 보여주기 때문이다. 우선 지금까지 국회의원 치고 법을 제대로 '준수'한 사람을 본 적이 없다. 국회의원이 범법을 했다고, 검찰에서 소환 통보를 했을 때, 그 소환에 순순히 응한 경우를 보지 못했다. 이들의 주장대로라면, 한국의 검찰은 바보가 된다. 무능하다. 무력하다. 피의자가 국회의원인 경우, 그들이 외치는 18번은 거의 비슷하다. 여당이나 야당이나 꼭 같다. 나중에 보면, 그들의 주장이 맞을 경우도 있고, 전혀 아닐 경우도 있다. 가령 박주선의 경우 5전5승의 기록을 가지고 있다. 그러나 대개는 검찰의 주장이 틀리지 않았다. 그렇다면, 국회의원의 대다수가 가진 법의 정신은 무엇일까? 어거지가 아닌가?

그래서 나는 생각한다. 국회의원을 피의자로 검찰이 부르면 부름에 응해야 옳다. 세 번 이상 불렀을 경우에도 안 오면 구인할 수 있다. 국회가 열려 있을 때에는 그에 맞추어 하는 방법이 있다. 이렇게 법으로 되어 있는 대로 그들은 잘 응해야 옳다. 그것이 한 사람 한 사람이 입법기관인 국회의원이 응당 해야 하는 일이다. 그리고 법에 의하여 그들이 옳았음을 증명하면 된다. 이럴 때, 입법기관의 체통이 더욱 공고해지지 않을까. 법이 아닌 힘의 논리로 법적 절차를 이겨낸다면, 누가 법을 법이라 하겠으며, 누가 그 법을 지키겠는가. 그 법을 만든 입법기관을 우습게 볼 일은 너무도 당연한 일 아니겠는가.

모든 국민은 법 앞에 평등해야 한다. 그 모범을 누가 보여줘야 하겠는가. 바로 국회의원 아니겠는가. 이런 점에서 이 후보자가 30년 숙원사업 해결이라고 한 것은 틀렸다. 그럼에도 유권자들은 이에 현혹된다. 이 사람아, 그건 이미 틀렸어. 자네가 할 수 없는 일을 하겠다니. 이렇게 생각하고 투표하는 유권자가 되어야 함에도, 이 친구가 국회의원만 되면 실세 등극이라는데, 라며 바람 잡는 선거꾼에게 넘어가기 일쑤다. 실세. 우리의 경우 이 말은 결국 대통령과 가깝다는 말이다. 박근혜 정부 출범 때, 어떤 사람은 자기는 박근혜에게 사석에서 "누나"라고 한다고 말했는데, 이 역시 자신이 실세라는 걸 과시한 말이다. 당선만 되면 실세가 된다니 무슨 말일까. 실세가 낙점한 후보자란 얘기. 과거 얘기가 줄을 잇는다. 그의 아버지와 어머니와 실세와의 인연, 이에 이어지는 그와의 인연. 박근혜 정부에서는 박지만과의 친분관계를 이용해서 자신을 실세반열에 들어 있다고 한 사람도 적지 않다. 그리하여 이른바 출세의 길을 타다가 미끄러진 사람도 있다. 이건 매우 한심스러운 일이다.

어느 것 하나 나라의 미래와 무관한 일은 없다. 나랏일을 친소관계로 정한다는 것은. 만약 어떤 대통령이 자신과의 친소관계로 일을 한다면, 그는 그와의 지극히 개인적인 관계에서는 성공할지는 몰라도, 국가와 민족에게는 한마디로 배신행위를 하는 것이다. 영화 〈넘버3〉를 보면서 송강호 부분 중에도 "배신이야, 배신"이라는 대사를 터뜨릴 때, 폭소했던 것도 그 때문이다. 그렇듯, 어떤 대통령도 자기 자신을 넘버3의 송강호 꼴로 만들지는 않을 것이다. 만약 친소관계 때문에 일을 잘못 추스르는 대통령이 있다면, 그는 끝내 자신을 파멸시키고 말 것이기 때문이다. 어느 누구도 자신을 파멸시킬 일에 빠지지는 않을 것이다. 그러나 과연 그럴까? 사람은 꼭 그런 것만은 아니다. 옳은 길 바른 길만 가는 것이 사람이라면 얼마나 좋으랴.

마약에 빠지면 자신을 망치고, 노름에 빠지면 집안을 망치고, 정치에 잘못 빠지면 나라를 망친다는 말이 있는 걸로 보아 사람은 틀린 길이나 그른 길로도 가는 동물이 분명하다. 멀리 갈 필요도 없이 우리의 길지 않은 현대사 속에서도 흔히 볼 수 있다. 애국애족을 외치면서 우리나라를 위기국면으로 몰아넣은 사람. 그러한 까닭에 아버님, 형님, 아우님, 누님… 어쩌고 하면서 나라 망칠 일만 골라서 하는 사람에게 빨려 들어가면 큰일이 나고야 만다. 그러나 코 아래 진상이 제일이라고 했다. 명약은 입에 쓰다. 귀에 거슬리는 말 듣기 좋아할 사람이 흔하지 않다. 흔하면 면역력이 생겨 더러 귀담아듣기도 하련만, 전부가 옳습니다, 지당한 말씀입니다, 저는 감히 생각도 못한 탁견이십니다, 이렇게 받아쓰기하길 참 잘했습니다, 말씀마다 주옥이어서 뺄 것이 없습니다, 아니 뺄 말씀이 없습니다. 이런 아첨꾼들 목소리 사이에서 퉁명스럽게 튀어나온 한마디이다 보니 귀에 거슬릴 수밖에. 하여 목에 가시가 걸리듯 귀를 찌른 그 목소리의 주인공을 버리게 된다. 그가 누구든 상관없다. 아니, 한때 매우 가까운 사람일수록 더욱 괘씸하다. 그래서 더욱 가혹하게 '처리'하고 싶어진다. 아마도 '감히 네가? 네 상전의 심기를 흐려?' 갑자기 시저를 찌른 브루투스가 떠오른다. 살려 두어서는 안 된다. 지금은 혀끝이지만, 나중에 저 혀끝이 칼끝으로 변해 내 심장을 후벼 파리라. 절대로 살려두어서는 아니 되리

라. 저 놈을 살려두었다간 또 다른 놈들이 달려들지 말란 법이 없다. 배신자에게는 응징밖에는 없다. 이렇게 생각의 꼬리가 이어져 가다간 끝내 사고를 친다. 아무도 모르게 배신자의 목을 치는 것이다. 저 북한의 김정은이 한다는 공포정치가 바로 이런 것일 게다. 그리하여 그런 자의 주변에는 오로지 목숨을 부지하기 위해 목숨을 구걸하는 '거지'만 가득하게 되고, 올곧은 사람들은 보이지 않는 곳으로 가고 만다. 그러면 그는 무엇이냐? 거지왕초에 다름 아니다.

그렇다면 국회의원이 되기만 하면 곧바로 실세 반열에 들게 된다는 것은 목숨을 구걸하는 '거지'가 된다는 것이냐? 아니면 거지왕초에게서 멀리 사라진다는 것이냐? 그럼에도, 유권자들은 실세 반열에 들면 당장 자신들에게 유리할 거란 생각만 한다. 경국지색이란 말이 있지 아니한가? 예쁜 것 좋아하다가 나라가 망하는 줄도 모르던 어떤 바보 왕에서 유래된 말이 아니냐. 민주주의 국가에서 왕은 국민이냐, 대통령이냐. 적어도 그들이 민주주의를 지향한다면 글자 속에 정답이 들어 있다. 민주주의는 곧 국민이 주인의 자리에 있다는 뜻이다. 그런 까닭에, 배울 것 다 배운 잘난 척의 고수들이 연필과 공책 챙겨 들고 머리 조아린 채로 말씀 적기에 바쁜 초등학생 같은 모습을 취하는 머슴을 뽑아서는 안 된다. 그들은 국민 앞에 머리 조아리고 국민의 말씀에 귀를 활짝 열어야 하는 공복이어야 하기 때문이다. 대통령이 아닌 국민이 그들의 주인인 줄 아는 공복이어야 하니까. 그럼 대통령은 뭐냐고? 대통령은 국민들의 대표 공복일 따름이다. 국민들의 국민들에 의한 국민들을 위한 대표 공복으로 뽑힌 사람이다.

현재 국회의원 임기는 4년이다. 그런데 여기서 30년 숙원사업 어쩌고, 실세 반열 어쩌고 하는 따위의 얘기를 하는 자는 이미 국회의원 자격이 없는 것이다. 그럼 어떻게 하나. 그 사람이 내 친구 아들인데, 내 친군데, 내 친구의 누군데, 내 동창인데, 우리 동네 사람인데, 나와 무슨 관겐데 등등의 따위로 헛갈리지 마라. 바로 이런 패거리 정치가 이 나라를 이렇게 만든 것 아니냐. 이젠 그만 하자. 이런 지연, 학연, 혈연 등등을 다 버리자. 적어도 정치와 관련해서는. 버리지 못하면 또 그 나물에 그 밥을 씹으며 한탄을 해야 할 것이다. 선거한 다음 날부터 후회할 짓 언제까지 할 것이냐.

사기를 처음 당한 것은 사기꾼 탓이지만, 두 번 당하면 이번엔 사기당한 사람 책임이라는 말이 있다. 나는 더욱 여유 있게 말하겠다. 지금까지는 전부 사기꾼 탓이라고 하자. 그리고 순진무구한 당신을 속인 그들의 잘못이라고 하자. 그러나 이제 어느덧 70년이 지났다. 우리 대한민국의 국민들도 정신을 차리기에 충분한 시간이 흘렀다. 사기 당하지 말자. 어차피 여자의 환심을 사야 할 남자는 말도 안 되는 소릴 지껄인다. 나 그대에게 모두 드리리. 별을 따다가 그대 가슴에 고이 드리리. 애당초 사기다. 하늘의 별은 딸 수 있는 것이 아니다. 국회의원이 되고 싶은 후보자의 심정은 여자의 환심을 사고 싶은 남자와 같다.

그리고 한 명 한 명의 국회의원이 입법기관인 것은 분명하지만, 국회의원 한 명이 할 수 있는 일은 그리 많지 않다. 누리는 것은 많지만, 제값 다하는 국회의원이 되기는 무척 어렵다. 우리를 현혹시키는 약속을 휘황하게 늘어놓는 사람보다는 정직하게 소박하게 우리를 섬기겠다는 사람을 뽑자. 70년 동안 그들이 하겠다고 약속한 그 나라가 우리나라라면, 우리는 벌써 OECD국가 가운데 1위 국가 되었어야 한다. 그런데 몇 위 국가인가? 이런 점에서 정치는 어차피 사기다. 슬프지만, 아프지만, 사실이다. 그러니 사기에 당하지 않도록 우리가 정신 바짝 차리는 수밖에 도리가 없다. 물론 쉽지 않은 일이다. 그러나 70년을 속아오면서 이제는 사기당하지 않을 노하우도 충분히 축적되었다고 생각한다. 다시 강조한다. 정치는 사기이니 그 사기에 이제는 속지 말자. 속지 말자. 70년 속았으면 충분히 속았다.

이제 가면무도회는 끝내자

박정희, 김대중, 노무현이 인기다. 저마다 지역구의 투표성향과 유권자의 투표성향에 따라 달라 보이지만 실인즉 속은 같은 것이다. 선거 때 얘기다. 자기는 어려서부터 박정희의 얘기를 들으며 자랐고, 따라서 대한민국의 오늘을 있게 한 초석을 쌓은 박정희를 계승한다는 것이다. "경제가 어려운 오늘 나는 박정희처럼 이 나라의 경제성장에 혼신을 기울일 것이며, 마침내 국민소득 3만 불은 물론이거니와 4만, 5만 불 시대를 이루어내는 견인차가 되겠다."고 목에 핏대를 세워가며 목이 쉬어라 외친다. 그런가 하면 오늘 이 나라의 민주주의는 누가 지켰는가. 그뿐인가. 나라가 IMF체제에 빠져 백척간두에 섰을 때 누가 구했는가. "나는 김대중처럼 민주주의가 위기일 때는 온몸을 바쳐 민주주의를 지킬 것이며 나라가 경제 위기에 처하면 혼신을 다 바칠 것이다. 아니 애당초 그런 일이 생기지 않도록 할 것이다."라며 사자후를 토한다. 또 한편에서는 이렇게 웅변을 한다. "국민과 가장 가까운 대통령이 되겠다. 나는 저 노무현처럼 국민 속에서 함께 사는 사람이 되겠다. 결코 당리당략에 빠지지 않을 것이며 언제나 국가와 국민을 위해서 살겠다. 설령 인기가 없는 정치인이 될지언정 나라의 올바른 내일을 위해 주저 없이 나갈 것이다. 인기에 연연하여 대의를 저버려 나라를 망가뜨리는 일을 결코 하지 않을 것이다."라며. 들어보면 기가 찬다. 만일 이 나라에 박정희나 김대중이나 노무현이 없었으면 어쨌을까 하는 딱한 생각이 든다.

그렇다. 안다. 이런 식으로 외치고, 외치고 또 외치는 것이 지역에 따라 표를 얻는 데에 얼마나 유효하고 유력한 방법인지를. 표를 좇아 생사의 갈림길 위에 서 있는 것이 후보자라고 하겠으니, 그 마음 이해를 할 수도 있다. 그러나 과연 이것밖에 없을까. 이것만이 표를 얻을 수 있는 유일무이한 방법일까. 자신의 독창적인 생각이라고는 눈을 비비고 찾아봐도 찾을 수 없으니 너무한 것 아닌가. 현재 그리고 미래를 사는 사람들을 향해 이미 저세상으로 떠난 지 오래인 과거의 사람들을 내세우며 자신의 입지를 세우려 하는 짓은 아무리 생각해도 치졸한 것 아니냐 말이다.

국민들은 이제 새로운 길을 가고자 원하는데, 국민들은 이제 새로운 생각을 듣고 싶어하는데, 이 무슨 짓이란 말인가. 정말 우리 국민들을 계속 추모의 밤에 와서 촛불을 들게 하고 슬피 울게 하는 자들은 정치일선에서 떠나야 한다. 요즈음은 부모님이 돌아가셔도 3년상 지내는 사람 드물다. 야박하다고 할 정도로 빠르게 돌아가신 부모와 일찍 작별의식을 마친다. 그런데 왜? 도대체 왜? 정치권에서만 이토록 지루하게 죽은 사람들의 영정을 다시 꺼내고 또 꺼내는가 말이다. 이것은 예의도 발전도 아니다. 만약 그 영정을 꺼내 드는 것이 자신의 당선에 유효하지 않아도 그렇게 할까. 결국 유권자들에게 먹히니까 그렇게 하는 것 아니냐며 유권자에게 그 책임을 떠넘길 수도 있다. 그러나 그런 생각을 하는 정치인은 비겁한 사람이다. 올바른 정치가란 현재를 딛고 서서 이 나라의 미래를 제시하고 그 미래를 향해 앞서 꿈꾸는 사람이기 때문이다.

정치가는 아니지만, 정치가보다는 한 계단 더 높이 선 영성의 지도자이긴 하지만, 미국의 킹 목사는 미국 시민들에게 꿈을 얘기했다. 그리고 그 꿈을 향해 걸어 나가다가 흉탄에 맞고 쓰러져 하느님의 품에 안겼다. 그리고 그가 시민들에게 함께 꾸자고 한 꿈은 오늘도 계속 이루어져 가고 있다. 그렇다고 하더라도 그의 영정을 들고 "내가 그 꿈을 끝내 이루고 말겠다."고 그 누구도 말하지는 않는다. 왜냐하면 그가 꾼 꿈은 미국 시민들 모두의 꿈이고 앞으로도 계속 이어져 나아가야 하는 인류의 보편적 꿈이기 때문이다. 그냥 그들 모두는 공통적으로 그 꿈을 이루어갈 뿐이다.

박정희와 김대중과 노무현에게 못 이룬 꿈이 있어 그의 영정을 들어야 한다면, 그 꿈은 우리 국민 모두의 꿈으로 우리 국민 속에 스며들어 있을 것이다. 그것이 배타적인 자기들만의 꿈이라면 그것은 우리에겐 무효인 필요 없는 꿈일 따름이다. 그런 까닭에 영정을 꺼내 들고 그의 이름을 부르며 목 놓아 통곡하여도 아무 소용이 없다. 진정 그를 추모한다면 그의 꿈이 우리 국민 모두의, 아니 인류의 공통적이고 보편적인 꿈이 되도록 하나씩하나씩 쌓아가는 것이다. 그것을 무슨 응원단의 깃발처럼 펼쳐 선거 때마다 흔드는 것은 그야말로 그를 천하게 만드는 것이 아닐 수 없다.

　적어도 정치를 하겠다고 나서는 일은 자기가 이 나라 이 민족을 위해 죽기를 맹세하고 헌신하겠다는 굳세고도 굳센 다짐이 선행되어야 하는 일이다. 그런 까닭에 분명한 '자기'가 있어야만 하며, 투철한 '자기 철학'이 있어야만 한다. 자기 혼자서 사는 데에도 단단한 무장이 있어야 하는데, 한 나라를 이끄는 특별한 성원이 되겠다는 사람에게 이런 정도의 각오가 없다는 것이 말이 되는가. 그렇다면 그는 응당 남의 탈을 쓰고 탈춤을 추어서는 안 될 것이다. 당당히 자기를 드러내고, 자기의 생각을 자기 민낯을 드러내고 자기의 목소리로 말해야 마땅하다. 설령 그렇게 하였으므로 낙선하였다고 하더라도 우리는 그를 참된 정치가라고 부를 것이다. 비록 낙선하였으나 미안한 마음으로 아까운 사람으로 기억할 것이다. 박정희란 탈, 김대중이란 탈, 노무현이란 탈을 써서 당선한 사람은 두고두고 그의 이름을 갖지 못할 것이다. 박정희-김대중-노무현의 아류에 지나지 않는 사람으로, 그저 당선하려고 가면의 춤을 추던 가면무도회의 광대쯤으로 사람들은 생각할 것이다.

　요즈음 내년 국회의원 선거를 앞두고 부쩍 이런 광대 짓을 하는 사람이 늘어나고 있다. 말은 제각기 그럴싸하지만 결국 광대를 하겠다는 뜻에 다름 아닌 경우에 지나지 않는다. 이른바 정치평론가 중에는 야권이 무조건 합쳐야 국회의원 선거에도 이기고 대선에서도 이길 수 있다면서 "합쳐라, 합쳐라!" 하고 목소리를 높여 강조한다. 합치면 이길 수 있다는 걸 모르지 않을 것이다. 야당을 하는 사람들도.

그러나 나는 생각이 다르다. 그렇게 이기기 위해 합치는 것은 발전이 아니다. 이 나라의 진정한 정치발전은 각자 뜻대로 생각대로 하는 것이다. 무조건 합쳐서 이긴들 마음속의 생각이 다르면 다시 깨질 것이다. 결과는 합쳐서 했을 때나 각자도생各自圖生을 했거나 같을 것이다. 살아올 자는 살아올 것이고, 죽을 자는 죽어 떠나게 될 것이니까. "합쳐라, 합쳐라!" 하는 사람의 생각을 모르지 않으나, 긴 역사의 회랑에 서서 진정한 정치발전의 길을 모색하는 게 옳다는 생각이다. 비대해진 여당. 그들의 민주주의의 가면을 쓴 전횡에 나라가 어떻게 될까 걱정하는 목소리인 줄을 왜 모르랴. 그렇다고 그런 물리적 방법은 해결책이 절대로 되지 못하며, 그 또한 옳지 않은 다른 의미의 전횡이 아닐까 한다. 그리고 너무 염려하지 말기 바란다. 그리하여 만약 야권이 쫄딱 망하면 그때부터 제 스스로 자신을 제대로 바라볼 수 있는 눈을 뜰 수 있고, 그렇게 해서 뜬 눈이야말로 보석 같은 눈일 테니 말이다.

그리고 비대해진 여권의 전횡에 지레 겁먹고 걱정하지 말기 바란다. 자유당 정권도, 유신정권도, 전두환 정권도 결국 국민에게 졌다. 결코 그들은 이기지 못하며, 지금은 더욱 그러하다. 풍선이 커지는 것을 두려워할 까닭이 무어냐. 적절한 크기를 벗어나면 끝내 스스로 터지고 말지 않느냐. 지금 이 시대 이 국민을 얕보지 말아야 할 것이다. 우리는 여러 차례의 우여곡절을 겪은 증인이며 동시에 투사이다. 그런데 무엇이 두려운가. 그들이 그렇게 무서우냐 말이다. 여도, 야도 끝 간 데까지 가보면 비로소 그 끝을 보게 될 것이고, 그러면 돌아올 수밖에 없다. 균형의 시대가 얼마나 아름다운지를 확연히 깨닫게 될 것이다. 어떤 경우가 와도 걱정을 앞세워 인위적인, 작위적인 연출은 안 된다. 여도 야도 마찬가지다. 아직도 우리의 민주주의 역사는 짧은지 모른다. 이를 앞당길 수 있도록 정치권이 철들었으면 참 좋겠다.

요즈음 TV를 보노라니 〈복면가왕〉이란 게 있다. 희한한 복면을 쓴 사람의 노래자랑인데, 꼭 가수만 나오는 게 아니다. 여러 분야에서 활약하는 사람들이 나온다. 정말 노래 잘 부르는 사람이 많구나, 하는 생각이 절로 나게 하는 프로그램이다. 여기에 나오는 복면은 결코 유명가수의 얼굴을 하지 않고 있다. 정치판에는 박정희-김대중-노무현의 탈뿐인데, 이 프로그램에 등장하는 복면에는 전혀 유명가수와는 거리가 아주 먼, 오히려 흉하다고 할 수 있는 복면을 쓰고 나온다. 그런데 그들이 부르는 노래는 명품 가운데 명품이다. 아니, 이렇게 노래 잘 부르는 사람이 어디 있었을까, 전문가들이 아연실색이다. 그런데 복면을 벗는 순간 전문가들은 또 놀란다. 보석의 재발견이라고나 할까. 그가 그렇게 노래를 잘 부르는지 몰랐다고 고백하는 전문가. 이렇게 해서 다시 무대로 돌아와 활발히 활약하게 된 보석들이 벌써 여럿이다.

저는 이렇게 생각합니다

바로 이것이다. 이런 식의 가면무도회가 우리 정치판이면 얼마나 좋을까. 보석 같은 정치인을 다시 만날 수 있으면 얼마나 좋을까. 또 처음 만나면 얼마나 좋을까. 그들이 쓴 가면보다 훨씬 아름답고 멋지고 씩씩하고 싱싱하면 얼마나 좋을까. 가면은 대한민국 국민의 30% 이상의 추억을 건드리는 세 사람인 데 반해, 하는 짓은 '전혀'인 정치판의 그들을 어쩌면 좋을까.

TV의 복면가왕 뽑기와는 정반대인 정치판을 위해서 정중히 건의하는 바이다. 이제 가면무도회는 끝내자고. 이게 바로 정치권이 철드는 것이라 생각하며, 진정 자기 목소리로 자기 노래를 부르는 정치인을 기대한다.

이런 대통령을 보고 싶다

70년 동안 우리나라의 대통령 한 사람 한 사람에 대해 주마간
산 격으로 살펴보았다. 100% 만족을 준 대통령이 없었음은 물론
국민에게 근심을 준 대통령이 압도적으로 많았다. 그들인들 그러
고 싶어서 그런 것은 아닐 줄로 생각한다. 어떤 경로를 밟아 대통
령이 되었더라도 '잘'하고 싶었을 것으로 믿는다. 그들은 나름대로
대통령 임기 동안 어떤 방법으로든 우리나라를 발전시키고자 하
였을 것이다. 심지어 전두환과 노태우조차도 정의사회 구현이니,
보통사람의 시대니 하며 그럴듯한 시대가치와 목표를 내세웠었다.
물론 완벽히 실패했지만. 다른 역대 대통령들에게도 그들 나름 꿈
꾸며 그린 그림이 있었다. 그럼에도 그들은 그들이 꿈꾸고 그리고
자 했던 세상을 만드는 데에 성공하지 못했다. 성공이라니? 너그
러이 봐줘서 실패하지 않았으면 다행이다. 이것이 우리의 현실이
지만, 외국이라고 해서 성공률이 높은 것은 아니다.

사실 야구만 보아도 그렇다. 밥 먹고 야구만 하는 선수들의 일 년간 투타율을 보면 그리 높지 않다. 그럼에도 영웅이 된다. 세계 축구 영웅 메시나 호날두의 플레이가 환상적이어서 환호를 마구 마구 보내지만 그들이 일 년 동안 뛴 게임 대비 골을 넣은 수는 그리 환상적이지 않다. 이렇게 따지고 보면 세계의 정치지도자들은 억울한 측면이 너무 많다. 그것은 왜일까. 야구나 축구는 우리가 입는 옷이나 먹는 밥이나 사는 집과 무관하다. 그러나 정치는 어떠 하냐? 정치는 우리의 의식주, 곧 삶과 밀접한 관계가 있다. 그럼에 도 사람들은 정치에 대해 야구나 축구처럼 열광하지 않는다.

정치에 관한 책은 팔리지 않는다. 사람들은 정치에 대해 관심 이 많지만, 그래서 누구나 한마디씩은 자기의 정치관 내지는 주장 들을 하는 편이지만, 사실은 생각만큼 책이 많이 팔리지 않는다. 사람들이 정치를 말할 때는 대개 부정적이다. 결국 그 사람이 그 사람 아니야? 정치가 우리에게 무엇을 준단 말이야? 그들만의 말 잔치 돈잔치 하는 것 아냐? 그러다가 자기 자신의 이해와 직결되 는 문제가 나오면 난리법석을 떨기 시작한다. 우리 집 뒤에 쓰레기 하치장이 생긴다거나, 우리 남편이 직장에서 구조조정 때문에 문 제가 생겼다거나, 어느 회사가 협력회사에 갑질을 하는 바람에 물 건의 질이 떨어지게 되었다거나 등등에서부터 소고기가 문제라느 니 하는 좀 더 큰 문제까지가 생기면 말이다. 그리고 결론은 '대통 령'으로 끝난다. 도대체 대통령은 뭐하는 거야? 대한민국에서 일 어나는 크고 작은 모든 일의 잘못은 전부 대통령 때문이기라도 한

듯이 대통령 탓이 비등해진다.

그런데 그 대통령을 누가 뽑았느냐 하면 바로 아우성치는 국민들이다. 이러니 대통령 노릇 하기 여간 힘든 게 아니다. 외국이라고 크게 상황이 다르지 않아서 나라에 따라 차이는 있지만 이런일이 없지 않다. 그러므로 이 세상 대통령 모두는 지독히 어려운직업을 택한 사람들인 셈이다. 그런데, 그 가운데에서도 인기가 괜찮은 사람이 있고 아주 바닥인 사람도 있다. 어떠하더라도 100% 지지도를 가진 대통령이 있을 수는 없으니, 51% 이상의 지지도를 유지할 수 있다면 대성공이랄 수 있다. 적어도 국민의 절반 이상이지지를 하는 것이니 말이다. 감히 대성공이라고 말해도 무방하다. 만약 그 사회의 지성 가운데 51% 이상의 지지를 받는다면 그것은 더 말할 필요도 없다는 생각이다. 그러나 그런 일은 영원히 불가능한 것이 아닐까.

그렇다면 사람들 가운데 극소수는 왜 대통령을 하고자 할까?
그는 세상을 변화시키고자 하는 욕망과 의지를 가진 사람일 것이다. 세상을 변화시킨다? 이러한 욕망과 의지를 꼭 좋은 방향으로생각할 수는 없는 까닭에 여기서 말하고자 하는 사람의 변화욕구와 의지를 아주 좋은 방향의 것으로만 한정해 얘기하자. 그리고 우리나라로 한정해서 얘기하자. 동시에 정책 등에 대해서는 그들에게 맡기자. 가장 기본적인 몇 가지만 얘기하기로 하자.

첫째, 매일 아침 국민이 대통령의 얼굴을 보면서 웃고, 대통령도 국민을 보고 웃는 모습을 보고 싶다. 웃는 모습보다 아름다운 모습은 없다. 매일 아침 국민이 대통령의 얼굴을 보면서 웃을 수 있다면 그보다 행복한 국민이 어디에 또 있을까. 이를 위해서는 대통령이 국민을 향해 언제나 웃음을 줘야 할 것이다.

좋은 예가 될지 모르겠지만, 세계대전이 한창일 때, 영국의 수상을 맡고 있던 처칠은 사진기자가 플래시를 터뜨리기가 무섭게 항상 웃었다고 한다. 제 아무리 화가 난 순간에도 그는 어김없이 그랬다고 한다. 그러니 당시 영국 신문에는 늘 처칠 수상의 웃는 모습만 실렸다고 한다. 그래서 한번은 기자가 물었단다. 사진을 찍을 땐 왜 늘 웃느냐고. 이때 처칠은 내가 웃어야 국민이 우리가 전쟁에서 이기고 있다고 생각하지 않겠나, 그리고 그래야 파운드화의 가치가 떨어지지 않지, 라고 재치 있는 대답을 하였단다. 사기가 아니냐고 생각할 사람도 있을 것이다. 당시에도 그렇게 생각한 사람이 없지는 않았던지, 처칠이 화난 듯한 사진 한 장이 남아 있다. 그것은 캐나다의 사진기자가 플래시를 터뜨리기 전에 처칠의 입에 물려 있던 시가를 잡아챈 다음 순간적으로 그 표정을 찍은 것이라고 한다. 그러나 처칠의 웃는 모습이 대세에 영향을 끼치지 않고 영국이 승전국이 되었으니 이쯤이면 귀여운 사기 아닐까. 아무튼 늘 웃는 대통령과 늘 웃는 국민을 보고 싶다.

둘째, 믿음을 주는 대통령을 보고 싶다. 대통령이 하는 말과 행동을 무한신뢰할 수 있는 대통령을 보고 싶다. 와글와글하다가도 대통령이 말하고 행동하는 것을 보면서 곧바로 조용해질 수 있는 국민을 보고 싶다. 대통령 말이라고 믿을 수 있어? 저렇게 하는 것, 저건 쇼야. 이래서는 나라를 지탱하기 어렵다. 대통령은 언제나 진실과 사실을 말한다. 그리고 그 진실과 사실에 바탕해서 행동한다. 이렇게 되면 걱정할 것이 없다.

사실 미국은 현대에 들어와서도 두 번의 큰 위기가 있었다. 그 한 번은 워터게이트 사건이고, 그 둘은 르윈스키 사건이다. 워터게이트 사건은 잘 알려져 있듯이 예비선거에서 상대 진영을 도청한 사건을 워싱턴 포스트의 두 기자가 끝까지 파헤쳐 세상에 알려진 사건이다. 이때 만약 당시 미국 대통령인 닉슨이 이 사건을 다른 방향으로 끌고 갔다면 어떻게 되었을까. 그러나 그는 마지막 순간 '정직'을 택하고 대통령직에서 물러났다. 르윈스키 사건은 여러분이 더 잘 아실 것이다. 미국의 클린턴 대통령이 인턴 여대생과 대통령 집무실에서 절대로 해서는 안 될 짓을 했다. 특별검사의 예리한 수사로 사실이 적나라하게 드러났다. 이때 클린턴이 '버티기'로 나갔다면 어떻게 되었을까. 클린턴은 이때부터 인구에 회자되기 시작한 '부적절한 관계'가 있었음을 시인했다. 죽기보다 싫었을 터이지만, 그는 그 사실을 '정직'하게 시인했다. 그렇다. 문제는 '정직'이었다. 정직이 바탕만 되면 국민은 대통령을 무한신뢰한다. 반대로 대통령이 거짓말을 하면 신뢰는 산산조각이 난다. 어떤 경우에도 정직한 대통령, 그리하여 국민과 무한신뢰를 주고받을 수 있는 대통령을 보고 싶다.

저는 이렇게 생각합니다

셋째, 두렵지 않은 대통령을 보고 싶다. 칼집에 든 칼이 위엄이 있다는 말이 있다. 칼집에서 칼이 나오면 뭐라도 찔러야 하는 까닭에 두렵다. 그러나 칼집에 칼이 들어 있으면 저 칼이 칼집에서 나와 칼춤을 추는 일이 없도록 조심하기 마련이다. 대통령이 어떠한 힘을 가졌는지 모를 사람은 없다. 대통령의 힘은 법으로 보장되어 있다. 대통령에게 주어진 법의 힘을 구체적으로 모르는 사람은 모르겠지만, 법으로 보장된 대통령의 힘에 감히 도발할 수 있는 사람은 없다. 우리나라나 외국이나 할 것 없이 대통령이 법으로 보장한 대통령의 힘을 초법적으로 사용하는 경우를 제외하고는 도발할 수가 없다. 마찬가지로 국민의 경우도 법으로 보장한 힘을 벗어나면 가차 없이 징벌할 수 있게 되어 있다. 그러한 까닭에 대통령이 걸핏하면 대통령의 힘을 과시하려 하거나 과시하면 그 힘은 결국 종이호랑이의 포효에 지나지 않게 된다. 힘이란 누가 보더라도 사용하지 않으면 안 되는 때에만 사용해야 한다. 우리 국민보다는 다른 나라를 상대로 대통령이 위엄을 보여준다면 우리 국민들은 저절로 고개를 숙일 것이다. 바로 이렇게 자신의 힘을 보여주는 반면 국민에게는 자애로운 할아버지나 어머니 같으면 좋겠다. 더욱이 우리나라는 매우 특별한 상황 속에 들어 있다. 우리는 휴전 중인 나라이다. 휴전이란 전쟁을 쉬고 있다는 뜻이다. 따라서 대통령 가운데는 이 사실을 전가의 보도처럼 흔든 사람들이 많았다. 어떤 경우에는 금방 전쟁을 하는 것이 옳은 것 아닌가 하는 때도 있었다. 또 어떤 경우에는 '이게 뭐야?'라고 속았구나 싶을 때도 있었다. 심지어 선거에 '북풍' 어쩌고 하는 공작 차원의 일을 만든 경우도 있었으며 '공안정국'이란 말이 떠돌 때도 있었다. 이제 이런 일로 국민을 두렵게 하지 않는 대통령을 보고 싶다.

애써 외국으로 시선을 돌릴 필요도 없다. 대한민국 현대사에서 군사정권시대를 되돌아보면, 그 폭력의 무서움과 무소불위의 권력을 휘두른 대통령 장본인들의 말로가 어떠했는지 명약관화하게 드러나기 때문이다. 18년 독재를 한 대통령은 총으로 일어서서 총으로 갔고, 이어서 총으로 정권을 도둑질한 군인 출신 두 대통령은 감옥행을 감수해야만 했다.

넷째, 우리 민족의 숙원인 남북통일을 정권유지에 악용하지 않는 대통령을 보고 싶다. 남북통일이란 과업 앞에서는 우리 모두를 숙연해지게 하고, 진정성의 진정성으로 임하게 하는 대통령을 보고 싶다. 어떤 경우에도 남북통일이 한 정권의 노리개나 한 정파의 이해관계에 따라 움직이지 않게 하는 대통령을 보고 싶다. 남북통일이 이벤트나 해프닝으로 치부되고 이용되지 않게 하는 진지함과 무게감으로 국민들에게 심어지고 아로새겨져 우리 모두가 남북통일을 '별것 아닌 것'으로 여기지 않게 하는 대통령을 보고 싶다. 그리하여 저 북한의 김정은 등에게도 무겁게 느껴지게 하는 신중하고 진중한 대통령을 보고 싶다. 그리고 이 신중하고 진중함이 국민 모두의 입을 막고 생각을 막는 것이 아니라, 오히려 더욱 자유로운 통일담론이 활짝 열리는 우리나라가 되게 하는 대통령을 보고 싶다. 곧, 대통령만이 통일에 대한 생각을 독점하는 폐쇄성이 아닌, 온 국민의 생각을 열어 다양하고 다채로우며 훌륭한 의견이 나오게 하는 대통령을 보고 싶다. 그리하여 북한은 물론 세계 모든 이들이 받아들일 수밖에 없는 남북통일을 이룰 수 있는 대통령을 보고 싶다. 남북통일을 향한 새로운 패러다임을 세우는 대통령을 간절히, 간절히 보고 싶다.

미국 제16대 대통령인 에이브러햄 링컨은 미합중국에서 남부연합이 분리하려고 전쟁을 일으켰을 때 북부군을 이끌고 나가 싸워 승리를 하였으며, 노예를 해방시켰다. 당시 남부는 부유한 대지주들이 많아 군수물자가 풍부하였고, 북부에 비하여 군사적으로도 우위에 있었다. 남부의 대지주들은 노예제도를 필요로 하였고, 노예해방을 선언하고 나선 링컨에게 총부리를 돌렸지만, 그들은 결국 전쟁에서 패배하고 말았다. 물론 북부군의 흘린 피가 거둔 성과지만, 노예해방의 기치를 들고 일어선 링컨의 휴먼 정신이 거둔 승리라고 할 수 있다. 진실의 힘은 무력과 재력도 이겨내는 강력한 파워를 가지고 있다. 대한민국의 통일도 남북의 기득권 싸움이나 군사나 경제적 힘겨루기가 아닌 역사적 진실에 입각한 새로운 패러다임으로 휴먼 정신을 발휘하여야 할 때라고 본다.

다섯째, 국민과 직접 대화하는 대통령을 보고 싶다. 장관이나 비서가 아닌 국민과 직접 대화를 하는 대통령을 보고 싶다. 국민이 너무도 유치한 까닭에 대통령으로서는 대화하기 부적절하다고 행여 생각하지 말기 바란다. 그들이 바로 대통령을 뽑은 사람들이다. 그들이 바로 저 동대문에서 장사하는 사람들이며, 논밭에서 일하는 농부들이며, 새벽같이 일어나 우리 거리를 깨끗이 청소하는 사람들이다. 노숙자들과도 얘기하고, 저 높은 굴뚝에 올라가 시위하는 근로자와도 얘기하고, 이대로는 못 해먹겠다고 아우성치는 노조 사람들과도 얘기하라. 각계각층 누구와도 얘기하라. 그들을 두려워하지도, 얕잡아 보지도, 더럽게 보지도 마라. 그들의 한 표 한 표가 모여서 대통령을 뽑은 것이다. 대통령이 된 순간 당신을 뽑았거나 뽑지 않았던가를 따지지 마라. 그 모두가 당신이 섬겨야 할 국민이기 때문이다. 대통령은 자기 지지자만의 대통령이 아닌 대한민국 국민 모두의 대통령이기 때문이다. 당신이 대통령이 된 순간, 당신은 특정 정파의 지도자가 아닌 것을 국민 모두가 승인한 것이다. 이것이 바로 민주주의의 원리이다. 그런 까닭에 대통령이 된 당신은 그들 모두를 챙겨야 하는 것이다.

대한민국에서 가장 가슴이 넓고 깊고 따뜻한 대통령과 국민이 직접 대화하는 모습을 보고 싶다. 인왕산에 올라 홀로 〈아침이슬〉을 부르지 마라. 광화문 찬 바닥에서 밤샘을 한 그 국민 속으로 뚜벅뚜벅 걸어 나와 함께 〈아침이슬〉을 불렀다면 어땠겠나. 미국의 케네디는 "나는 미국 국민을 두려워하는 대통령이 되기보다는 차라리 미국 국민 속에서 죽는 대통령이 되겠다."고 했다. 그가 비록 그의 말대로 되었지만, 흔한 일은 아닐 것이다. 그렇다. 대통령은 이렇게 그를 대통령으로 뽑은 국민과 언제나 만나 얘기할 수 있어야 한다. 정말 그런 대통령을 보고 싶다.

필리핀 '서민 대통령'인 라몬 막사이사이의 출마 일성은 "내가 먹기 전에 국민이 먹어야 한다. 나의 부친이라도 범법하면 감옥에 보내겠다."였다. 그는 대통령 재임 시절 사복을 입고 시내에 나갔다가 교통경찰의 검문을 받았다. 면허증을 제시하라고 하자, 때마침 옷을 갈아입고 나오는 바람에 면허증이 없었다. 교통경찰이 이름과 직업을 대라고 하자, "이름은 라몬 막사이사이, 직업은 대통령입니다." 그 말을 듣고 나서 교통경찰은 부동자세로 경례를 하였다. "그러나 면허증이 없으니 벌금은 내셔야죠." 하고 교통경찰이 말하자, 막사이사이는 "물론이죠." 하며 웃었다. 그는 이처럼 대통령 재직시에도 소탈했으며 의전상의 예우도 간소화했다. 임기 중 가족 및 측근에게 어떠한 혜택도 부여하지 않았다. 도로, 다리 및 건물 등에 자신의 이름이 붙는 것을 허락하지 않았다. 우리에게도 그런 대통령이 있었으면 하는 바람이다.

여섯 번째, '예'보다는 '아니요'에 관대하여 관심을 가지는 대통령을 보고 싶다. 듣기 거북한 얘기가 더 듣고 싶기란 누구에게나 어렵다. 대통령의 경우도 마찬가지다. 더욱이 '예' '예' 하는 소리를 여기저기서 듣기 십상인 대통령이 '아니요'라는 얘기를 좋아하기란 정말 쉽지 않다. 대개 '아니요'란 얘기 속에는 대통령의 생각에 반대하며 브레이크를 거는 것이 틀림없기 때문이다. 그러나 바로 그 듣기 싫은 얘기에 귀를 열고 마음을 여는 대통령을 보고 싶다. 예나 지금이나 같다. 힘이 센 사람에게 '아니요'라고 말하기란 보통의 용기가 없이는 불가능한 일이다. 나쁜 소식만 전했기 때문에 까마귀가 되었다는 설화도 우리는 안다. 그런데 감히 대통령에게 딴죽을 걸며 '아니요'라고 하는 그 말에 귀를 기울이는 대통령은 옳고 그름을 바르게 분별하는 대통령이 분명한 까닭에 그런 대통령을 보고 싶다.

저 중국의 당태종처럼 말이다. 당태종이 황제의 위에 오를 때 반대하였던 위징을 전격적으로 등용하여 가까이에 두고 간언을 하도록 했다. 황제가 잘못하는 것이 있으면 직언을 하여 바로잡도록 하였다. 위징이 하도 바른말로 간언을 하자, 당태종은 황후에게 "위징, 저놈이 날마다 나를 괴롭히네. 어떤 땐 죽여버리고 싶지만 옳은 소리니 참을 수밖에." 하고 말했다는 일화가 있다. 그러자 황후는 예의범절을 갖춰 예복을 차려입고 나와 당태종에게 절을 하였다. 당황하여 그 연유를 물으니 "성군이 되셨으니 너무 기뻐서 그런다."고 말했다는 것이다. 이처럼 당태종은 수하의 말문을 열었으므로 당나라를 그토록 웅비하게 하였음을 잊지 말아야 한다. 자신에 도취한 나머지, 나머지 수하들을 모두 초등학생처럼 만들지 않는, 그리하여 '예'보다 '아니요'에 귀와 마음을 여는 대통령을 보고 싶다.

일곱 번째, 온 국민과 함께 기뻐 웃음을 나눌 뿐 아니라, 진정 온 국민과 함께 슬픔을 나누며 통곡하는 대통령을 보고 싶다. 북한의 지뢰로 목숨을 잃었거나 평생을 장애인으로 살게 된 젊은 병사 앞에서 그의 부모처럼 온 국민과 함께 목 놓아 통곡하는 대통령을 보고 싶다. 오직 이뿐이 아니다. 이런 일이 아니더라도 온 국민이 슬퍼 울 때, 국민과 함께 눈물지으며 우는 대통령을 보고 싶다. 국민은 대통령에게는 자식과 같은 존재이다. 세상 어떤 강자도 자식의 죽음 앞에서마저 강하지는 않다. 참고, 참고, 참다가 끝내 터뜨리고야 마는 그러한 거인의 눈물을 대통령은 터뜨릴 수 있어야 한다. 눈물의 통치학이란 말을 다 알 것이다. 울보 대통령을 경멸할 국민은 없다. 그렇다고 걸핏하면 울라는 것이 아니다. 일부러 울라는 것도 아니다. 그것은 한낱 유약함의 발현이며 쇼에 지나지 않는다. 그러나 온 국민과 함께 울지 않으면 안 될 때, 마침내 터져 나오는 대통령의 눈물은 그가 우리의 대통령임을 증명한다. 바로 그런 대통령을 보고 싶다.

미국 오바마 대통령이 멘토로 꼽았던 브라질 대통령 룰라는 2010년 12월 임기를 마치고 퇴임하면서 국민들 앞에서 눈물을 흘렸다. "초등학교밖에 나오지 못한 노동자를 대통령으로 뽑아준 국민에게 임기 중 저 자신이 이룬 모든 업적을 돌린다."면서 그는 울먹였다. 그는 2002년 IMF 구제금융 지원을 받던 브라질의 대통령이 되었다. 임기 8년 동안 국가 부채를 모두 해결하였고, 중산층을 40%로 늘렸으며, 3000만 명의 빈곤층을 구제하였다. 그리하여 퇴임 시 87%라는 놀라운 지지율을 올렸다.

여덟 번째, 읍참마속의 결단력을 가진 대통령을 보고 싶다. 김정은이 장성택을 공개처형하는 따위를 우리는 읍참마속이라고 하지는 않는다. 그것은 잔인무도한 공포정치의 전형일 따름이다. 읍참마속이란 잘못을 저지른 가까운 '측근'의 잘못을 명명백백히 만천하에 공개하고 그에 합당한 벌을 가감 없이 내리는 것을 말한다. 이럴 때, 주저함이 있어서는 안 되며, 따라서 매우 신속히 정당하게 이루어져야 한다. 아울러 대통령 비판세력이나 반대파에서도 마속과 같은 잘못을 저지르면 가차 없이 결행해야 한다. 마속에 대한 공명정대함이 그들에게도 적용되는 까닭에 아무도 불만을 토로할 수 없을 것이다. 이리하여 대통령의 강력한 리더십을 바로 세우는 대통령을 보고 싶다.

일본의 영웅 도쿠가와 이에야스는 셋째아들 히데타다에게 쇼군의 자리를 넘겨준다. 이때 여섯째아들 다다테루가 어려서부터 영특하고 야망이 강해 이에야스는 걱정을 한다. 그냥 내버려두면 형 히데타다를 제치고 다다테루가 쇼군의 자리를 차지하는 형제다툼이 벌어질 것만 같았다. 일본의 평화와 미래를 위해서 이에야스는, 다다테루의 재기가 아깝지만 눈물을 머금고 쳐내기로 결심한다. 이에야스는 자신의 장례식에도 다다테루를 참여치 못하게 할 만큼 철저하게 여섯째아들을 도쿠가와 가문에 발을 들여놓지 못하게 막는다. 만약 이에야스가 다다테루가 세력을 키우는 것을 방관했다면, 일본은 다시 군웅할거의 시대로 되돌아갈 수 있었다. 이에야스는 일본의 평화를 위하여 다다테루를 희생시킨 것이다. 대를 위해 소를 희생시키는 이에야스의 결단력은 읍참마속의 전형이라 할 수 있다.

아홉 번째, 법치와 덕치로 나라를 이끄는 대통령을 보고 싶다. 대통령 스스로 법을 존중함으로써 국민 모두가 준법정신이 철저한 나라를 만들어야 하겠다. 어떠한 특혜도 존재하지 않는 나라를 만들어야 하겠다. 대통령이 법치주의자인 까닭에 국회의원도 장관도 일반 서민도 똑같은 법 아래서 권리와 의무와 신상필벌을 받는 나라가 되어야 하겠다. 대통령이 덕으로 나라를 운영하는 까닭에 우리 사회에도 덕이 강물처럼 넘치는 모습을 보고 싶다. 질서를 지키면서도 따뜻한 정이 넘치는 사회를 이뤄야 하겠다. 무엇보다도 사람이 존중되는 사회, 사람의 가치가 으뜸인 나라, 그리하여 세계 방방곡곡에서 이민을 와서 살고 싶은 나라가 되었으면 좋겠다. 지킬 것 잘 지키면 아무런 걱정 없이 평화롭게 살 수 있는 나라를 만드는 대통령을 보고 싶다.

중국 하나라의 폭군 걸왕을 물리치고 은나라를 세운 탕왕은 덕의 정치를 베푼 대표적인 인물로 손꼽힌다. 그는 어느 날 새를 잡을 요량으로 들판으로 나갔는데, 신하들이 사방에다 새 그물을 치자 한 면만 놔두고 3면의 그물을 거두게 했다. 새를 모조리 잡으면 안 되므로 한 면에 친 그물로 걸려드는 새만 잡고, 나머지는 풀어주게 했던 것이다. 새들에게도 덕을 베푼 탕왕을 보고 백성들을 모두들 그를 덕망 높은 군주로 칭송하였다.

이런 분 어디 계시면 서로서로 연락하여 대통령으로 만들자. 대통령은 우리가 만들 수 있어 하는 말이다. 어디엔가 꼭 있을 것이라 믿기 때문이다.

글을 마치며…

마침내 마침표를 찍었다. 마침표를 찍었다고 해서 내 얘기가 완결 또는 종결된 것은 아니다. 이제부터 시작이라고 할 수 있다. 한국 정치는 늘 현재진행형일 수밖에 없고, 현재진행형인 한 얘기는 계속될 수밖에 없기 때문이다.

이 책을 쓰기 시작할 때, 나는 이 책의 제목을 〈대통령 하기 쉽다〉로 내심 정했다. 그랬는데 쓰는 와중에 〈정치는 사기다〉로 바뀌었다. 그래서 한동안 〈정치는 사기다〉가 이 책의 제목으로 여겨졌다.

그러던 것이 친구 이갑섭의 의견을 받아들여 그 제목을 버리게 되었다. 이갑섭은 책 제목에 '정치'란 단어가 들어가서 판매가 잘된 경우를 보지 못했다고 했다. 나를 도와준 작가는 이갑섭의 의견에 반대했다. 그는 요즈음 사람들이 정치 때문에 너무 짜증나고 답답해하니 책 제목이라도 시원하면 좋겠다는 것이었다.

본문 편집을 맡은 노승우 씨는 〈세종대로 1번지에 서서〉를, 본문 교정을 맡은 권광숙 씨는 〈안녕, 옛사랑〉을 제시했다. 제각기 그런 제목을 말하는 데에는 그만한 이유가 있었다. 그밖에도 더 많은 제목이 나왔다. 모두 고마운 얘기였고 아이디어였다. 이 글을 쓰는 지금도 제목이 열두 가지이다. 〈쓰레기 정치는 가라〉에서 〈저는 이렇게 생각합니다〉까지.

옆에 앉아 컴퓨터를 두드리고 있는 화학도라고 하는 젊은이는 〈쓰레기 정치는 가라〉가 맘에 든다고 하고 나 역시 그렇지만, 〈저는 이렇게 생각합니다〉로 확정될 가망성이 크다. 이 책의 본문을 다 읽고서 이 글을 읽는 분이라면 이런 제목이 왜 나왔는지 다 아실 줄로 안다. 이 책은 이른바 우파도 좌파도 진보도 보수도 아닌 '침묵하는 다수'에게 바치고자 해서 쓴 것이다. 그런 의미에서 내 생각에 공감하고 동의하는 사람의 수가 가장 많으리라고 확신한다. 그러나 글자 그대로 '침묵하는 다수'는 침묵하는 까닭에 그것을 잴 수 없고, 이른바 우파 좌파 진보 보수로 자처하는 사람들의 구설수에 휘말릴 가망성도 있다.

어떤 이는 이렇게 말했다. 이것 다 아는 얘기 아닌가요? 그렇다 다 아는 얘기다. 그런데 왜 썼는가. 믿지 않겠지만, 누구나 다 알 것 같은 이 얘기를 모르는 사람이 꽤 된다는 사실을 확인할 수 있었기 때문이다. 나이가 든 사람은 든 대로 다 알면서도 각성 없이 살고 있고, 나이가 젊은 사람은 젊은 순서로 '그렇군요!'라며 놀라는 순간을 강연과 대담을 통해 알게 되었던 것이다. 다만, 우파 좌파 진보 보수로 자처하는 사람들은 자신들이 보고 싶고 듣고 싶은 것만 보고 듣는 까닭에 보편성을 잃고 있다는 것을 안 지 오래였으나 나로서는 역부족임을 재삼 확인했던 것이다. 그래서 '침묵하는 다수'가 있다는 것을 부지런히 증거하고 싶어 이렇게 흔적을 남기는 것이다.

본문 교정을 한 권광숙 씨는 정치에는 관심이 없었다고 하는데, 이 책을 교정하는 과정에서 퍽 재미를 느꼈다고 했다. 다행이다. 정치에는 관심이 없다던 사람들이 정치에 관심을 가지기를 바라는 내 생각이 과히 틀리지 않은 듯하여 기뻤다. 사실 사람들은 '정치'라고 하면 관심 없다는 말을 흔히들 한다.

그러나 '정치'는 우리 삶과 떼려야 뗄 수 없다. 하찮게 생각하고 지겨워하며 심지어 혐오까지 하는 그 '정치'가 우리 삶에 지독한 영향력을 행사한다는 사실을 생각할 때, '정치'에 대한 학습은 절대적이라 하겠다. 내가 잘 아는 가정부인이 '방통대'에 다니며 학습의 폭을 인문사회과학 쪽으로 넓히더니 '명품'의 중요성보다 그것이 더 중요하다는 것을 주변에 널리 전파하는 것을 보면 이를 쉽게 알 수 있다.

사실 조금 눈을 크게 뜨고 주변을 보면 이는 더욱 중요해진다. 이른바 글로벌 시대란 세계가 한 마을이 된다는 뜻이다. 세계의 문제가 우리 마을의 문제로 되었다는 뜻이며, 우리 마을의 문제가 세계의 문제로 확장되었음을 의미한다. 보라, 독재체제를 고수하는 나라일수록 그 나라들에 대한 세계인의 시선이 어떤지. 북한을 비롯한 독재체제 속에서 헤어나지 못하는 국가일수록 그들은 세계라는 마을에서 대접을 받지 못하고 있다. 이런 고립이 그들의 삶에 어떤 영향을 미치고 있는지는 말할 필요가 없을 것이다. 그런 까닭에 우리가 이른바 선진국이 되려면 우리의 정치가 세계를 이끌 수 있는 수준으로 뛰어오르지 않으면 안 된다.

정치의 빠른 선진화. 세계 모든 나라가 우리 대한민국의 정치를 모방하기 위해 몸부림치게 만들어야 한다. 삼성, 현대, 엘지를 닮아야 산다고 외치는 나라가 있듯이, 한국의 대통령-국회의원-장차관-지방자치단체장을 닮아야 한다고, 대법원장-검찰총장-판검사를 닮아야 한다고 외치게 해야 한다. 그래야 우리나라는 비로소 일류국가가 될 수 있다. 세계 곳곳에서 우리 대통령을 만나자고 환호할 때 우리나라의 국격은 저절로 일등에 놓여 있을 것이다. 그러기 위해서는 우리나라 국민이 우리나라 정치에 무관심하고 혐오하는 대신 무한한 관심과 애정을 가져야 한다. 그리하여 대통령을 비롯한 모든 선출직을 바르게 뽑아야 한다. 그 나라의 정치는 그 나라 국민 수준과 일치한다는 말은 결코 말이 아니라 행동으로 증명해야 하는 덕목이다. 당신이 정치현실을 욕하는 것은 곧 당신 자신을 욕하는 것임을 명심해야 한다.

진정 바라건대, 이 책이 이 책의 독자에 의해 우리나라 정치 선진화에 기여하면 좋겠다. 이런 소망을 담아 독자 여러분께 바친다. 동시에, '저는 이렇게 생각합니다'만 여러분의 생각은 어떤지도 참 궁금하다.

2015년 9월 가을의 문턱에서

김종찬

김종찬의
저는 이렇게 생각합니다

초판 1쇄 인쇄일 2015년 10월 5일
초판 1쇄 발행일 2015년 10월 10일

지은이 김종찬
펴낸이 이정옥
펴낸곳 평민사
출판등록 제10-328호
주소 서울시 서대문구 증가로 12길 1
전화 02) 597-4671~2, 02) 375-8571~2
팩스 02) 597-4676, 02) 375-8573

© 김종찬, 2015
ISBN 978-89-7115-614-8 03800

값 13,000원